La dette de Kiera

Du même auteur
aux Éditions J'ai lu

Lisa Jackson

La dette de Kiera

Traduit de l'américain
par Myra Bories

J'AI LU

Titre original :

IMPOSTRESS
Signet, an imprint of New American Library,
a division of Penguin Putnam Inc., N.Y.

Prologue

En forêt. Région de Tower Lawenydd, au nord du pays de Galles. Hiver 1283

Quand Kiera reprit connaissance, il faisait nuit. Elle gisait à plat ventre, le visage dans la boue et les feuilles mortes. La lune était haut dans le ciel, et la forêt silencieuse. Pas un souffle n'agitait les branches. Elle était percluse de multiples douleurs, et mit un moment à se remémorer pourquoi elle était seule en forêt, la nuit.

Elle faisait sans doute une promenade à cheval, d'après les lourds vêtements qu'elle portait. Oui, elle s'était déguisée en garçon d'écurie… Elle avait monté Obsidian et quitté le château par la grande porte… *Aïe !* Une terrible migraine palpitait dans son crâne. Elle se frotta le front, elle avait un hématome au-dessus de l'œil. Obsidian ! Elle s'était débrouillée pour perdre le plus beau cheval de son père. Elle gardait vaguement l'image du fringant étalon noir qui s'enfuyait à travers la sombre futaie, alors qu'elle était étalée par terre, près de s'évanouir.

— Dieu du ciel, marmonna Kiera. Obsidian ! Reviens !

Mais le cheval était loin. Cela faisait de longues minutes – des heures, peut-être – qu'il avait disparu entre les arbres, dans la brume qui montait. Maudite bête ! Kiera se mit debout tant bien que mal. Elle souffrait d'une vive douleur à l'épaule. Elle siffla longuement, de toutes ses forces.

Impossible de retourner au château sans l'étalon. Elle avait beau tendre l'oreille, pas de bruits de sabot, pas de craquements de brindilles ni de froissements de branches.

— Petit, petit, petit ! cria-t-elle comme si elle appelait les chiens de chasse de la meute.

Nulle réponse.

Elle l'avait bel et bien perdu.

Furieuse contre elle-même, elle avança de quelques pas et eut l'étrange sensation que le diable en personne était derrière elle, tout près. On la surveillait. Quelqu'un était là, quelqu'un de dangereux… Quelle sottise ! se gronda-t-elle. Elle était seule, et à plusieurs kilomètres du château.

De nouveau, elle siffla et entendit un faible écho. Le maudit pur-sang ne revenait pas. Impossible de le retrouver dans le noir. Et la brume transperçait ses vêtements.

— Enfer et damnation ! s'écria-t-elle en donnant un coup de botte dans une motte de terre.

Elle glissa ses mèches folâtres sous son capuchon et prit la direction dans laquelle le misérable fugitif s'était enfui. Elle n'avait pas fait deux pas sur ses jambes flageolantes qu'elle sentit de nouveau une présence.

Elle regarda par-dessus son épaule.

Son cœur s'emballa.

À travers le voile léger du brouillard, elle distingua la silhouette d'un homme de haute taille monté sur un cheval isabelle.

Terrorisée, Kiera se figea. Un oiseau de nuit lança son appel.

Est-ce que le cavalier l'avait aperçue ? Bien sûr que oui. Il l'avait entendue appeler son cheval, siffler et jurer.

Kiera recula d'un pas, sûre qu'il l'observait. Elle ne voyait pas le visage de l'inconnu, mais devinait que son regard était dur, sinistre.

Ravalant sa peur, elle tenta de se convaincre qu'il ne lui ferait aucun mal, fût-il un bandit de grand chemin. Pourquoi s'intéresserait-il à un garçon d'écurie famélique ?

— Je… je cherche mon cheval, expliqua-t-elle en prenant une voix grave, masculine. Qui êtes-vous ? Qu'est-ce que vous voulez ?

— À mon avis, tu le sais.

Dieu du ciel !

— Ton déguisement ne me trompe pas, précisa-t-il d'une voix accusatrice.

Comme s'il la connaissait…

— Je n'essaie de tromper personne, rétorqua-t-elle en gardant le même ton.

Menteuse ! se dit-elle. Tu as trompé ton père, le maître d'écurie, la sentinelle à la porte…

Elle changea de tactique :

— J'ai été désarçonnée et…

Il claqua de la langue et sa monture avança.

Que diable voulait-il ?

— … et je cherche mon cheval. Un grand étalon noir. Vous l'avez vu, peut-être ?

Elle reculait à présent, décidée à prendre ses jambes à son cou à la première occasion, pour disparaître dans le brouillard.

— Mascarade ridicule ! décréta-t-il.

Le cœur de Kiera chavira. Il savait qu'elle était ainsi affublée pour passer inaperçue.

Elle s'immobilisa. Au moins n'avait-il pas reconnu en elle la fille du baron Llwyd. Elle portait des pantalons en loques, coupés dans de la peau de biche, et une tunique de laine à grand capuchon.

Malgré la nuit, elle vit briller un sourire carnassier.

— Tu n'as pas remarqué que je te suivais ?

— Non… je…

Elle porta la main à sa poitrine, toucha la chaîne d'or qu'elle avait autour du cou, et tressaillit. Quand elle était tombée de selle, le crucifix incrusté de pierreries avait glissé hors du col de sa tunique ; il scintillait au clair de lune, en évidence sur le tissu grossier. L'inconnu mit pied à terre.

Kiera était paralysée.

— Qu'as-tu là ? demanda-t-il, observant le crucifix qu'elle essayait en vain de cacher.

Elle ne répondit pas tout de suite. Si elle expliquait que c'était un cadeau de sa mère sur son lit de mort, le vagabond l'identifierait à coup sûr.

— Je l'ai volé, affirma-t-elle de sa voix la plus grave, tout en se retirant vers un épais fourré. Le cheval aussi. C'est au baron.

— Alors comme ça, tu serais un bandit ?

— Oui.

Il ricana. Pardieu, qui était-ce ? Sa tête était couverte d'un capuchon et son menton d'une barbe noire.

— Je suis sûr que tu peux trouver mieux.

Il était si près qu'elle percevait sa chaleur. Mais son visage restait invisible.

Elle n'avait pas d'arme, sauf un petit couteau dans la poche. S'il la touchait, elle s'en servirait. Avec précaution, malgré son cœur qui battait la chamade, elle glissa les doigts dans sa poche.

— Laissez-moi tranquille, avertit-elle en reculant.

— Pas question.

— Quoi ?

— C'est toi qui t'es mise dans le pétrin.

— Je n'ai rien fait de mal.

— Petite sotte. Tu crois que ça marche avec moi, cette comédie ?

Sauve-toi, tant qu'il est encore temps !

Elle n'y réfléchit pas à deux fois. Elle pivota et prit ses jambes à son cou, filant à toutes jambes à travers bois. Seigneur, pourquoi ne pas avoir détalé avant qu'il n'ait mis pied à terre, avant qu'il ne l'ait aperçue, avant que… Elle trébucha contre une racine et piqua tête la première à travers les feuilles et les fourrés. Elle tendit les mains pour se recevoir. Avec un claquement douloureux, son poignet gauche se tordit.

— Aïe !

L'inconnu arrivait.

— Qu'est-ce que tu crois ? fit-il d'une voix si proche qu'elle en eut la chair de poule.

Son poignet lui faisait affreusement mal. L'homme l'empoigna par l'épaule et la remit brutalement sur pied.

— Tu ne peux pas filer comme ça.

— Laissez-moi tranquille.

— Je t'en fiche !

Kiera était glacée de terreur. Elle était loin du château. Il n'y aurait personne pour entendre ses cris.

— Qu'est-ce que vous voulez ?

— Te donner une bonne leçon !

Il allait sans doute lui arracher le collier. Tant pis. Doucement, elle glissa sa main valide dans sa poche. À tâtons, elle trouva la petite lame bien affûtée. Elle la saisit solidement.

— Tu croyais t'en tirer comme ça ? gronda-t-il.

Et il écrasa sa bouche contre celle de Kiera, horrifiée. C'était une brute, ses doigts lui broyaient les muscles et sa barbe lui griffait le visage. Non seulement il avait l'intention de la voler, mais aussi de la violer !

Il la plaqua contre lui. Elle sortit le couteau de sa poche et, d'un mouvement leste, lui planta la petite lame entre les côtes.

Il eut un petit cri aigu, et la lâcha.

— Qu'est-ce que… ?

Elle tituba en arrière et voulut détaler, mais il la saisit par le bras. Elle se tourna vivement, brandit son arme avec frénésie tandis qu'il jurait en esquivant.

— Laissez-moi, misérable… Oh !

Il lui tordit le bras dans le dos. La douleur à l'épaule était horrible.

— Espèce de malotru !

Elle tomba à genoux. Le couteau chuta à terre ; elle avait les doigts poisseux de sang.

— Non, je vous en supplie… Prenez juste le collier. Arrêtez…

Elle tentait de se dégager, mais l'homme était fort. Kiera avait atrocement mal. Elle était au bord de l'évanouissement, elle se voyait perdue. Sans arme, elle était incapable de se mesurer à ce vagabond.

— Quel collier ? s'enquit-il.

— Le… crucifix.

— Comme si cela suffisait ! grommela-t-il. Tu as mieux à offrir.

De nouveau, il sourit.

— Allez, supplie-moi !

— Par le Ciel, non…

Une brindille se brisa tout près. Le brigand se raidit.

— Qu'est-ce que c'est ?

Les jambes de Kiera ne la portaient plus, elle était totalement égarée et ses oreilles sifflaient.

— Qui va là ? demanda le hors-la-loi.

Soudain se succédèrent la détente mélodieuse d'un arc bandé, le sifflement d'une flèche et un choc mou.

— Aaah ! hurla le bandit avec un spasme.

Il la lâcha et tomba lourdement.

Kiera se releva. Malgré ses jambes en coton, elle s'élança dans le sous-bois. La peur lui donnait des ailes. Des branches mouillées la giflaient, elle se prenait les pieds dans des plantes grimpantes. Il fallait qu'elle s'éloigne, et vite.

Le galop d'un cheval retentit derrière elle, dans un fracas de branches cassées.

Était-ce son sauveur, ou le bandit remonté en selle ?

Désespérée, Kiera fonçait dans la nuit. Les épines déchiraient ses vêtements.

— Kiera ! lança la voix d'Elyn.

Sa sœur ? En pleine nuit dans la forêt ? Non. Ce devait être une hallucination.

— Kiera, pour l'amour du Ciel, où es-tu ? Kiera ! appelait Elyn.

Le bandit s'était-il emparé de sa sœur ? Et si c'était une ruse ?

— Je n'y vois pas plus loin que le bout de mon nez. Où diable es-tu ?

De toute façon, Kiera ne pouvait abandonner Elyn. Elle se laissa tomber à genoux et, fouillant le sol, trouva une pierre et s'en saisit.

— Je suis ici ! répondit-elle.

Elle trébucha sur un bâton et le ramassa. C'était peu de chose face à son agresseur, mais elle n'avait pas mieux.

Penchée sous son buisson, elle attendit que le cheval approche.

— Pour l'amour de Dieu, montre-toi, à la fin ! insista Elyn, exaspérée.

Kiera se signa, et quitta sa cachette pour gagner une clairière. En quelques secondes, Elyn fut là, montée sur une svelte jument espagnole. Elle avait l'air toute petite sur sa monture, et tirait par la bride le cheval isabelle du bandit.

— Viens vite, et filons ! ordonna-t-elle en apercevant Kiera. Nous n'avons guère le temps. Le manant qui t'a attaquée n'est pas mort. Il risque de nous poursuivre.

Kiera s'approcha.

— Qu'est-ce que tu fabriques ici ?

— Je te sauve, répliqua sèchement Elyn tandis que son cheval avançait à petits pas nerveux. Et toi, qu'est-ce que tu fais ?

— Rien.

— Dans ce déguisement de mendiant ! C'est encore à cause de ce cheval stupide. Tu as de nouveau sorti Obsidian, c'est ça ? Où est-il, ce maudit coursier ?

— Je l'ai perdu, avoua Kiera, malheureuse.

— Perdu ? Un cheval de cette valeur ?

— Il m'a désarçonnée.

— Ah, bravo. Papa va te fouetter jusqu'au sang !

— Inutile de me le rappeler, soupira Kiera.

Elle savait que son châtiment serait exemplaire. Même si l'on retrouvait le bel animal.

— Comment es-tu sortie de l'écurie ? Jamais Orson ne... Non, ne me dis pas... C'est Joseph qui t'a aidée, n'est-ce pas ? Le sot ! Allez, nous n'avons plus rien à faire ici, et pas de temps à perdre. Partons !

Elyn lui jeta les rênes de la monture du bandit.

— C'est toi qui as tiré la flèche ? demanda Kiera, voyant qu'Elyn portait un arc et un carquois à l'épaule.

— Bien sûr que c'est moi. Il n'y avait rien d'autre à faire. Le manant ! Sainte Mère de Dieu...

Elle s'interrompit brusquement et la toisa.

— Maintenant, Kiera, soit nous partons ensemble à cheval, soit je te laisse ici.

— Mais le...

— Le brigand ?

— Oui.

— Qu'il rôtisse en enfer !

— C'est encore trop bien pour lui !

Malgré son bras blessé, Kiera parvint à se hisser sur la selle du grand animal.

Dès qu'elle eut chaussé les étriers, Elyn talonna sa monture. La jument s'élança à toute vitesse, ses sabots légers martelant la terre humide. Kiera suivait tant bien que mal, agrippée au pommeau de sa selle ; chaque fois que sa monture traversait au galop des flaques ou des endroits boueux, elle était éclaboussée. Le chemin était sinueux. Elle implorait la Providence pour que l'ignoble individu qui l'avait attaquée n'appelle pas son cheval, une fois conscient. L'étalon risquait de répondre à l'appel de son maître et de retourner vers lui.

Kiera eut le frisson à cette pensée. En vérité, certains chevaux obéissaient mieux qu'Obsidian. Elle eut un pincement de regret à la pensée de ce cheval qu'elle aimait tant. Elle se mordit la lèvre, souhaitant que l'étalon de son père revienne sain et sauf à Lawenydd.

Le chemin bifurqua au sortir de la forêt, et déboucha dans les terres cultivées autour du château. Elyn arrêta sa monture et attendit Kiera à l'orée des bois. Au clair de lune, les chaumes avaient un éclat argenté. Le château de Lawenydd se dressait à quelque distance, sur une falaise dominant la mer. Ses six tours carrées se fondaient dans le ciel d'un noir d'encre.

Kiera obligea sa monture à ralentir. Le grand cheval obéit, et encensa ; il soufflait fort.

Elyn foudroya sa cadette du regard.

— Papa va nous tuer, prédit-elle d'un ton sinistre.

Du haut de ses seize ans, Elyn était l'aînée ; Kiera était née un an et demi plus tard, puis Pénélope au bout de quatre autres années.

— Tu m'as sauvé la vie, déclara Kiera sans se soucier pour le moment de la colère paternelle.

Llwyd de Lawenydd s'emportait facilement, mais il adorait ses filles, si entêtées qu'elles fussent ; il punirait, mais finirait par pardonner. En revanche, Elyn avait arraché Kiera d'un très mauvais pas. Si sa sœur n'était pas arrivée à temps, si elle n'avait pas placé sa flèche au bon endroit…

— Tu as fait une bêtise, répondit durement Elyn.

— Oui, je sais. Mais tu m'as sauvé la vie.

— Tu as eu de la chance que je sois là.

— Certes ! D'ailleurs, que faisais-tu dans la forêt ?

Elyn hésita.

— Je te cherchais. Tu as eu de la chance que je te trouve. Quant à Obsidian, espérons qu'il sera assez malin pour retrouver le chemin du château.

— Je ne sais comment te remercier, insista Kiera. Je… je veux que tu aies ceci, ajouta-t-elle en ôtant son collier.

Le geste lui fit terriblement mal, mais elle fit avancer son cheval et posa le crucifix dans la main de sa sœur.

— Prends-le, et sache que je ferais n'importe quoi pour te remercier, quoi que tu me demandes.

— Mais c'est maman qui te l'a donné, sur son lit de mort !

— Il t'appartient, maintenant.

— Tais-toi, petite sotte. Kiera, tu n'es pas obligée de…

— Si, si ! Je t'en prie, Elyn. Je… je te dois la vie. Et… quand tu jugeras le moment venu que je paie ma dette, rends-moi ce collier et rappelle-moi mon serment. Quoi que tu me demandes, je le ferai.

— Vraiment ? s'enquit Elyn comme si Kiera racontait des bêtises.

— J'en fais le serment solennel.

— Peut-être devrais-je demander à papa de t'administrer la punition qu'il me réserve, suggéra sa sœur avec une ébauche de sourire.

— Si tu veux ! répondit Kiera en levant fièrement la tête.

Elyn eut un petit rire.

— Non, il te corrigera suffisamment, inutile d'en rajouter. Je garde ta promesse en réserve, quand j'aurai besoin d'un grand service.

— Que va-t-il arriver à… ? questionna Kiera en désignant les profondeurs de la forêt.

— À ton agresseur ? Les pires tortures seraient trop douces pour ce rustre. Laissons-le crever là où il est, comme une bête.

— J'espère ne jamais le revoir, répondit Kiera en frissonnant.

— Moi non plus, renchérit Elyn avec véhémence.

Elle éperonna son cheval bai qui s'élança à travers champs.

— Moi non plus, répéta-t-elle, le cœur lourd.

1

Château de Lawenydd, hiver 1286

— Tu es folle ? s'écria Kiera, outrée. Il n'en est pas question !

Les deux sœurs traversaient la basse-cour d'un pas vif, au milieu des moutons et des porcs. Le soleil d'hiver était voilé par une mince couche de nuages ; l'air était chargé du parfum de la mer, en dépit des odeurs de cuisine, de suif et de crottin.

— Je ne vais quand même pas me marier à ta place !

— Chut ! ordonna durement Elyn tandis qu'elles franchissaient la porte pour entrer dans la cour du château.

On avait affiché sur la porte de la chapelle les bans annonçant le mariage d'Elyn avec le baron Kelan de Penbrooke.

— Quand je t'ai sauvé la vie, tu m'as bien promis de faire ce que je te demanderais, non ?

— Oui, mais...

— Et quand j'ai tenté de t'en dissuader, tu as insisté, n'est-ce pas ?

Elles tournèrent le coin de la cabane du charron et prirent un sentier du potager ; elles passèrent devant un chariot à la roue cassée.

— Oui, acquiesça Kiera. Mais c'est de la folie ! Je ne puis épouser l'homme auquel tu es promise !

— Tu ne l'épouseras pas, rétorqua Elyn en faisant une jolie moue. Tu prendras ma place pour l'échange des consentements. Tu le sais aussi bien que moi : dans ce mariage, ce n'est pas moi qui compte, mais mon nom et ma qualité d'aînée. Nous n'avons pas de frère pour hériter, cela retombe donc sur moi. Ce n'est pas juste. Papa m'a vendue pour obtenir l'accès au fleuve qui traverse Penbrooke : cela améliorera le commerce.

— Et tu te figures que personne ne s'apercevra de rien ?

— La chapelle est obscure, et mon voile assez lourd pour que ton visage ne soit pas reconnu. Tu porteras ma robe de mariage et tu prononceras les consentements en mon nom.

— Mais les invités... protesta Kiera avec un rire nerveux.

— C'est une cérémonie intime. Et préparée en catastrophe. La mère du marié est malade : il faut que je m'installe à Penbrooke avant sa mort. Il y a toutefois un bon côté dans cette affaire : papa sait que je suis malheureuse de ce mariage. Il craint que je ne lui fasse honte devant ses amis, donc il n'y en aura pas beaucoup.

— Mais ceux qui viendront verront bien que je ne suis pas toi !

— Oui, j'y ai pensé, admit Elyn d'un ton dégagé. De toute façon, la plupart des gens ont du mal à nous distinguer. Tu sais bien que cela arrive même à papa, maintenant que l'âge l'a rendu presque aveugle : depuis quelques années, ses yeux sont blancs comme du lait. C'est Hildy qui nous a élevées, et elle ne nous trahira pas. Quant à Pénélope, elle prendra tout ça comme une énorme farce. Le prêtre, lui, vient de Penbrooke. Il s'appelle le père Barton ou Bartholomé ou quelque chose comme ça. Il ne m'a jamais vue.

— Et le baron ? continua Kiera. Tu sais, celui que tu es censée épouser ?

— Il n'a jamais posé les yeux sur moi, affirma Elyn.

— En es-tu sûre ?

Kiera, totalement incrédule, leva les yeux au ciel et aperçut un faucon en chasse.

— Il a pu t'apercevoir lors d'un tournoi, ou dans un château voisin lors des fêtes de Noël, que sais-je encore...

— Mais non, enfin ! Kelan a été renié un moment par son père, à cause de ses mœurs dissolues. Cela ne fait pas longtemps qu'il est rentré en grâce. J'ai entendu dire que ses gardes l'appellent la « brute de Penbrooke », dans son dos. Il n'a jamais participé à une cérémonie officielle.

Le charron, suivi d'un chien boiteux, arrivait pour déposer la roue cassée. Elyn tira la manche de sa sœur.

— Viens, suggéra-t-elle en saluant l'artisan d'un sourire.

Elle entraîna Kiera dans le potager ; quelques pieds de thym poussaient au milieu des touffes de sauge et de romarin. Les deux sœurs s'assirent sur un banc où leur mère venait volontiers faire de la broderie au soleil, l'été.

— La seule chose que tu as à faire, c'est l'échange des consentements. Ensuite, tu t'excuseras en prétextant un mal de tête. Tout le monde mettra cela sur le compte de la nervosité. Le lendemain matin, je reviendrai et je prendrai ma place à ses côtés, je serai sa femme. Peu importe que tu aies prononcé le oui du mariage, car le contrat repose sur mon nom. C'est moi qui serai mariée avec lui.

Elle frissonna à cette perspective, et Kiera comprit pourquoi. Elyn détestait l'idée d'être mariée à un homme qu'elle n'aimait pas.

Une autre pensée lui vint, horrible.

— Attends ! Tu as dit « le lendemain » ? Tu ne dis rien de la nuit de noces. Que ferai-je quand le chevalier me rejoindra dans ma chambre ? Il exigera que je... qu'il... que nous...

— Allez, dis-le : il voudra coucher avec toi.

— Pas avec moi, avec toi ! précisa Kiera.

Elyn appuya le menton sur ses poings. Elle suivait de ses beaux yeux verts un oiseau qui passait.

— Tu ne seras pas obligée de dormir avec lui... enfin, je veux dire : tu peux dormir, mais te dispenser du reste.

— Et comment ? grinça Kiera. Je ne pense pas qu'une prétendue migraine ou une vague nervosité me fasse échapper à la nuit de noces.

— Bien sûr que non. En outre, il faut lui faire croire que tu es – ou que je suis – vierge. Il doit y avoir du sang sur les draps.

Kiera se leva d'un bond.

— Du sang sur les draps ? Mais tu as vraiment perdu la raison ! Comment puis-je tacher les draps sans... enfin je veux dire... Ce plan est pure folie. Ressaisis-toi, et vite !

— Écoute... insista Elyn.

Elle avait l'air effrayée. Elle saisit le poignet de sa sœur, à l'endroit où celle-ci avait eu sa fracture la fameuse nuit où elle lui avait sauvé la vie. Kiera avait encore mal à cet endroit précis.

— Je ne puis épouser le baron, parce que je ne suis plus vierge.

Kiera frissonna de la tête aux pieds. Elle retira sa main.

— Je me suis déjà donnée, continua Elyn en rougissant sous ses taches de rousseur.

— À Brock d'Oak Crest ? demanda Kiera, qui connaissait d'avance la réponse.

— Oui, avoua sa sœur en se tordant les mains. Je l'aime. La première fois que je l'ai vu, à Tower Fenn, ça a été le coup de foudre. J'avais à peine treize ans, mais je suis tombée amoureuse dès le premier regard. Depuis, je suis folle de lui.

— Au nom du Ciel, Elyn ! s'écria Kiera qui n'avait pas grande estime pour ce godelureau. Mais n'est-il pas fiancé ?

— Si, à Wynnifrydd, confirma Elyn en fronçant le nez comme si elle venait de casser un œuf pourri. Ils ne vont pas tarder à se marier.

Elle poussa un douloureux soupir, ses épaules s'affaissèrent comme sous un fardeau trop lourd. Il commençait à pleuvoir, de lourdes gouttes martelaient le sol.

— C'est moi que Brock aime, et pas cette chèvre famélique. Je le sais. Il n'a pas plus envie d'épouser Wynnifrydd que moi Penbrooke.

— Mais tu ne lui as même pas donné sa chance. De ton propre aveu, tu n'as jamais rencontré Penbrooke. Peut-être le trouveras-tu…

— Séduisant ? ricana Elyn en secouant la tête. Ça se voit que tu n'as jamais été amoureuse.

— Brock est une crapule. C'est toi qui me l'as dit.

— Peut-être, mais le cœur a ses raisons... cita Elyn en scrutant le ciel comme si elle attendait une intervention divine.

— Allons, je t'en prie ! Tu m'as déjà fait ton numéro de romantisme, et on voit où cela t'a conduite.

Kiera avait presque pitié de sa sœur, qui avait de la personnalité mais perdait tout jugement quand il s'agissait d'amour.

— Je sais que tu ne veux pas épouser Penbrooke, reprit-elle. Pas un jour où tu ne l'aies répété, depuis que papa a annoncé les fiançailles. Mais ce que tu proposes est absurde. Ça ne marchera jamais.

— Ça marchera si tu le veux. En fait, rien ne t'oblige à te donner à lui.

Les lourdes gouttes de pluie faisaient ciller Elyn.

— Tu peux lui offrir un breuvage soporifique. Il tombera comme une masse. Tu auras préparé une fiole de sang – du sang de cochon – que tu étaleras sur les draps. Comme ça, à son réveil, il croira...

— Et pourquoi ne peux-tu le faire toi-même ? Pourquoi ne peux-tu l'endormir, puis tacher les draps avec du sang ?

— Parce qu'il faut que je retrouve Brock, pour la dernière fois.

— Quoi ?

Elyn soupira.

— Je t'en supplie, Kiera, si je puis passer cette nuit-là avec Brock, cela rendra pour moi supportable le fait de devenir la femme du baron de Penbrooke. Et nous serons les seules au courant.

— Au contraire ! Cela va rendre tout compliqué. Non, Elyn, c'est de la folie. Je ferais n'importe quoi pour toi, je t'ai donné ma parole d'honneur, mais pas ça.

— Mais tu n'auras pas à sacrifier ta virginité !

— C'est toi qui le dis.

— Tout le monde croira qu'il était avec moi. Tu n'y perds rien, Kiera. Rien du tout ! Et comme cela, je passerai une dernière nuit avec mon grand amour.

Kiera se couvrit la tête avec son châle, car la pluie s'abattait sur le jardin.

— Cette idée ne tient pas debout. Va voir père et persuade-le de renoncer à ce mariage.

— Tu t'imagines que je n'ai pas essayé ? Par l'amour de la Sainte Mère, je l'ai supplié, j'ai hurlé, j'ai imploré... Et tout ça pour rien. Il ne m'écoutait pas.

Kiera connaissait bien l'obstination de sa sœur aînée. Si Elyn avait hérité quelque chose de Llwyd de Lawenydd, c'étaient son maudit orgueil et son entêtement.

— Écoute, insista Elyn désespérée en empoignant sa manche. N'avons-nous pas trompé nos propres cousins en échangeant nos rôles ? Papa ne nous a-t-il pas confondues ? Nous nous ressemblons comme des jumelles : même Hildy nous le répète !

Kiera réfléchit. Il était vrai que beaucoup trouvaient les deux sœurs pratiquement identiques. Elles avaient les mêmes cheveux auburn, les mêmes yeux verts et le même menton pointu. Elles en avaient souvent profité pour jouer des tours aux domestiques et aux membres de leur famille. Mais une chose était de faire des farces, une autre de se lancer dans un projet invraisemblable et dangereux.

— Non, Elyn, je suis navrée. Ça ne marcherait pas.

Furieuse, Elyn tira d'un coup sec sur son collier. La fine chaîne se rompit, et elle saisit au vol le crucifix avant qu'il ne tombe. Les rubis, les émeraudes et les saphirs brillaient sous la pluie.

— Et ton serment, Kiera ? Ne m'as-tu pas juré que tu paierais ta dette en accédant à ma requête, quelle qu'elle soit ?

— Si, mais…

— Eh bien, maintenant, je te le demande. N'as-tu donc pas de parole ?

— Si, bien sûr, je…

— Tu as juré, Kiera ! Tu as solennellement promis que tu me rendrais service en retour. L'idée est de toi, je te le rappelle.

— Oui, je sais que j'ai juré. Néanmoins…

— Eh bien, le moment est venu.

Kiera en avait le cœur brisé. Elle prit la croix et sa chaîne.

— N'importe quoi, Elyn, mais pas ça. Je ne puis mentir à père, à Penbrooke et à Dieu. Je ne puis faire semblant de l'épouser… Elyn, je t'en conjure : va voir papa. Je t'accompagne. Je…

— Est-ce que tu accepterais d'épouser Penbrooke à ma place ?

— Il ne voudrait pas de moi, car c'est à toi que papa a donné le château en héritage. Et Penbrooke souhaite avoir accès à la mer pour développer son commerce.

— Dans ce cas, tu es une parjure et une lâche, conclut Elyn d'un ton froid. Vois-tu, Kiera, tu me déçois.

— Va parler à papa…

Elyn se leva, le visage fermé.

— Ne t'en fais pas, ma sœur. Je ferai ce que j'ai à faire.

Ce mariage est une comédie, se disait le baron Kelan de Penbrooke dans la dernière montée avant le château. Son humeur était aussi sombre que le ciel d'hiver, et il était fourbu après trois dures journées à cheval.

La veille de son départ, il avait pris une bière avec Orvis, l'un de ses gardes.

— Il est plus que temps de te ranger, avait affirmé Orvis en portant à ses lèvres sa chope de bière. Il faut que tu enterres ta vie de garçon.

— Comme ça, avait renchéri Tadd en fourrageant dans sa barbe noire, les filles commenceront peut-être à faire attention à moi.

Tadd avait des yeux bleus particulièrement espiègles, c'était le frère cadet de Kelan. Il avait vingt ans, et il était aussi chahuteur et turbulent que son aîné au même âge, deux ans plus tôt.

— Comme si tu n'en avais pas assez comme ça ! avait grommelé Orvis qui avait cinquante livres de trop, un vocabulaire de charretier et la distinction d'un vidangeur.

C'était néanmoins un serviteur loyal, et Kelan le connaissait depuis sa jeunesse.

Quant au père Barton, le chapelain du château, il ne cachait pas sa satisfaction de voir le fils prodigue de lord Alwyn renoncer au libertinage. Maintenant que Kelan était baron, il lui fallait prendre femme. Tel était l'avis de l'ecclésiastique.

— Tu aimeras le mariage, avait-il prédit moins d'une heure plus tôt.

Avec ses cheveux blancs clairsemés, son nez crochu et sa moue bougonne, il toisait Kelan avec un air de piété moralisatrice. Il montait une docile jument grise, qui pataugeait sur le chemin défoncé de Lawenydd.

— Une bonne femme et des enfants, voilà tout ce dont un homme a besoin.

— Ce n'est pas ce que vous avez vous-même choisi, lui avait rappelé Kelan.

— Nos vocations sont différentes, mon fils. La tienne est de te marier et d'engendrer des enfants. Des fils.

— Eh oui, avait soupiré Kelan.

— Ce sera une bénédiction.

— Comment le savez-vous ? Avez-vous connu l'état de mariage ?

— Je suis marié avec Dieu, mon fils, avait ricané le père Barton.

— Est-il une bonne épouse ?

— Foin de blasphème ! s'était indigné le vieil homme, sa belle humeur envolée.

— Foin des conseils superflus ! avait rétorqué le chevalier.

— Eh bien, songe à ta pauvre mère malade, avait poursuivi le père Barton en se signant. Ce mariage fera sa joie.

Cela ne faisait guère de doute. La châtelaine était trop frêle pour être du voyage, mais elle n'attendait de Kelan qu'une chose : qu'il prenne femme et ait des enfants, de préférence un fils qui deviendrait le prochain baron de Penbrooke. Elle se mourait. Elle souhaitait désespérément rencontrer l'épouse de Kelan : elle avait supplié son fils d'en finir rapidement avec son mariage, et de rentrer. Il n'avait pas eu le cœur de lui déplaire. Mais en dépit des projets compliqués de feu son père, des promesses du prêtre quant aux joies des épousailles et du désir de sa mère qu'il perpétue la lignée des Penbrooke, il ressentait la perspective d'un mariage arrangé avec une femme qu'il n'avait jamais vue comme une malédiction.

Sa monture avait pris sur le reste de la troupe quelques centaines de mètres d'avance. Il tenait les rênes de ses mains gantées et éprouvait la tentation d'éperonner son coursier pour fuir ventre à terre. Il n'allait pas tarder à rencontrer sa promise. Son estomac se nouait à cette perspective. Car il allait devoir la supporter sa vie durant.

Ah, le mariage ! Sacrement pour les benêts...

S'il n'avait pas été le premier-né des Penbrooke et si sa mère n'avait pas eu un pied dans la tombe, Kelan ne se serait jamais plié à cette convention révoltante.

Cette union était le résultat d'un accord entre deux vieillards. Son père avait voulu un allié dans le Sud, ayant accès à la mer, avec lequel partager hommes d'armes et commerce. Plus encore, Alwyn avait souhaité que Kelan engendre un fils, un héritier qui serait un jour baron. Sur son lit de mort, il avait arraché à son fils la promesse d'épouser Elyn de Lawenydd. Et Kelan ne pouvait revenir sur la parole donnée...

C'était abject.

Poussé par les désirs de feu son père et les supplications incessantes de sa mère, il s'était fiancé à une femme qu'il n'avait jamais rencontrée. C'était assurément une vieille fille flétrie qui aurait dû trouver mari depuis longtemps : elle avait presque dix-neuf ans ! Leurs châteaux étaient loin d'être voisins et, comme il avait été provisoirement banni, il n'avait jamais ne serait-ce qu'entrevu sa future femme. Peut-être cela valait-il mieux, d'ailleurs !

Llwyd de Lawenydd avait quant à lui d'excellentes raisons de désirer ce mariage. Il souhaitait avoir l'accès au fleuve traversant Penbrooke. Les deux baronnies n'étaient pas limitrophes, mais elles constitueraient une alliance de premier ordre qui contraindrait les petits suzerains qui les séparaient à rester prudemment dans leurs fiefs. Le baron Llwyd, n'ayant pas eu de fils, n'avait que ses filles pour déployer sa stratégie et les troquer comme des chevaux.

Ainsi soit-il, pensa Kelan, le cœur serré. Après tout, il ne croyait pas à l'amour.

Son cheval franchit le sommet d'une colline boisée, et la lisière de la forêt. Les champs s'étendaient à perte de vue, jusqu'à un grand château fort de pierre sombre. Les douves étaient larges, et les portes grandes ouvertes. Un trafic important convergeait vers le château : chariots de paysans, charrettes de colporteurs, cavaliers, simples croquants. En haut des tours carrées, l'étendard jaune et blanc de Lawenydd claquait sous la brise marine.

Il entendit un grondement de sabots et, se tournant sur sa selle, vit arriver son frère. Le jeune homme ralentit à côté de lui.

— Ah ! Le nid de ta bien-aimée ! observa Tadd en examinant le château. Ce n'est pas grandiose, mais tant pis.

En bas du bourg, des jetées s'avançaient dans les eaux tumultueuses. Deux navires étaient à l'ancre dans la baie où couraient des moutons blancs. Leurs voiles étaient solidement ferlées et leurs mâts désignaient un ciel de plus en plus noir.

— Quelle meilleure dot y a-t-il que l'accès à la mer ?

— À toi de me le dire !

— Tu n'es toujours pas heureux ?

— Et toi ? renvoya Kelan en faisant la moue.

— Si, souvent, répondit Tadd. Mon destin n'est pas aussi élevé que le tien, car je n'hériterai ni du château ni de quoi que ce soit de valeur, mais j'ai ma liberté. Il faut que tu nous donnes des héritiers alors que moi, je puis culbuter toutes les filles qui me plaisent, et faire tous les bâtards que j'aurai le temps d'engendrer… Allons, mon frère, souris. Aujourd'hui, tu te maries !

2

La petite Pénélope, cachée derrière les créneaux de la courtine, frissonnait sous sa cape de laine. Le vent soufflait en bourrasques et secouait son capuchon, mais elle ne bougeait pas de sa cachette. Malgré ses gants, elle avait froid aux doigts. Elle frotta ses mains et aperçut les arrivants.

Un petit groupe d'hommes entraient dans le château. Ils étaient à peine dix : une escorte dérisoire. Pénélope espérait mieux. À l'exception d'un vieillard emmitouflé dans d'épais vêtements, tous étaient de solides gaillards. Ces gens ne semblaient guère raffinés ; ce n'était pas une surprise car, à entendre ses sœurs, on pouvait s'attendre à des crapules de la pire espèce : égorgeurs, bandits, assassins. Elles avaient parlé de Penbrooke comme d'une bâtisse décatie et envahie par la végétation, peuplée d'ogres, de trolls et de criminels. Et voici qu'Elyn devait épouser leur chef.

Elyn avait disparu depuis le matin.

Le secret était bien gardé : seules Pénélope, Kiera et Hildy – la fidèle servante qui avait été successivement la nurse puis la confidente des trois sœurs – fouillaient le château à sa recherche. En vain. Kiera s'inquiétait du fait que, si Elyn ne revenait pas, elle devrait prendre sa place. Tout cela avait quelque chose de romanesque et d'excitant.

Pénélope s'essuya le nez du dos de sa mitaine et dévala l'escalier de la tour. Au rez-de-chaussée, elle trébucha sur un chat tigré et faillit renverser une servante qui portait deux oies plumées.

— Hé, regarde où tu...

Elle reconnut Pénélope, une des filles du baron, et recula d'un pas.

— Oh, milady, pardonnez-moi. Je ne vous avais pas vue. C'est ma faute.

— Ce n'est rien, ne t'inquiète pas !

Pénélope n'avait pas de temps à perdre à recevoir des excuses. Elle passa en courant derrière le banc de sa mère, dans le potager, sauta par-dessus une flaque et pénétra en coup de vent dans la cuisine. Elle frôla le marmiton qui jetait des fagots dans la cheminée, et celui qui tournait la broche où un porc entier était en train de cuire. La graisse coulait goutte à goutte dans un récipient. Une servante broyait des fines herbes dans un mortier, une autre découpait des pommes en tranches, tandis que la cuisinière en personne était en train de farcir des anguilles.

Pénélope les remarqua à peine. La cuisinière la vit se précipiter vers l'escalier de derrière.

— Miss Pénélope, est-ce qu'il ne serait pas l'heure pour vous de...

Elle n'entendit pas la fin de la phrase. Déjà, ses bottes l'entraînaient au deuxième étage où, hors d'haleine, elle fit irruption dans la chambre de sa sœur.

— Il est là ! lança-t-elle en se jetant sur le lit.

Le plafond blanchi à la chaux était éclairé par les chandelles de quelques candélabres, et un petit feu crépitait dans l'âtre.

— Le seigneur de Penbrooke est arrivé.

Kiera eut un coup au cœur. Elle avait le choix : soit elle disait la vérité et mettait dans l'embarras aussi bien son père que Penbrooke, soit elle suivait le plan grotesque d'Elyn.

La veille au soir, à l'heure du coucher, celle-ci était venue dans sa chambre et lui avait pris la main en entrelaçant leurs doigts.

— Sache que je serais prête à faire n'importe quoi pour toi, avait-elle dit. Même si nos rôles étaient inversés et si c'était toi qui devais épouser cette brute, je le ferais à ta place, juste pour une nuit. Penbrooke, après ce qu'il aura bu, ne reconnaîtra plus sa droite de sa gauche. Après tout, ce n'est pas demander la lune, car moi, j'épouse un homme que je vais détester pour le reste de ma vie. J'espère simplement que celle-ci sera brève.

Refoulant ses larmes, Elyn l'avait embrassée.

Kiera avait à peine fermé l'œil de la nuit. Elle avait passé un moment à regarder les ombres dansantes projetées sur le plafond par le feu ; elle s'était demandé si elle ne se montrait pas égoïste. Comment supporterait-elle d'être promise à un homme qu'elle n'avait jamais vu et qui avait une réputation de débauché ? Elle s'était assoupie au petit jour et avait rêvé qu'Elyn venait la trouver. Sa sœur lui restituait le crucifix incrusté de pierreries en implorant son pardon. Kiera s'était réveillée en sursaut, le cœur battant. La pièce était vide. Elle avait tenté de chasser ce songe de son esprit, mais le collier était toujours enroulé autour de son poignet. Et Elyn avait bel et bien disparu.

Voici qu'à présent le seigneur de Penbrooke était là.

Il allait exiger de rencontrer sa fiancée. Doux Jésus !

Toujours sur le lit, Pénélope roula sur le ventre.

— Combien d'hommes avec lui ? s'enquit Kiera.

— Une poignée.

— Y a-t-il un prêtre ?

— Je l'ignore.

Le cœur de Kiera battait la chamade. Elle essuya contre sa jupe ses paumes moites. Après tout, quelques heures, ce serait vite passé... Ensuite, Elyn serait mariée, leur père heureux, et l'alliance avec Penbrooke scellée. Vite fait, bien fait. Pourtant, Kiera avait la gorge serrée et l'estomac retourné.

— À quoi penses-tu, Kiera ?

Pénélope considérait, rêveuse, la robe de mariage. Dentelle blanche et velours broché, celle-ci était posée sur un paravent. Est-ce qu'elle allait s'y résoudre ? songea Kiera. Mettre la robe et le voile ? Prononcer le serment sacré...

— Elyn n'est pas revenue ? ajouta Pénélope.

— Non !

Kiera écarta les mèches qui lui tombaient devant le visage et s'assit près de la cheminée sur un tabouret. Elle était blême, elle le savait. Où diable était Elyn ?

— Alors, c'est décidé ? reprit Pénélope. Tu vas prendre sa place ?

La jeune fille avait les yeux brillants d'excitation à la perspective de cette aventure. Depuis que Kiera lui avait révélé l'affaire – sous le sceau du secret –, elle était incapable de cacher son excitation.

— Est-ce que l'apothicaire t'a envoyé la fiole ? demanda Kiera.

— Oui. C'est une préparation à base de plantes, censée faire somnoler l'homme le mieux éveillé.

— Tu sais ce que tu dois en faire ?

— Oui.

Pénélope devait verser l'élixir dans une chope marquée d'un X. Kiera saurait ainsi quel récipient offrir au marié. Le reste de la potion serait dans une fiole cachée près du lit.

Nerveuse comme un loup en cage, Kiera alla à la fenêtre et ouvrit les volets pour observer la cour intérieure. Comment se faisait-il qu'Elyn ait quitté le château de si bon matin ? Comment était-elle parvenue à ne pas se faire remarquer, surtout en ce grand jour ? Qui était complice ? Brock ? Peut-être s'était-il glissé dans le château à l'ouverture des portes, et l'avait-il aidée à s'enfuir.

Elle se tourna de nouveau vers sa sœur.

— Écoute, si quelqu'un te pose la question, tu diras que je suis Elyn. C'est moi qui porterai la robe et le voile. Mais personne ne devrait t'interroger. Et si on me demande...

— Toi, Kiera, ou toi, Elyn ?

— Moi, Kiera. Si quelqu'un *me* demande, dis que je suis malade. Hildy confirmera. Tout le monde me croira claquemurée dans ma chambre et incapable d'assister à la cérémonie.

— Ça aura l'air bizarre.

Kiera leva les bras au ciel.

— Dans cette affaire, tout est bizarre !

Pour la première fois, Pénélope semblait inquiète.

— Et si papa te demande ?

— Pareil !

— Cela me déplaît de mentir à papa.

Kiera, saisie d'une migraine soudaine, se frotta la tempe.

— Et à moi, donc ! Mais... il le faut, insista-t-elle en touchant le crucifix sur sa gorge. Ah, veille à ce que Penbrooke boive comme un trou au banquet. Quand il montera dans la chambre, je le ferai encore boire.

— Et si...

— Il tombera endormi comme une souche, interrompit Kiera. Plus tard, lorsque Elyn rentrera, je me glisserai dans ma chambre et elle prendra ma place dans le lit conjugal. À son réveil, il aura une bonne gueule de bois, mais il sera en compagnie de sa vraie femme. Nul ne soupçonnera la supercherie.

Ce dernier mot lui faisait un effet bizarre.

— Même pas le seigneur de Penbrooke ?

— Même pas lui... avec un peu de chance.

— Et dans le cas contraire ? insista Pénélope.

Kiera ferma un instant les yeux. Sa sœur venait d'exprimer sa peur la plus profonde. Elle fit un rapide signe de croix.

— Dans le cas contraire, que Dieu vienne à notre secours !

L'air était glacial, mais la jument en sueur. Le rétif animal était nerveux, il ne cessait de s'ébrouer et d'encenser.

De la voix et des genoux, Elyn tentait de la calmer. Elle tira les rênes de ses mains gantées pour jeter un dernier regard par-dessus son épaule au château de Lawenydd, son domicile depuis sa naissance.

La page était tournée.

La jeune femme avait mal à la gorge et les yeux brûlants de larmes. Elle l'imputait au vent mordant qui couchait l'herbe sèche. Enfin, elle secoua les rênes et la jument s'enfonça dans la forêt. Le soir tombait.

Elyn avait décidé de ne pas épouser l'homme auquel elle était promise, mais de choisir le grand amour.

Brock !

Cependant, ses remords se faisaient cuisants. Elle éprouvait pour la pauvre Kiera un regret indéniable. Mais, estimait-elle, sa cadette n'en mourrait pas. Après tout, Kiera avait juré de faire ce qu'elle lui demanderait, n'est-ce pas ? Ensuite, elle s'était ravisée. Elyn eut une moue méprisante pour la lâcheté de sa sœur.

Les jours qui venaient constitueraient une épreuve pour Kiera. Comme les jours passés l'avaient été pour Elyn. Elle s'était cachée dans le château toute la journée, attendant l'instant favorable pour s'esquiver. À présent, elle était libre. Libre !

Était-il équitable qu'Elyn se sacrifie au nom des ambitions de son père ? Était-il juste que, en qualité d'aînée, elle se laisse immoler à son devoir vis-à-vis de Lawenydd ?

Non, trois fois non !

Elle en voulait à son père de la façon dont il l'avait troquée, tel un cheval boiteux dont on se débarrasse sans regret. Eh bien, Llwyd de Lawenydd allait s'apercevoir que sa fille était aussi une forte tête.

Tenant fermement les rênes, elle guida la jument à travers les bosquets, franchit un ruisseau à demi gelé. Elle n'osait emprunter la route, de crainte d'être reconnue. Mais elle devait rester prudente. Les bois n'étaient pas sûrs.

Pour que le plan d'Elyn aboutisse, il fallait que Kelan de Penbrooke soit convaincu qu'il épousait la bonne personne. Il fallait en outre que Pénélope, Hildy et Kiera tiennent leur langue et jouent leur rôle, et que Morwenna, la sœur de Kelan qu'Elyn avait rencontrée des années plus tôt, ne s'aperçoive pas de la substitution...

Dieu du ciel, y avait-il une chance que ça marche ?

C'était le problème de Kiera, à présent.

Ce serait à Kiera de se défendre contre Penbrooke, une nuit après l'autre... une fois qu'elle aurait compris. Puis il faudrait un jour qu'elle se résigne, qu'elle accepte son destin.

De nouveau, le remords transperça Elyn comme la lame effilée d'une dague. Elle se mordit la lèvre jusqu'au sang en évoquant Lawenydd et les cérémonies qui allaient s'y dérouler.

Pardonne-moi, implora-t-elle en silence.

Elle essayait de se concentrer sur le chemin vaguement tracé qu'elle s'appliquait à suivre.

Le chemin qui conduisait à Brock. Une seconde dans ses bras effacerait des jours et des jours de remords.

Très loin, elle entendit le carillon sonnant à la volée l'annonce du mariage.

Le mariage de la fille de Lawenydd et du seigneur de Penbrooke.

— Le sort en est jeté, soupira-t-elle.

Kiera ferma les yeux, inspira à fond et entra dans la chapelle au son des cloches qui carillonnaient. Ainsi, Elyn l'avait abandonnée. Partagée entre la peur et la colère, elle songea que, lorsque sa sœur rentrerait dans la soirée, elle aurait de la chance si elle ne se faisait pas étrangler !

La jeune fille ne voyait pas grand-chose à travers son lourd voile brodé ; elle se dirigea vers l'autel où brûlaient des cierges et devant lequel l'attendait le fiancé d'Elyn.

Elle lui glissa un regard. Les broderies étaient si épaisses qu'elle avait du mal à distinguer ses traits. Tout ce qu'elle vit, ce fut une haute silhouette aux larges épaules avec le dos droit, le ventre plat et de longues jambes. Une silhouette de guerrier. Les feux des cierges se reflétaient sur son épaisse chevelure noire.

Il faisait sombre dans la petite chapelle ; Kiera avait du mal à reconnaître les rares personnes présentes. Ô Dieu, pardonne-moi cette imposture ! songea-t-elle tandis que, avec un signe de croix rapide, elle s'agenouillait à côté du jeune homme. Maintenant qu'ils étaient tous deux à genoux, elle se sentait toute petite à côté de lui. Elle inclina la tête, davantage pour cacher son visage que par piété. Malgré le parfum de l'encens et des chandelles, elle distinguait quelque chose de terriblement masculin qui émanait de lui : comme une odeur de cuir, de feu de bois. Leurs épaules se frôlaient.

Elle sentit qu'il la regardait.

Elle en fut tout intimidée. Il était si grand, si imposant. Si… viril.

Sainte Mère de Dieu, qu'allait-elle faire de cet individu ? Son cœur battait aussi vite que les ailes d'un oiseau ; elle avait la gorge sèche, l'estomac noué. Le prêtre psalmodiait ses prières. Kiera l'entendait à peine. Elle était en train de faire une bêtise.

Bien sûr, Pénélope mettrait de l'élixir dans la chope de Penbrooke, comme convenu. Et également durant le banquet. Mais la potion serait-elle assez forte ? Et s'il refusait le vin ? S'il voulait uniquement posséder sa femme sur la couche conjugale ?

Kiera était épouvantée. Elle n'aurait jamais dû se prêter à cette comédie. Jamais. Le simple fait d'être près de cet homme lui donnait envie de détaler. Qu'est-ce que cela serait, une fois seule avec lui dans une chambre verrouillée ? Elle avala péniblement sa salive et tenta de reprendre contenance. Ses mains tremblaient.

Le prêtre était âgé et bafouillait de façon inintelligible, mais il semblait content : trois longues journées à cheval ne pesaient pas lourd à côté de la joie qu'il ressentait à bénir cette union. Dieu allait-il foudroyer Kiera pour la punir de son mensonge ? Bon sang, elle n'aurait jamais dû enfiler cette robe de mariage... Elle vit son père arriver par un bas-côté, et de l'autre des hommes qu'elle ne reconnut pas. Pénélope ne devait pas être loin et, assurément, Hildy se cachait quelque part dans la pénombre.

Brusquement, elle constata que le silence régnait dans la petite chapelle. Tout le monde retenait son souffle. Le prêtre répéta les mots fatidiques. Acceptait-elle cet homme comme mari pour l'aimer, le chérir, lui obéir...

Kiera, éperdue, avait des sueurs froides.

— Oui... je le veux ! murmura-t-elle avec le sentiment de se damner à jamais.

3

Tous les membres de l'assistance poussèrent un discret soupir de soulagement. Tous, sauf le chevalier à genoux près de Kiera. Celui-ci, raide comme la justice, levait la tête comme par défi. À son tour, il prononça son consentement, d'un ton net et tranchant. Il ne fit aucun effort pour cacher le fait qu'il souhaitait en finir au plus vite avec cette corvée.

Kiera avait envie de fuir à toutes jambes. Qu'allait-il se passer quand il lèverait le voile pour l'embrasser ? Quelqu'un allait-il la reconnaître ? Quelqu'un qui ne manquerait pas de s'indigner, de dénoncer l'imposture ?

Soudain, ce fut terminé. Après une dernière prière, le prêtre les déclara unis par les liens du mariage.

Dieu, viens à mon aide ! implora-t-elle quand le jeune homme se pencha pour soulever le voile et l'embrasser.

Lentement, il écarta les lourdes broderies et leurs yeux se croisèrent dans la pénombre. Il y avait de l'orage dans le regard de Penbrooke, comme s'il perçait à jour les mensonges de Kiera. À cet instant précis, elle eut le sentiment qu'il lisait dans son âme.

Pourtant, ce n'était pas l'ogre qu'Elyn avait décrit.

Tant s'en fallait.

Ses traits étaient rudes, farouches même, avec quelque chose de dangereux qui soulignait son caractère viril. Les sourcils étaient sombres et épais, et le regard d'argent; ses pommettes semblaient ciselées par la main du Créateur en personne. La mâchoire était carrée et la barbe noire, le nez fort et les lèvres minces, crispées.

Le cœur de Kiera lui martelait les côtes. Elle était prête à l'effleurement de ses lèvres sensuelles. Elle s'attendait à ce que leurs bouches ne fassent que se frôler. Il l'enlaça, la serra étroitement, puis baissa la tête et patienta un bref instant, qui suffit à Kiera pour observer la force brute sculptée dans les traits de son visage. Et la bouche du guerrier patienta sur celle de la jeune femme. Chaude, dure, exigeante. Kiera eut un haut-le-corps et ressentit un agréable fourmillement. Le baiser se fit plus pressant.

Non, je ne devrais pas sentir ça ! se dit-elle. C'est mal !

Il releva la tête. Ses yeux gris étaient brûlants. Elle y lut la surprise, mais aussi l'arrogance : il était habitué à ce que les femmes se pâment au moindre contact.

Heureusement, il laissa retomber le voile. Kiera, elle le savait, était rouge comme une pivoine. Au moment où elle se tournerait vers la porte de la chapelle, son père risquait de la reconnaître, malgré sa vue défaillante.

Que Dieu vienne à mon secours, songea-t-elle en apercevant Pénélope debout près de leur père. Le seigneur de Lawenydd était rayonnant tandis que sa plus jeune fille, tétanisée, était incapable de quitter des yeux celui qui était à présent son beau-frère.

Côte à côte, ils sortirent de la chapelle. Kiera avait les jambes en coton, elle n'aurait pas besoin de se forcer pour dire qu'elle se sentait mal. Elle avait les joues en feu, et l'impression affreuse que leur baiser avait été un avertissement silencieux : il l'épousait contre son gré et avait l'intention de déchaîner sa fureur contre sa femme.

Et sa femme, songea-t-elle, c'est toi. Pour lui, il n'y a pas de doute. C'est toi qui as dit « oui ». C'est toi qui as promis de l'aimer, de l'honorer, de lui obéir, de lui être fidèle. Elyn est juridiquement son épouse, mais lui pense que tu es Elyn...

Du coin de l'œil, elle aperçut son père. Fier et radieux, il serrait la main de ses amis.

Devant la chapelle, Hildy attendait, les lèvres pincées, les mains nerveusement fourrées dans les plis de sa jupe. Jouant son rôle, elle grimaça un sourire.

— Félicitations, milady.

— Oh, Hildy ! chuchota Kiera afin que nul ne reconnaisse sa voix. Je me sens mal.

— Mais le banquet... protesta Hildy comme convenu.

— Je... je ne puis...

À travers son voile de mariée, Kiera lança un regard suppliant à celui qui était à présent son mari.

— Si vous voulez bien m'excuser, milord...

— Oui, renchérit Hildy. Vous devriez vous allonger.

— Mais c'est notre banquet de mariage ! protesta-t-il.

— Oui, oui, je sais, assura Kiera en posant une main apaisante sur la manche de Penbrooke.

Sous ses doigts, elle sentit les muscles de son avant-bras, tendus.

— Je… vous rejoins dans un moment.

— Votre père ne va-t-il pas être déçu ? insista-t-il, vexé.

— Non. Il comprendra.

Et de toute façon, il a eu ce qu'il désirait, songea-t-elle.

— Je… Juste un moment.

Il hésita.

— C'est gênant, observa-t-il, les dents serrées. Les invités…

— Oui, c'est dommage. Mais il me faut quelques minutes de repos.

Il était exclu qu'elle ôte son voile à la table d'honneur dans la grande salle, pendant le banquet. Même son père la reconnaîtrait et comprendrait qu'il avait été dupé. Elle frissonna, comme sous l'effet d'une vive douleur.

— Milord, supplia Hildy, elle a peut-être attrapé la maladie de sa sœur. Kiera est au lit. C'est pour cela qu'elle n'a pu assister à la messe. La contagion… Il serait affreux que des invités soient frappés.

Le marié ne répondit rien, mais il était clair qu'il enrageait.

Kiera se passa de sa permission et s'éloigna promptement.

Elle entendit des pas derrière elle. C'était son père. *Flûte !*

— Elyn !

Elle ne se retourna pas, le risque était trop grand. Elle pénétra dans le château et gravit les marches quatre à quatre. Une fois en haut, elle se réfugia dans la chambre d'Elyn en se maudissant, ainsi que sa sœur, pour ce plan abominable.

Elle referma vivement la porte et reprit son souffle, appuyée contre le lourd vantail de chêne. Elle reconnaissait à peine la chambre, aménagée pour la mariée. Des dizaines de chandelles étaient posées sur le rebord de la fenêtre et sur de petites tables. Le feu crépitait dans la cheminée. Sur le lit était étendue une chemise neuve d'une extrême finesse, dont le col exquis était brodé d'une guirlande de roses. Kiera en eut la nausée. Comment s'exhiber nue sous ce voile diaphane ? Comment s'allonger sur le lit pour attendre l'homme qui se croyait son mari ? La panique la prit. Fuir, se cacher ! Qu'il pense ce qu'il voudra. Simuler la folie, c'était la solution. Folle comme le vieil ermite enfermé dans sa cellule, dans la tour ouest...

Non, calme-toi, s'ordonna-t-elle. Respire profondément. Réfléchis, Kiera ! Tu dois te sortir de ce pétrin !

Une seconde, elle pensa au baiser devant l'autel, à cette étreinte qui l'avait suffoquée, aux lèvres chaudes de Kelan sur les siennes. Elle n'avait pas du tout prévu sa réaction. Loin d'être horrifiée, elle s'était sentie bouleversée. Elle se demanda distraitement l'effet que lui ferait le même baiser, en plus long. Elle se toucha les lèvres du bout des doigts et secoua la tête. À quoi bon ce délire ?

Quittant ses rêveries fantasques, elle traversa la pièce et s'immobilisa devant le lit. Le lit nuptial.

Sur la table de chevet se trouvaient une cruche de vin et deux chopes d'argent. Comme prévu.

Elle en prit une. Sous le récipient, un X bien visible était gravé dans le métal. Elle s'agenouilla et passa la main sous la table. Elle trouva les deux fioles : la potion et le sang. Est-ce que ça allait marcher ? Elle se souvint de la détermination et de l'intelligence qui émanaient des yeux gris de Kelan. Cet homme ne se laisserait pas embobeliner facilement, ni amadouer s'il découvrait qu'on l'avait trompé.

Mais Kiera n'avait pas d'alternative.

Avec précaution, elle remit les fioles en sûreté près de la tête du lit, à un endroit où l'on ne risquait pas de les écraser par inadvertance.

Les échos de la musique montaient du banquet. Elle allait devoir affronter de nouveau Kelan. Évidemment, il serait furieux, hors de lui.

Elle fit une prière silencieuse et vint à la fenêtre pour regarder la nuit hivernale. La courtine au clair de lune semblait d'argent. Derrière les remparts, quelque part en forêt, Elyn attendait l'homme qu'elle aimait.

Kiera sentit un vide en elle. Une seconde, elle fut envieuse de sa sœur. Elyn avait trouvé le grand amour, du moins le croyait-elle. Kiera connaîtrait-elle un jour cette félicité ? Est-ce qu'elle tomberait amoureuse ? Découvrirait-elle une personne à chérir entre toutes ?

De fil en aiguille, elle se posa d'autres questions. Si Elyn et Brock étaient si liés, comment feraient-ils pour se séparer ? Comment Elyn abandonnerait-elle ce qu'elle désirait plus que tout ?

Qu'est-ce qui prouvait qu'elle reviendrait ?

Elle l'a promis, se dit Kiera, qui jouait distraitement avec le crucifix sur sa gorge.

Et alors ? N'a-t-elle jamais menti ? N'a-t-elle pas promis à leur père qu'elle épouserait Kelan ? N'a-t-elle pas violé son serment ? Alors, qu'est-ce qui l'oblige à revenir pour te sortir de là ?

Cette perspective figea le sang de Kiera. Des doutes l'assaillaient, mais elle refusait de s'y abandonner.

Elyn n'allait quand même pas la contraindre à passer le reste de sa vie dans le mensonge, dans l'imposture !

Le vent glacial se glissait sous le capuchon d'Elyn et lui giflait les joues. Les poumons en feu, au bord de l'épuisement, elle ne valait guère mieux que sa jument. Celle-ci écumait, sa foulée avait ralenti.

— Allez, allez ! supplia Elyn en flattant son encolure pour lui faire gravir la colline.

La jeune femme était inquiète.

Et si Brock ne l'avait pas attendue ?

S'il avait changé d'avis ?

Et si... s'il s'était simplement amusé avec elle ?

Non !

Elyn claquait des dents, ses obsessions ne la quittaient pas ; et Royale, sa petite jument, ahanait dans la côte. D'habitude, elle ne montait pas cette capricieuse jument espagnole. Elle avait pris soin de voler un cheval qu'elle n'avait jamais monté, mais qui était l'un des préférés de Kiera. En constatant la disparition de Royale, on l'associerait à sa sœur. Il n'avait pas été facile de quitter le château : elle avait dû se déguiser en paysan ; elle l'avait déjà fait maintes fois, pour se rendre à ses rendez-vous avec Brock. Elle avait profité d'une inattention du garde, retenu par la charrette du meunier enlisée devant la porte.

Elle n'avait pas eu grand mal à se glisser sous la herse relevée; en effet, il y avait au château pas mal de remue-ménage à cause du mariage : davantage d'hommes de peine, de marchands et d'hôtes de marque. Mais l'absence de la jument ne passerait pas longtemps inaperçue. Le vieux maître d'écurie, Orson, n'était plus très gaillard : c'est son fils Joseph qui constaterait l'absence d'une tête dans le troupeau, et endosserait la responsabilité de la disparition.

En pensant à Joseph, elle eut un pincement de remords : elle savait qu'elle ne laissait pas indifférent le garçon d'écurie. Elle avait d'ailleurs usé et abusé de ce penchant...

Elyn arrêta sa jument devant les ruines d'une cabane incendiée. Derrière la prochaine colline s'étendait une bourgade. Brock viendrait la retrouver dans une auberge du nom de Gamekeeper's Inn.

Sauf s'il changeait d'avis.

Écartant ses doutes, la jeune femme frappa sa monture des talons. L'animal bondit à l'instant précis où une chouette jaillissait de l'ombre. La jument hennit, s'arrêta brusquement et rua.

— Tout va bien, la rassura Elyn en s'agrippant aux rênes. Ho!

Les antérieurs de la jument frappèrent le sol avec un choc sourd. Puis l'animal s'élança au galop.

— Ho! Doucement!

Elyn tirait vivement les rênes, mettant tout son poids pour contraindre la jument effarouchée à ralentir.

— Doucement, petite. Voilà. Ce n'était rien! plaida-t-elle lorsque l'animal revint au petit galop.

Elles passèrent ainsi devant quelques cabanes solitaires, et des fermes. Le vent glacé arracha le capuchon d'Elyn, et sa sombre chevelure se déroula derrière elle.

Brock était son premier amour. Elle pensait qu'il serait le seul, même s'il s'était déjà montré infidèle. Mais, depuis cette anecdote, trois ans s'étaient écoulés. Pourtant, Elyn ressentait encore de façon cuisante le fait d'avoir été abusée. La cicatrice n'était pas refermée. Était-il impensable qu'il la trompe de nouveau ? Que ferait-elle dans ce cas ?

La réponse était évidente.

Elle le tuerait.

4

Où diable était la mariée ?

De son fauteuil à la table d'honneur, Kelan dominait toute la salle. Les musiciens jouaient sur un balcon. Les domestiques faisaient le va-et-vient, transportant de lourds plateaux chargés de nourritures et de boissons. Les tables étaient décorées de somptueuses sculptures en sucre. L'atmosphère était aux réjouissances, l'assistance était gaie, mais l'humeur de Kelan s'assombrissait de minute en minute.

Le fauteuil à côté du sien demeurait vide, comme si son épouse faisait exprès de l'humilier en affichant publiquement le dégoût qu'il lui inspirait. Kelan vivait mal les silences de son beau-père et les regards effarés de sa jeune belle-sœur. C'était une gamine maigre comme un oisillon. Chaque fois qu'il la regardait, elle baissait les yeux en rougissant et se mordait la lèvre. Comme si elle se sentait coupable…

Quelle fille stupide !

Les plats se succédaient. On servit du rôti de cerf, du paon, des œufs en gelée et de petites tartes sucrées sortant du four. Il y avait aussi des anguilles farcies et du brochet au gingembre. Des chopes et des chopes de vin. La sienne, on ne la laissait jamais vide.

Affalé dans son fauteuil, il regardait d'un œil morne jongleurs et danseurs, et le bouffon inepte qui passait de table en table avec des jeux de mots soporifiques. À chaque service, il s'attendait à voir surgir la mariée. Au lieu de quoi, c'étaient des regards en coin, des haussements de sourcils, des plaisanteries à peine discrètes…

— Ils sont mariés depuis quelques heures, mais on sait déjà qui va diriger le ménage, observa un gros marchand, la bouche pleine.

— Tu t'attendais à quoi de la part de lady Elyn ? Elle sait ce qu'elle veut, répliqua son compagnon.

— Tu ne voudrais pas être une souris cachée dans l'armoire, ce soir, quand le seigneur va exercer son droit conjugal ?

Des rires gras ponctuèrent cette remarque. Kelan serrait les dents et ravalait sa rage.

— Peut-être que c'est elle qui fera valoir ses droits !

Les deux convives s'esclaffèrent bruyamment, couvrant les accents plaintifs de la lyre.

Bon sang, songea Kelan, sa femme avait-elle l'intention de l'exposer aux moqueries de tous ? Cette désobéissance flagrante était plus que gênante.

Si elle n'arrivait pas sans tarder, il serait la risée non seulement de Lawenydd mais également de Penbrooke : en effet, les cancans vont plus vite que le cheval le plus rapide, ils volent de village en village et se répandent comme le vent.

À chaque minute qui passait, l'humeur du chevalier se détériorait. Il vidait ses chopes de vin à longs traits, ignorait de son mieux les regards des curieux, et tâchait de s'absorber dans une conversation mondaine. Dans le même temps, il réfléchissait à la façon de faire payer à sa femme la honte qu'elle lui infligeait.

Ce soir, lorsqu'ils seraient en tête à tête, il ferait la leçon à cette chipie : qu'elle ne s'avise plus de lui désobéir ! En attendant, il fallait à tout prix qu'elle fasse ne serait-ce qu'une apparition.

— Je suis désolé pour Elyn, s'excusa le vieux lord.

Avec un soupir, il posa sa coupe de vin.

— Une fameuse entêtée ! Enfin, elles sont toutes comme ça. Peut-être aurez-vous la chance d'avoir des fils.

Il eut un sourire triste ; ses yeux regardaient par-dessus l'épaule de Kelan un point que lui seul voyait.

— Les filles aussi sont une bénédiction, bien sûr, poursuivit-il de sa voix frêle. Un don du Ciel, mais… elles ont perdu leur mère quand elles étaient petites. Je crois que j'aurais dû me remarier… Elles avaient besoin d'une femme pour les élever…

Il se tut, comme s'il en avait déjà trop dit.

— Oui, des fils, c'est cela qu'il vous faut !

Il ponctua sa phrase d'un coup sur la table du plat de la main, et fit signe à la servante de remplir les chopes.

— Zelda, notre invité d'honneur n'a presque plus rien à boire !

La servante se précipita pour chercher une cruche pleine. Kelan sentait le vin lui monter à la tête. En général, il tenait bien l'alcool, mais cette fois-ci, peut-être du fait de sa fureur, il se sentait étourdi, grisé.

La benjamine du baron Llwyd, Pénélope, était à l'autre bout de la table. Elle se leva et donna des instructions à la servante qui versait à boire.

Puis elle croisa le regard du chevalier, baissa vivement la tête et quitta la salle.

Kelan eut la chair de poule, comme à l'approche d'un danger.

Tadd, qui siégeait de l'autre côté du fauteuil vide de la mariée, se pencha vers lui. Il se curait les dents avec un petit os de lapin.

— Alors, mon frère, tu as déjà réussi à l'épouvanter ?

— Je t'ai dit qu'elle ne se sent pas bien, grommela Kelan.

— Tu parles d'une excuse !

De l'autre côté de Tadd, Orvis était hilare.

— À mon avis, un cas aigu de trac. Ce sont des choses qui arrivent avant la nuit de noces.

— Ça ne risque pas de m'arriver à moi ! répliqua Tadd qui lorgnait les servantes les unes après les autres.

— Parce que personne ne se risquera à t'épouser ! poursuivit Orvis avec un rire tonitruant.

— Non, parce que je donne aux femmes ce qu'elles aiment.

Pour prouver ses dires, il décocha à Zelda un clin d'œil égrillard. C'était une jolie plante à la poitrine généreuse, avec des yeux noirs. Levant un sourcil en direction de Tadd, elle fit une moue agacée et pivota sur place dans un grand frou-frou, avant de disparaître derrière un rideau.

— Pas toutes, on dirait, rétorqua Orvis en remettant le nez dans sa chope.

— Elle va revenir, prédit Tadd avec un aplomb sans faille. Et ta femme, Kelan ? insista-t-il lourdement, amusé par la déconfiture de son frère. L'heure n'est-elle pas venue de l'étendre sur la couche nuptiale ?

— Ça ne va pas tarder.

— Si j'étais toi, je serais déjà dans la chambre conjugale. Elle n'a pas l'air vilaine.

Kelan, furieux, prêtait vaguement l'oreille à un joueur de cornemuse qui venait de rejoindre les autres musiciens.

— Ah, j'aimerais avoir vue sur ta chambre, cette nuit ! s'exclama Tadd, les yeux brillants.

Je te céderais bien la place, songea Kelan, dégoûté. Il n'avait que faire de cette jeune entêtée qui lui manquait de respect. Il n'était pas prêt à reconnaître que le baiser auprès de l'autel l'avait surpris ; et la lumière de ses yeux verts, au moment où il avait soulevé le voile, l'avait troublé. Il ne s'attendait qu'à cueillir un froid dédain sur les lèvres de la mariée ; il y avait trouvé bien davantage...

— Tu n'as rien de mieux à faire ? demanda-t-il à son frère.

La servante revenait avec une cruche pleine ; discrètement, elle adressa à Tadd un regard complice.

— Si, Kelan, répondit celui-ci avec un sourire. Avec un peu de chance, je crois que je vais trouver mieux à faire. Beaucoup mieux.

Rien de bon ne sortira de tout ça...

Hildy prit les pierres divinatoires multicolores, et les jeta sur la table usée par les ans.

C'est l'œuvre du diable...

La vieille servante, devant sa fenêtre ouverte, frottait nerveusement ses mains couvertes de taches de son. Le château résonnait de rires d'ivrognes et de musique. Comment avait-elle pu se prêter à pareille comédie ? Elle consulta de nouveau les pierres, et fut horrifiée. Elle avait échoué.

C'était le destin. Elle avait failli au serment fait à lady Twyla sur son lit de mort.

— Occupe-toi bien de mes filles, Hildy, avait chuchoté celle-ci, déchirée par les quintes de toux. Promets-moi qu'elles feront un bon mariage, et qu'elles auront des enfants.

— Je vous le jure, milady, avait répondu Hildy à la faible lumière de quelques chandelles.

Le regard de la châtelaine s'était fait lointain. Sa peau diaphane était tendue sur ses hautes pommettes et son menton pointu. Sa chemise de nuit était trempée de sueur. Elle tripotait distraitement la croix qu'elle portait au cou depuis toujours.

— Je n'ai pas été heureuse en ménage, comme tu le sais. C'était un mariage arrangé par mon père, mais... Enfin, poursuivit-elle tristement, cela aurait pu être pire. Peut-être que le vrai bonheur n'est pas de ce monde.

Elle cilla et déglutit.

— Veille à ce que mes filles épousent des hommes qui soient gentils avec elles, qui les traitent bien...

— Je n'ai pas voix au chapitre, quant au choix de leurs futurs maris, protesta Hildy.

Dans un sursaut de clairvoyance, lady Twyla posa son regard de faucon sur sa servante.

— Tu as l'oreille du baron. Tu as sa confiance.

Hildy crut se trouver mal. Elle resta bouche bée.

— Eh oui, cela fait longtemps que je suis au courant, souffla Twyla en saisissant son poignet. Je ne te fais aucun reproche. Je connais le... tempérament de mon mari. Je sais également à quel point il se fie à tes prédictions, à tes talents divinatoires. Il ne se comporte pas toujours en chrétien. Il pense que tu as un don de voyance, que tu… que tu portes chance.

La mourante avait de plus en plus de mal à s'exprimer.

— Étant donné qu'il te fait confiance, il faut que tu le conseilles en tout ce qui concerne mes filles. Promets-moi que tu feras ce qui est en ton pouvoir pour qu'elles épousent des hommes de bien, au cœur droit.

— Je ferai de mon mieux, milady, mais…

Les doigts de la mourante étaient comme des serres agrippées au poignet de Hildy. Dans son regard, on lisait le désespoir.

— Jure-moi ! exigea-t-elle.

De sa main libre, elle prit le crucifix dans la fente de sa chemise de nuit. Elle le sortit et referma sur lui les doigts de Hildy.

— Jure sur la croix. Dieu nous regarde.

La servante hésitait.

— Allons !

— Je le jure, concéda Hildy tandis que la lady s'effondrait sur ses oreillers, épuisée mais satisfaite.

Or Hildy avait menti ; elle en était consciente à l'époque, mais c'était à présent une certitude.

À la mort de la châtelaine, elle avait perdu toute influence sur Llwyd de Lawenydd. Avait-il des remords quant à la mort de sa femme, ou était-il simplement las de Hildy ? Les seuls liens qui l'unissaient désormais au baron, c'étaient ses enfants.

Quelle que fût la raison de sa disgrâce auprès de Llwyd, le résultat était le même. Elle savait que toute tentative pour modifier le sort d'Elyn se heurterait à une fin de non-recevoir. Elle avait vu le danger dans l'union avec Kelan, le baron de

Penbrooke. Mais rien ne l'avait préparée à l'avenir qui se dessinait pour les filles de Llwyd.

De nouveau, elle consulta les pierres divinatoires. La réponse était claire : le drame allait fondre sur Lawenydd.

La mort s'apprêtait à frapper.

Kelan jugea le moment venu d'aller donner une leçon à sa femme. Il avait fait de son mieux pour maîtriser sa rage, et ne montrer ni honte ni exaspération. Mais, de minute en minute, sa colère montait. Il n'en pouvait plus d'être le point de mire de ces regards inquisiteurs, haussements de sourcils, sourires ironiques et moues entendues. Cela ne faisait pas quatre heures qu'il était marié, et déjà son épouse l'évitait ! Heureusement que Tadd avait disparu dans le tourbillon des jupes de l'accorte servante. Quant à Orvis, il avait bu tant de bières qu'il tomberait bientôt ivre mort à même la table.

Kelan lui-même était passablement éméché. Il repoussa son fauteuil, s'excusa auprès de ses voisins et traversa tant bien que mal la grande salle enfumée, vers l'escalier. Ses jambes flageolaient.

Décidément, le vin de lord Llwyd était capiteux.

Avec précaution, il grimpa l'escalier de pierre jusqu'au deuxième étage où se trouvaient, d'après les indications de son beau-père, les chambres du seigneur et de ses enfants. La moitié de l'étage abritait les appartements du baron, tandis que les trois chambres en face étaient celles de ses filles. La première chambre appartenait à la gamine qui ne l'avait pas quitté des yeux de tout le banquet.

La deuxième était celle de Kiera, si malade qu'elle n'avait pu assister à la cérémonie.

Il s'avança vers la troisième porte. Il faillit frapper, mais se ravisa. Au diable l'étiquette, Elyn était sa femme. Une femme qu'il n'avait pas désirée, d'ailleurs.

Il souleva le loquet, pour voir si elle avait eu le toupet de s'enfermer. La porte s'entrouvrit. L'intérieur de la pièce n'était éclairé que par des candélabres près de l'entrée. Comme l'ébriété lui brouillait la vue, il appuya l'épaule contre le chambranle et la vit enfin. Assise dans le lit, elle tenait les couvertures étroitement serrées dans son poing, contre ses seins. Elle ouvrait de grands yeux terrifiés, comme un agneau auquel on va trancher la gorge.

— Ma femme ! bafouilla-t-il d'une voix pâteuse.

— Mon ma... mari ! bégaya-t-elle, tremblante.

— Je me réjouis de constater que vous êtes vivante, continua-t-il d'un air rogue.

Il entra et referma doucement derrière lui. Le loquet retomba avec un cliquetis qui la fit sursauter. Les grands yeux verts de la mariée étaient lumineux dans la pénombre de la pièce ; elle regardait Kelan sans ciller, et il ne savait que lire dans ce regard. De la frayeur, certes, et autre chose de plus mystérieux... Du remords ? Pour quelle raison ? Pour n'être pas venue au banquet ?

L'idée l'effleura qu'elle ne fût plus vierge : elle avait déjà couché avec un homme, et l'affaire allait éclater au grand jour.

Dans la cheminée, il ne restait que quelques braises ; les chandelles étaient presque consumées.

— Vous n'avez pas dîné, reprit-il d'un ton plus accusateur qu'il n'aurait voulu.

— C'est vrai, convint-elle.

À la faible lumière des chandelles, c'était un joli brin de fille. Sa chevelure tout emmêlée, d'un châtain presque roux, avait des reflets d'or. L'ovale du visage était admirable, les sourcils finement arqués, les pommettes hautes et la bouche petite.

— Étiez-vous malade ? demanda-t-il péniblement.

Il avait la langue épaisse, et le cerveau embrumé.

— Oui.

— Et maintenant ?

Il approcha du lit d'un pas mal assuré, s'appliquant à maîtriser sa colère. Il se demandait ce qu'il allait faire de cette créature bizarre avec laquelle il était à présent marié.

— Eh bien, je… je me sens encore…

Elle cherchait le mot juste, des rides se dessinaient sur son front soucieux.

Il s'attendait à une fille sans attraits, car elle avait près de dix-neuf ans et aurait dû convoler depuis longtemps. En réalité, elle était superbe avec ses longues jambes et ses seins galbés qui tendaient l'étoffe transparente de la chemise de nuit.

— Mais ça n'a pas d'importance.

— Pour moi, si ! Vous m'avez ridiculisé.

— Quoi ? fit-elle en levant vivement les yeux.

— J'ai passé tout le banquet assis à côté d'un siège vide. Je vous attendais.

— Je suis navrée. Je pensais que vous saviez…

— Ce que je sais, c'est que ma femme m'a humilié !

— Mais non, rétorqua-t-elle. Je me sentais mal, je… je…

— Vous mentez, coupa-t-il sèchement.

La moutarde lui montait au nez, ce qui lui donnait les idées plus claires. Il se pencha sur le lit.

— Je vous ai attendue, répéta-t-il.

Leurs nez se touchaient presque. Kiera était mal à l'aise. Il était si près… Il avait beau être ivre et la pièce obscure, il la regardait avec une intensité terrifiante. Elle se souvint de leur rapide baiser.

— N'avez-vous rien à dire pour votre défense ? gronda-t-il.

Elle sentit contre sa joue la douceur de son haleine.

— Je viens de vous présenter mes excuses, je crois.

— Faibles excuses, et tardives !

Kiera aurait aimé qu'il disparaisse. Pourquoi avait-elle cru pouvoir mener à bien le projet d'Elyn ? Il aurait mieux valu que le seigneur de Penbrooke sache que ce mariage était faussé : le père de Kiera aurait été couvert de honte, mais il aurait été mis en face de la vérité. Alors que dans le cas présent, elle était piégée jusqu'au retour de sa sœur rebelle.

Et quand reviendrait-elle, celle-là ?

Kiera n'avait pas menti en disant qu'elle se sentait mal. La pièce était fraîche, mais elle était en nage. Allongée presque nue sur le lit d'Elyn, dans la chemise de nuit d'Elyn, elle s'entretenait avec le *mari* d'Elyn : elle craignait de défaillir d'un instant à l'autre !

Debout en silence à côté du lit, Kelan l'écrasait d'un regard implacable ; il avait l'air encore plus grand que dans la chapelle. Un muscle saillait sur sa mâchoire, et ses mains étaient crispées.

Elle continua en chuchotant :

— J'aurais dû vous faire dire…

— Vous auriez dû me rejoindre.

— J'en étais incapable.

— Ou vous ne vouliez pas ? lança-t-il comme un défi rageur.

Une goutte de sueur sur la tempe, il fit le tour du lit en titubant vaguement. Ses jambes flageolaient. Tant mieux.

— Je… je vous demande pardon si je vous ai offensé, assura-t-elle en baissant les yeux.

Pour mener son plan à exécution, il fallait qu'elle évite de le mettre en fureur. Elle aurait volontiers lancé une riposte cinglante, mais cela risquait de tout gâcher.

— Je ne recommencerai pas. Maintenant… aimeriez-vous boire quelque chose ?

Elle lui sourit et prit la cruche de vin. Il fallait absolument le faire dormir.

Le bras de Kelan se détendit comme un serpent : il saisit son poignet d'une main ferme.

— Comprenez bien une chose, ma femme, annonça-t-il, les dents serrées. Je ne tolérerai plus d'être humilié. Jamais.

— Je sais, répondit-elle dans un souffle.

— Vraiment ?

— Oui !

— Si d'aventure il vous reprenait l'envie de me ridiculiser comme vous l'avez fait ce soir, vous le regretteriez.

— Est-ce une menace ? s'enquit-elle, à bout de patience.

Attention, Kiera : ne le provoque pas, se dit-elle. Calme le jeu !

— Ce n'est pas une menace, ma femme. Mais la vérité. Je ne tolérerai pas de désobéissance.

— Eh bien, je m'appliquerai sans faillir à rester

une épouse docile, aimante et humble comme une agnelle, répliqua-t-elle d'un ton ironique, incapable de tenir sa langue. Tout notre entourage saura que ma raison d'être est de vous servir, milord.

— Vous me mettez à l'épreuve, gronda-t-il.

— C'est vous qui avez commencé.

Il hésita, et la lâcha.

— Je ne voulais pas de ce mariage, tout le monde le sait. Et vous non plus. Mais maintenant c'est fait. Nous sommes mariés.

Il s'écarta d'un pas. Kiera reprit son souffle.

— Alors, à nous d'en tirer le meilleur.

— Oui, admit-elle, conciliante. Cela ne dépend que de nous.

Il regarda la table de chevet et, le cœur battant, elle crut une seconde qu'il allait lui-même se verser à boire.

— Laissez-moi vous servir, proposa-t-elle précipitamment.

Elle écarta les couvertures, sachant qu'elle dévoilait ainsi sa poitrine et ses petits mamelons bien durs sous la soie diaphane. Elle prit la cruche et, au prix de quelques éclaboussures, remplit les chopes.

— Je crois que j'ai assez bu comme ça.

— Mais non! Il faut que nous buvions ensemble.

— Ça, nous aurions dû le faire depuis des heures. Au banquet. Mais vous ne m'avez pas l'air souffrante...

— Je m'applique à vous plaire, se justifia-t-elle avec un sourire contraint.

Elle lui tendit sa chope d'une main tremblante, la chope marquée d'une croix.

Il n'avait pas l'air convaincu. Mais il la regarda dans les yeux et ils trinquèrent.

— Eh bien, ma femme, fit-il d'un ton ironique, buvons aux maris fidèles, aux femmes soumises et – j'allais oublier – au bonheur conjugal !

5

Le tintement des chopes qui se heurtaient résonna dans la pièce. Kiera, tétanisée par ses mensonges, était blême. Elle avait menti à son père, au prêtre, à Dieu et à cet homme...

— Au bonheur, articula-t-elle vaille que vaille sous le regard aigu du chevalier.

Elle se détourna vivement de la lumière des chandelles et baissa la tête, espérant que sa chevelure formerait un rideau cachant les traits de son visage. Vain espoir ! La pièce était obscure, certes, mais la lumière bien suffisante pour qu'il la voie distinctement. En se réveillant avec Elyn dans son lit, il saurait qu'il avait été dupé. Le seul espoir de Kiera était que l'élixir le rende amnésique.

Elle but une gorgée de vin, puis une deuxième. Quant à lui, il vida sa chope d'un trait et, haussant un sourcil, lui intima sans mot dire de l'imiter. Réfugiée au coin du lit, elle s'exécuta.

— Encore ? proposa-t-il.

Sans lui laisser le temps de répondre, il se pencha et remplit les deux chopes. Comment, se demandait Kiera, ajouter au breuvage la préparation soporifique ?

— Oui, je vous en prie, milord.

— Appelez-moi donc Kelan ou mon mari, si vous préférez.

Pas question, songea-t-elle. Ils trinquèrent de nouveau et burent. Elle le surveillait du coin de l'œil. Combien de temps l'élixir mettrait-il à produire son effet ?

— Merci... Kelan.

Le cœur de Kiera battait la chamade, elle se sentait oppressée. Cette situation était absurde. Complètement absurde. Il appuya sa hanche contre le lit et l'observa.

— Et moi, comment vous appellerai-je ? Que préférez-vous ?

— Moi ?

— Oui, quel nom dois-je utiliser ?

Euh...

— Elyn ! bafouilla-t-elle avec maladresse.

Seigneur, qu'il était près. Trop près. Le pied nu de Kiera frôlait presque sa hanche, mais elle n'osait se pelotonner comme un lapin terrorisé. En principe, cet homme était son mari.

— Pas « ma femme » ?

— Non !

Il la dévisagea en silence.

— C'est-à-dire que... Elyn, c'est bien. Très bien. Appelez-moi Elyn. Tout cela est si nouveau, vous comprenez...

Il fronça les sourcils.

Kiera sentit qu'elle se décomposait. Elle se passa la langue sur les lèvres, ce qui attira le regard du chevalier.

— Pour moi aussi, c'est nouveau, avoua-t-il enfin.

Il écarta les mèches noires qui lui tombaient

sur le front. Il ferma les paupières comme s'il souffrait d'une migraine.

Enfin !

Ah, qu'il dorme et qu'Elyn revienne, afin que les deux sœurs puissent reprendre leurs vrais rôles ! Kiera se sentit soulagée et bâilla discrètement. Elle avait trop bu, alors qu'elle était à jeun depuis le matin. La tête lui tournait, les ombres dorées dans la pièce lui semblaient plus chaleureuses, plus séduisantes. Sans cette brute assise au bord de son lit, elle aurait presque trouvé la soirée agréable.

— Ne me mettez plus jamais dans une situation ridicule, ordonna-t-il brusquement.

Tous les muscles de Kelan étaient bandés, le pli de sa bouche était dur, sa fureur à fleur de peau.

— Mais mon intention n'était pas de…

— Mensonge ! chuchota-t-il avec une hargne implacable.

Il se pencha au-dessus d'elle, la saisissant aux poignets.

— Il y a quelque chose qui ne va pas, accusa-t-il.

La lumière était faible ; ses yeux semblaient noirs, tant il avait les pupilles dilatées.

Kiera avait l'impression d'avoir les poignets pris dans des menottes. La blessure au bras qu'elle s'était faite, le jour où elle avait perdu Obsidian, l'élançait de nouveau. Cette fois-là aussi, elle avait souffert des mains d'un homme, un assaillant sans visage que l'on n'avait jamais retrouvé. Elle frissonna à ce souvenir.

— Qu'avez-vous, ma femme ? Vous ne me trouvez pas à votre goût ?

— Mais si, murmura-t-elle.

— Pas assez séduisant ?

— Que si ! soupira-t-elle en tentant de reprendre la courtepointe.

Mais les doigts de Penbrooke lui interdisaient tout mouvement. Le feu craqua dans la cheminée ; un bruit de pas dans le hall annonçait la relève de la garde.

— Qu'y a-t-il donc, Elyn ? Vous vous comportez comme une pouliche effarouchée.

— Je ne suis jamais allée avec un homme, expliqua-t-elle pour gagner du temps.

— Il ne manquerait plus que ça !

La question n'était pas posée directement mais, elle le savait, Kelan se demandait si le comportement de la jeune femme provenait de sa crainte qu'il ne la découvre impure.

Elle releva la tête.

— Mais je sais que vous-même n'êtes pas ingénu. Des femmes, vous en avez eu. Des dizaines, peut-être.

— Vous devriez en être fière. N'essayez pas de nous mettre sur le même plan, vous et moi. Vous êtes une femme, Elyn, et moi, un homme. Nous sommes différents.

— Ainsi, je n'ai pas à vous juger mais vous avez le droit de me juger ?

Il ne répondit pas, c'était superflu. Il se contenta de dévisager l'impudente d'un œil noir. Kiera avait la certitude que cet œil lisait à livre ouvert dans son âme, et saurait débusquer ses mensonges. D'un air d'autorité, il la toisa de la tête aux pieds, comme s'il prenait possession d'elle. Oh, Seigneur ! Kiera chavira, bouleversée. Il approcha ses lèvres… Le cœur de la jeune femme s'emballait. Quelle envie elle avait de l'embrasser, de sentir de nouveau ses lèvres contre les siennes !

Avec un demi-sourire narquois, comme s'il avait deviné son désir, il continua à se pencher. Son haleine brûlait la peau de Kiera.

Le baiser fut un simple frôlement, léger, irrésistible.

Quand il releva la tête, ses traits s'étaient adoucis. Il était fasciné par les seins de Kiera, dont les mamelons saillaient sous le fin tissu de la chemise de nuit. Il relâcha son étreinte et la libéra.

— Peut-être prendrez-vous encore du vin ? bafouilla-t-elle d'une voix rauque.

C'est tout juste si elle reconnaissait sa propre voix. La main de Penbrooke arrêta la sienne.

— Je vais me servir, ma femme.

Elle frémit, car son dernier mot était gentil.

— Non ! Je m'en occupe… mon mari, précisa-t-elle avec un sourire.

Il acquiesça et s'allongea sur le lit. Elle les servit tous les deux. Discrètement, elle vida la fiole dans sa chope, avant de la lui tendre.

Ils trinquèrent et burent.

— Je me rends compte d'une chose : vous n'êtes pas plus heureuse que moi à propos de ce mariage, dit-il en se redressant.

Elle se mordit la lèvre. Pourquoi ne tombait-il pas endormi ?

Il continuait de la dévorer des yeux. Quant à elle, elle sentait ses paupières s'appesantir.

— Alors ? insista-t-il.

— Alors, quoi ?

Avait-il posé une question ?

— Notre mariage. Vous y étiez opposée.

— Oh… oui !

Souviens-toi : tu es Elyn, se dit-elle.

— Pourquoi ?

— Je… je n'avais pas envie d'être…

— D'être quoi ?

— Mariée.

— Mais vous avez l'âge. Largement !

— Mais… pour moi, ce serait bien…

Elle rougit comme une pivoine. Comment décrire les rêves de sa sœur, alors qu'elle n'en croyait pas un mot ? Penbrooke attendait. Elle poursuivit avec effort :

— … de tomber amoureuse de mon mari.

— Vous êtes *romantique* ? demanda-t-il avec un rien de sarcasme.

Elle acquiesça d'un air endormi, en renversant un peu de vin de sa chope. Elle se hâta de la boire d'un trait, puis constata qu'elle avait taché sa chemise de nuit ; elle avait les seins et le ventre couverts de taches violettes.

— Juste Ciel !

La voyant ainsi maculée, il eut un sourire polisson. Il la débarrassa de sa chope, qu'il posa sur la table de chevet à côté de la sienne. Une lueur coquine pétillait dans son regard.

Kiera sut que le moment de vérité était arrivé : le contact physique était à présent inévitable. Avec lenteur, il baissa la tête et appuya les lèvres sur le mince tissu, pour lécher les taches.

Son haleine chaude et humide traversait le tissu diaphane, brûlait la peau de Kiera. Elle se tordit en gémissant, bouleversée par un désir effrayant. Lentement, la langue de Kelan parcourait les bords de la tache. La jeune fille sentait en elle, très profond, une sorte de fourmillement, un besoin ardent qui la terrifiait. Mais c'était si bon ! Il passa à la tache suivante qui s'étendait de la base du cou à un sein.

La langue trouva l'aréole et s'y attarda.

Les mamelons durs comme deux petits galets en demandaient plus, plus encore. Mon Dieu ! Tout cela était défendu !

Le besoin d'être satisfaite courait en elle, de la tête aux pieds. Elle tenta de bouger, en vain.

En le regardant faire, elle se demanda ce qu'elle ressentirait s'il embrassait sa peau nue, s'il la débarrassait de son vêtement et la touchait aux endroits les plus intimes. Ah, quelle dévergondée elle faisait ! C'était le mari de sa sœur. L'homme avec lequel Elyn allait passer le reste de sa vie. Mais Kiera était incapable de le repousser. Les sensations qui s'épanouissaient dans son corps étaient nouvelles, et si délicieuses. Son sang palpitait sur ce rythme érotique.

Non ! Arrête, Kiera. C'est mal !

La langue de Kelan trouva une autre tache et pressa, brûlante et un peu rugueuse, à travers l'étoffe fine. Elle gémit doucement. Ce qu'elle faisait était scandaleux. Incestueux. Elle devait y mettre le holà sans délai.

— Je pense qu'il ne... oh !

La bouche de Kelan était arrivée sur le mamelon ; le tissu était si mouillé qu'il adhérait comme une seconde peau.

— Ne pense pas, chuchota-t-il.

Son haleine attisait un feu brûlant au bas du ventre de Kiera.

Il glissa lentement sa main sur l'autre sein, et se mit à le pétrir avec douceur. Ses doigts forts et calleux jouaient avec le mamelon. Mon Dieu ! Quelle torture ! Elle bougea, mit ses mains sur la tête de Kelan. C'était un péché, mais elle en redemandait. Elle le voulait tout entier : sur elle, autour d'elle, en elle. Elle voulait se faire toucher, enlacer, embrasser. Des images sensuelles se bousculaient dans son esprit. Des scènes qu'elle n'avait ni vues ni vécues, mais qui lui brûlaient le cerveau avec mille détails excitants.

Toute retenue la quitta. Du bout des dents, il mordillait le mamelon. Elle se cambra.

— Comme ça, ma petite femme chérie, gronda-t-il en glissant sur elle pour l'embrasser à pleine bouche.

Sa langue s'introduisit entre les dents de Kiera, taquina la sienne. Le monde basculait, la chambre se dissolvait dans une avalanche de sensations. Kiera n'était capable que d'une chose : répondre fébrilement au baiser passionné de cet homme.

Elle ne fit pas un geste pour résister quand il remonta la chemise de nuit, dénudant ses jambes. Elle eut une pensée vague pour l'élixir, se demanda pourquoi il n'agissait pas, et pourquoi elle était incapable de refuser quoi que ce soit à Kelan. Puis il la toucha, l'explora, et les spasmes qu'il déclencha effacèrent toute pensée.

— Comme tu es étroite ! soupira-t-il d'une voix enrouée.

Il se remit à la caresser. Elle accompagnait son mouvement, l'acceptait, s'ouvrait à lui. Elle l'embrassait et en voulait toujours plus... Au tréfonds de sa conscience, elle savait qu'elle était en train de commettre une erreur irréparable. Il fallait qu'elle arrête tout de suite. Mais le plaisir bouleversant de l'instant et l'étourdissante adresse de Kelan l'hypnotisaient. Elle écarta encore les jambes, et grogna lorsqu'il l'embrassa à travers les replis du tissu.

— Belle... belle, ma femme ! s'exclama-t-il.

— Mais je ne suis pas... commença-t-elle pour lui expliquer qu'elle n'était pas Elyn.

— La plus belle des femmes !

Tandis qu'il continuait à la toucher d'une main, il dénouait lentement les lacets de ses hauts-de-chausses. Son membre viril en jaillit. Kiera resta bouche bée en le voyant si dur, si long, si gros. Non… c'était impossible.

— Je vais être doux, promit-il. Dis-moi si quelque chose te gêne.

— Je ne peux pas ! chuchota-t-elle.

Il s'étendit sur elle, pesant de tout son poids. Sa main s'écarta, elle sentit contre sa peau la rigidité de sa verge.

— Je vais faire attention.

— Attends ! supplia-t-elle.

Il s'arrêta, la regarda dans les yeux et écarta une mèche qui traînait sur son front.

— Pourquoi ?

Aucune excuse ne venait à la jeune fille, sauf la vérité. Pourquoi cette maudite potion restait-elle sans effet ? Il enfouit son visage au creux de son cou. La chaleur qui palpitait en elle était presque douloureuse.

— Je n'ai pas l'impression d'être mariée, avoua-t-elle, hors d'haleine.

— Pourtant, tu étais bien à mes côtés dans la chapelle.

— Mais je ne connais pas ce prêtre, bafouilla-t-elle laborieusement. Nous devrions peut-être attendre le retour du chapelain de Lawenydd et… faire une autre cérémonie.

Il la regarda comme si elle était un peu godiche, et eut un petit sourire.

— Je ne crois pas qu'une autre cérémonie changerait quoi que ce soit.

Il l'embrassa derechef, plus fort ; ses lèvres se moulaient sur les siennes, sa langue la touchait, la cherchait. Les bras de Kiera se refermèrent d'instinct autour des épaules du chevalier. Du bout des doigts, elle suivait les lignes de ses muscles puissants. Quant à ses pensées, elles étaient dissoutes dans le plaisir.

La bouche et les mains de Kelan se déployèrent partout. Sa langue courait en mille endroits de sa peau. Ses doigts la pétrissaient, attisaient un feu qui brûlait déjà de toute sa fureur. Elle se tordait, comme torturée. Le désir lui faisait bouillonner le sang.

Les lèvres du chevalier découvrirent l'intimité la plus secrète de Kiera. Des doigts et de la langue, il l'explora avec douceur. Tous les doutes de la jeune fille s'évaporèrent, et un cri primal jaillit de sa gorge. Elle vit le plafond tournoyer.

Elle avait à peine repris son souffle qu'il était sur elle de nouveau, bouche contre bouche. Du genou, il lui écarta les jambes. Il se colla tout entier contre sa peau moite et brûlante. La pointe de son membre frôla la peau sensible de l'intimité de Kiera. Elle eut un hoquet ; il poussa plus fort. Dieu ! Comme elle le voulait !

Elle crispait les doigts sur les draps.

Il bougea, s'enfonça.

— Oh… !

Ce fut comme une brûlure déchirante. Elle tenta d'esquiver, mais il continua plus profond.

— La douleur ne dure pas, chuchota-t-il dans son cou.

Il haletait, et Kiera sentit sa douleur se fondre dans un plaisir intense. Elle prit le rythme et commença à bouger avec lui, de plus en plus vite, rayonnante comme le soleil, déchaînée comme un fleuve en crue.

— Kelan ! s'écria-t-elle en se cambrant de toutes ses forces.

Les flammes mourantes de la pièce éclataient derrière ses paupières... Il renversa la tête en arrière et, avec un spasme, explosa.

Puis il se laissa retomber sur elle. Son poids lui aplatissait les seins.

— Elyn... chérie, oh, mon Elyn !

Elle tressaillit. *Elyn*... Toute sa passion fut changée en glace. Qu'avait-elle fait ? Oh, non...

Comme s'il mesurait la détresse de sa compagne, il l'embrassa et se laissa rouler sur le côté. Puis il l'encastra contre lui, par-derrière. Les fesses de la jeune femme appuyaient contre son ventre. Sa virilité se dressa de plus belle. Elle sentit qu'il la pénétrait de nouveau. Non, il ne fallait pas... Mais il écarta sa chevelure et l'embrassa dans le cou, s'immisçant en elle.

Gémissant comme une fille de rien, elle sut qu'elle était perdue. Elle était incapable de refuser les délices qu'il lui offrait.

— Je coucherai ainsi avec toi pour le reste de mes jours, jura-t-il.

— Non, je...

— Chut, je sais. Ni toi ni moi ne voulions nous marier, mais...

Il s'enfonça un peu et elle fut de nouveau suffoquée.

— Est-ce si désagréable ? s'inquiéta-t-il.

— C'est céleste, soupira-t-elle.

Et elle se retourna pour l'embrasser sur les lèvres.

. . .

6

Doux Jésus, qu'ai-je fait ?

Kiera avait une migraine épouvantable. Elle ouvrit un œil glauque. Un bras d'homme musclé la tenait par la taille, et une jambe non moins musclée était enlacée autour de la sienne.

Elle ouvrit le deuxième œil avec précaution et, en grimaçant, reconnut sur son oreiller la rude physionomie de Kelan de Penbrooke. *Le mari de sa sœur.* Kiera avait bel et bien échangé son consentement avec lui et consommé le mariage, mais elle n'était pas juridiquement sa femme et ne le serait jamais. Oh, par Dieu, elle avait commis un péché abominable, irréparable. À présent… à présent qu'elle avait perdu sa virginité, sa pureté, quel homme voudrait d'elle ?

Et quel autre homme pourrais-tu désirer ? se dit-elle amèrement. Es-tu capable de l'imaginer une seconde, alors que tu vibres encore de tous les plaisirs qu'il t'a prodigués ?

Elle regarda Kelan, releva de petits détails. Son visage était détendu, et ses lèvres entrouvertes. La douceur de son haleine chatouillait la peau de Kiera. Des boucles noires tombaient sur son front : ainsi endormi, il avait quelque chose d'enfantin. Mais qu'il ouvre un œil, et il redeviendrait un guerrier endurci, le maître de son fief. Il avait la main posée sur son sein nu.

Elle se sentit rougir jusqu'aux oreilles. Qu'allait-elle faire au retour d'Elyn ? Ah, Dieu ! Peut-être était-elle déjà dans les murs du château… Elle attendait de reprendre la place qui était la sienne.

Les images de la nuit revenaient en foule, sa migraine aggravait ses remords. Une brûlure aiguë entre les jambes lui rappelait à quel point elle avait perdu l'esprit. Toute la nuit, elle n'avait cessé de se donner à Kelan de Penbrooke. Comme si celui-ci était son véritable mari. Elle savait que c'était mal, mais elle avait été incapable de résister à cet homme.

Seigneur, qu'allait-il arriver ? Il fallait à tout prix qu'Elyn ignore qu'elle avait couché avec son mari. Dévorée de honte, Kiera essaya de se libérer de l'étreinte de Kelan. Qu'allait-elle devenir, maintenant qu'elle avait perdu sa virginité ?

Et où était Elyn, à la fin ?

Était-elle revenue de son escapade avec Brock ? Attendait-elle de procéder à l'échange des rôles ?

Kiera dégagea son bras et, grimaçant de douleur, glissa ses jambes sur le côté du lit. Elle remarqua la tache sur les draps froissés, et se dit qu'elle avait préparé pour rien la fiole de sang de porc.

Ça ne fait rien, se dit-elle. Trouve Elyn tout de suite. Explique-lui que… quoi ? Que malgré la parole donnée, tu n'as pu faire ce qui était convenu ? Que l'élixir a mis trop longtemps à agir ? Que tu as été incapable de te refuser à Kelan de Penbrooke ? Que tu étais soûle au point de trouver cet homme irrésistible ?

Elle écarta les reproches obsédants qui assiégeaient son esprit. Il était trop tard pour retourner le sablier. Ce qui était fait était fait. La situation lui avait échappé. Elle s'était unie à « son mari », dont elle portait peut-être l'enfant... À cette pensée, sa bouche se dessécha.

Que faire dans ce cas ? *Que faire ?*

Elle se leva et prit une profonde inspiration, décidée à tout remettre en ordre. Dans la mesure du possible... Elle ramassa par terre sa chemise de nuit et enfila par le haut le vaporeux vêtement. Du coin de l'œil, elle aperçut la robe de mariée d'Elyn. Avec un frisson, elle se dit qu'elle ne porterait plus jamais cet affreux torchon. Il lui fallait autre chose. Pieds nus, Kiera courut à la petite alcôve qui servait de garde-robe à Elyn. Toutes les robes et tuniques étaient de couleurs vives, au goût de sa sœur. Il y avait du velours rouge, du damas jaune, de la soie d'un bleu profond...

Elle rafla la première tunique qui lui tomba sous la main. Puis, sans un coup d'œil pour l'homme paisiblement endormi, elle se glissa sur le côté du lit où elle avait laissé les fioles. Il fallait les reprendre et les cacher, pour le cas où Kelan s'éveillerait avant son retour.

Elle en repéra une contre le mur. Elle se penchait pour la ramasser quand Kelan, avec un ronflement sonore, se retourna. Son bras frôla presque l'épaule de Kiera, qui se figea sur place. Il bafouilla quelque chose, ses yeux bougeaient sous ses paupières.

Il ouvrit un œil.

La jeune femme cessa de respirer.

Lentement, elle retira la main et vit la paupière de Kelan se refermer, comme s'il ne l'avait pas aperçue.

Elle ne pouvait risquer d'être surprise avec les fioles. Sans un bruit, elle les repoussa afin de mieux les dissimuler. Puis, retenant son souffle, elle se hâta vers la porte.

Elle colla l'oreille contre le battant et écouta. Il ne fallait pas qu'on la voie quitter en catimini la chambre à coucher d'Elyn. Aucun son ne lui parvint et, les paumes moites, elle souleva le loquet. La porte grinça. Kiera crispa les orteils.

Le palier était vide, plongé dans une relative obscurité. Elle regarda une dernière fois par-dessus son épaule.

Kelan ne bougeait pas.

Parfait.

Elle se coula dans le couloir et referma la porte. Les torchères sur le palier étaient presque éteintes, elles fumaient plus qu'elles n'éclairaient. On entendait çà et là les bruits du château qui s'éveillait – conversations étouffées, bruits de pas, petits rires qui résonnaient dans les couloirs.

Le cœur serré, elle se hâta vers sa chambre en priant que Kelan ne s'éveille pas. Qu'il dorme encore des heures. Pour retrouver Elyn, elle avait besoin de temps. Si toutefois celle-ci avait décidé de rentrer…

À quoi songes-tu là ? se gronda-t-elle. Bien sûr qu'elle va revenir. Elle ne te laisserait pas dans ce pétrin, tout de même !

Mais l'angoisse ne la lâchait pas, tandis qu'elle faisait une petite toilette de chat dans une bassine. Elle se rinça le visage et les bras, nettoya à l'eau fraîche son entrejambe endolori. Ensuite, elle se coiffa avec les doigts et enfila sa tunique dorée préférée et ses bottes en peau de daim. Elle mit son lourd manteau par-dessus et prit sa dague, dont elle ne se séparait plus depuis son agression dans la forêt.

Inquiète, elle ressortit dans le couloir. Et si quelqu'un s'était aperçu, pendant la cérémonie, qu'elle n'était pas Elyn ? Et si on avait surpris sa sœur rentrant discrètement au château ? Et si Elyn était blessée et incapable de rentrer ?

Kiera dévalait l'escalier de derrière quand elle se figea : quelqu'un montait les marches de pierre.

— Oh ! s'écria Pénélope. Te voilà. Quel soulagement ! Où est Elyn ?

— Je n'en sais rien.

— Comment ? Mais je croyais qu'elle...

— Elle n'est pas rentrée cette nuit, chuchota Kiera en descendant au premier étage. J'espérais que Hildy ou toi auriez des nouvelles.

— Non.

— Peste !

— Mais alors... mais alors, répéta Pénélope en écarquillant des yeux stupéfaits. Je croyais qu'elle devait revenir pour...

— Et moi donc ! confirma Kiera en entraînant sa sœur dans une alcôve, et en lui faisant signe de se taire. Mais ce n'est pas comme si nous nous étions mises d'accord. Elle a peut-être pensé que je ne prendrais pas sa place, puisque je n'ai jamais dit que je le ferais. Ah, malheur ! Écoute, Pénélope. Pas un mot de ceci à quiconque !

— D'accord.

— Sauf à Hildy. Nous avons besoin de quelqu'un pour nous aider. Maintenant, il faut que je retrouve Elyn avant que son mari ne s'éveille.

— Que s'est-il passé, hier soir ? Une fois que lord Kelan est monté dans la chambre ?

— Rien, mentit Kiera en devenant écarlate. Il était ivre, je lui ai donné la potion et... il dort encore. Maintenant, je vais voir papa, montrer à la domesticité que je me sens mieux. Mais je dirai que j'ai rencontré Elyn sur le palier qui allait aux toilettes et... Mince ! Que dire ? Qu'elle n'est pas remise... Non, qu'elle est fatiguée et c'est tout. Et qu'elle veut... Non, qu'elle et son mari veulent qu'on dépose leurs repas devant leur porte. Il faut veiller à ce que nul n'entre dans la chambre.

— Mais pourquoi ne descendraient-ils pas ?

— Parce qu'ils sont... trop occupés.

— Quoi ? fit Pénélope en roulant des yeux effarés. Mais je ne pourrai pas dire ça !

Kiera saisit sa cadette par le devant de sa tunique.

— Tu dois le dire, tu m'entends ? Si quelqu'un perce à jour ce que j'ai... ce qu'Elyn et moi avons fait, ce sera la catastrophe, la calamité ! Papa en mourra, non sans nous faire payer ce mensonge en nous fouettant à mort ou presque. Le seigneur de Penbrooke sera ridiculisé et... et sans doute me fouettera-t-il aussi, ainsi qu'Elyn et tous nos complices.

— Ça veut dire moi ? demanda Pénélope, terrifiée, mesurant enfin la gravité de la situation.

— *Surtout* toi ! approuva Kiera pour bien lui faire entrer les choses dans la tête. Et Hildy ? Tu veux sa mort sur la conscience ? Écoute, nous sommes toutes dans le même bateau. Je t'en supplie, Pénélope, aide-moi !

— Je crois que je n'ai pas le choix, répondit-elle en regardant par-dessus son épaule comme si elle courait soudain le risque d'être entendue.

— Tu as raison. Donc, débrouille-toi pour que nul n'entre dans la chambre d'Elyn.

— Et si lui sort ?

— Cela ne devrait pas causer de difficultés. Enfin, tant qu'il ne me voit pas. Mais je crois qu'il dormira encore un moment.

— Pourquoi ? s'enquit Pénélope, intriguée.

— Parce qu'il est fatigué ! répliqua sèchement Kiera.

Elle aussi était au bord de l'épuisement. Elle avait si peu dormi.

— Toutes ces heures à cheval pour venir ici, puis le mariage, le banquet et… et tout le vin et la potion. Il a bu comme un trou. Il ne bougera pas une oreille avant des heures.

Pénélope fronça les sourcils.

— Alors comme ça, tu as vraiment dormi avec lui ?

— J'ai fort peu dormi, reconnut Kiera. Il ronfle.

— Dans le même lit que toi ?

— Oui, admit Kiera, car sa sœur n'aurait jamais cru le contraire. J'étais nerveuse toute la nuit. Je n'ai pas fermé l'œil. Bon, débrouille-toi pour que les repas soient montés et laissés devant leur porte. Tu diras qu'Elyn et son mari veulent dîner dans l'intimité.

Elle avait à présent une migraine déclarée. Combien de temps réussirait-elle à donner le change ? Il fallait que sa sœur rentre. Il le fallait absolument, et sans tarder.

— Va fouiller les cachettes préférées d'Elyn : la tour de la cloche, la buanderie, la cave à vin. J'explorerai le grenier à foin et…

Quelqu'un montait l'escalier d'un pas pesant. Une grosse lavandière chargée d'un lourd panier de draps arriva sur le palier en se dandinant, hors d'haleine.

— Bonjour, damoiselles, dit-elle avec un hochement de tête.

— Bonjour à toi, répondit Kiera.

Pénélope la regardait comme si elle allait se trouver mal.

— Elle nous a vues, souffla-t-elle quand la lingère tourna l'angle du couloir.

— Elle nous voit tous les jours.

— Mais pas... enfin, en train de faire des messes basses dans le noir.

Kiera aurait giflé sa cadette.

— Allons, ne t'inquiète pas. Et si tu trouves Elyn, envoie-la dans sa chambre, pour l'amour du Ciel !

— Mais le seigneur de Penbrooke ne pensera-t-il pas qu'elle a changé ? Qu'elle est devenue quelqu'un d'autre ? C'est-à-dire : une autre que toi ?

Kiera se mordit la lèvre.

— Il faisait sombre hier soir. Il était complètement ivre. Je te l'ai dit, il... il s'est endormi comme une masse.

— Mais...

— Écoute, Pénélope, fais ta part et ne discute pas ! Tâche de trouver Elyn : si elle est rentrée de son rendez-vous avec Brock, elle se cache quelque part. Elle est censée être en compagnie de son mari dans la chambre nuptiale !

— D'accord, mais si quelque chose cloche ?

— Par exemple ?

— Par exemple si je ne la trouve pas ?

Kiera était touchée au vif, car Pénélope avait mis le doigt sur sa pire crainte.

— Dans ce cas, je sortirai et je me mettrai moi-même à sa recherche. On se retrouve dans l'écurie, tu me diras... Tu secoueras la tête pour dire oui, si tu l'as trouvée.

Elle empoigna d'un geste suppliant les épaules de sa cadette.

— Et que personne n'entre dans la chambre d'Elyn. Il faut que tout le monde sache – papa, les servantes, le régisseur qui fourre toujours son nez partout – que les jeunes mariés veulent être tranquilles.

— Si c'est possible...

— Il le faut! Maintenant, vas-y. À tout à l'heure.

Kiera passa par le salon de son père, songeant qu'elle devait prendre le temps d'expliquer son absence au mariage d'Elyn. Mais Kemper, le régisseur, était en train de refermer la porte de la chambre.

— Le seigneur ne souhaite pas être dérangé ce matin, déclara-t-il.

C'était un grand échalas étroit d'épaules, au regard intelligent et à la moue sévère.

— Mais j'aimerais lui parler...

— Est-ce que cela ne peut attendre?

La bouche de Kemper était réduite à un fil. Mieux valait ne pas éveiller ses soupçons.

— Si. Je reviendrai. Pour l'instant, je vais faire une promenade à cheval. Mais si vous voyez mon père, dites-lui, je vous prie, que j'aimerais lui parler dès que possible.

— Je transmettrai, promit-il avec une ombre de sourire.

— Merci, conclut Kiera, soulagée finalement de ne pas avoir à affronter son père.

Llwyd avait la vue basse, mais beaucoup d'intuition : il aurait sûrement senti qu'elle était mal à l'aise. Quand elle était petite, il devinait ses mensonges avant qu'elle ne les profère.

D'ailleurs, elle n'avait guère de temps à perdre. Dieu seul savait quand Kelan allait s'éveiller.

Et ensuite ? se dit-elle. Que feras-tu lorsque vous vous verrez en pleine lumière ?

— Ah, flûte et zut !

Elle refusait d'y penser pour le moment. Elle allait trouver Elyn, où qu'elle soit. Et la secouer comme un prunier.

· ·
·

7

— Mais… je ne comprends pas !

Elyn était perplexe. Elle trouvait Brock vieilli, amer. Les lèvres marquées d'un pli sévère, il regardait le plafond de la chambre d'auberge où ils venaient de passer la nuit.

— Je ne peux pas m'enfuir pour le moment, avoua-t-il.

Déçue, elle se pelotonna contre lui. Le lit était étroit et les draps glacés, mais elle entendait palpiter le cœur de son amant. Celui-ci était tendu comme la corde d'un arc.

— Mais je l'ai fait, moi. Je me suis enfuie.

— Tu ne t'es pas sauvée pour me rejoindre, rappela-t-il avec un sourire perfide. Tu t'es sauvée pour le fuir, *lui*.

— Mais c'est bien *toi* que j'ai rejoint, non ?

Pourquoi se montrait-il distant ?

— Certes, admit-il en lui baisant les cheveux.

D'un simple geste, il faisait fondre Elyn, tant elle était éprise de lui.

— Cependant, il nous faut faire preuve de patience, insista-t-il.

— Pourquoi ? J'ai quitté ma famille, mon château. C'est à présent ma sœur qui est mariée avec le seigneur de Penbrooke. Pour toi, j'ai tout abandonné. J'ai menti à toute ma famille.

Elle se souleva sur un coude pour mieux le regarder.

— J'ai fait tout ce que nous avions prévu, continua-t-elle. Conformément à nos accords, j'ai esquivé le mariage arrangé par mon père. Tout ce que j'attends de toi en échange, c'est de m'emmener. Comme tu l'as promis.

— Et Kiera ?

Elyn, gênée, détourna le regard. Le remords la tenaillait. Mais, après tout, Kiera aussi avait menti. Elle avait promis de faire tout ce que son aînée demanderait, en remerciement de lui avoir sauvé la vie. Mais quand le moment était venu de s'acquitter de sa dette, elle avait regimbé.

— Kiera a ce qu'elle mérite.

Brock rit soudain et la cloua sur le matelas, de tout son poids.

— Quelle confiance aurai-je en toi, Elyn, si tu sacrifies d'un cœur léger la liberté de ta sœur ?

— C'est que je t'aime, répliqua-t-elle avec simplicité.

— C'est vrai ?

— Oui. Et toi ?

— À ton avis ?

Il lui taquinait la lèvre inférieure. Il saisit un sein et se mit à jouer avec le mamelon, du bout des doigts.

— Je... je crois que tu essaies d'esquiver ma question.

— Tu peux me faire confiance, Elyn...

Il glissa plus bas sans la quitter des yeux et lécha l'autre mamelon avec la pointe de la langue.

— Tout se déroulera comme je l'ai prévu.

— Comme *nous* l'avons prévu, corrigea-t-elle.

Déjà, elle se tortillait sous le poids de son amant. Elle voulait qu'il la prenne tout entière, qu'il lui dise des mots d'amour, qu'il la recouvre de son corps.

— Oui, concéda-t-il.

Son haleine était douce sur la peau rougie de sa maîtresse. Il descendit les mains sous ses fesses et les pressa fermement contre lui.

— Exactement comme *nous* l'avons prévu.

Kiera dévala l'escalier et enfila l'étroit couloir des cuisines, empli d'odeurs de viande grillée, de pain sortant du four et de cannelle. En dépit de sa migraine, elle avait faim. Mais elle n'avait pas de temps à perdre.

Dehors, un crachin tombait sur le château. Le ciel était bas et un pâle soleil d'hiver cherchait à se montrer. Kiera rabattit sur ses cheveux le capuchon de sa cape et longea d'un bon pas les piles de bois de chauffage. Deux chasseurs transportaient un cerf et des lapins pendus à deux perches, pour les déposer devant la cabane du tanneur. Par une porte ouverte, elle aperçut des travailleuses aux bras musclés en train de brasser d'énormes cuves de bière à l'odeur aigrelette.

Des charpentiers réparaient à grands coups de marteau le toit de la cabane du fabricant de chandelles. Les ailes du moulin à vent sifflaient dans l'air si froid que l'haleine de Kiera faisait un petit nuage à chaque expiration. Elle contourna les ornières creusées par le passage des charrettes ; des canards et des oies s'écartèrent en cacardant et en battant des ailes.

Évitant toute conversation, elle traversa la cour comme si elle sortait prendre l'air. Mais elle ouvrait l'œil, à la recherche de sa sœur aînée.

Afin qu'Elyn puisse prendre aux côtés de Kelan la place qui est la sienne, se dit-elle. Et peu importe si tu l'as laissé coucher avec toi.

Elle se mordit la lèvre et se répéta qu'elle n'attendait plus rien de Kelan, et même qu'elle ne voulait plus de lui. Pourtant, le souvenir de leur nuit d'amour était tenace...

Allons, arrête! Tu es aussi dépravée qu'Elyn, et romantique avec ça. Comment t'a-t-on élevée? Tu ne connais même pas ce chevalier. À cause de ton impétuosité et de ta sensualité, tu n'es plus vierge. Donc, tu ne peux plus te marier!

Elle prit le sentier devant la cabane du potier; elle glissa un coup d'œil à l'intérieur et ne vit que l'artisan sur son tour, un chat noir couché à ses pieds. Elle s'arrêta ensuite à la cabane de l'apothicaire, puis devant le réduit du boulanger; elle bavarda quelques instants, traversa rapidement le potager et grimpa dans les tours. Elle ouvrit la cellule de l'ermite et jeta un coup d'œil à l'intérieur. Nulle trace de sa sœur. Maudite Elyn, où était-elle?

Avec Brock, espèce de cruche! lui répondit une petite voix intérieure. Elle ne reviendra pas.

Cette pensée la figea sur place. Était-ce possible? Non, elle ne pouvait croire qu'Elyn l'ait trompée à ce point...

Mais n'a-t-elle pas trompé papa, Kelan, et tout le château? Pourquoi ne te tromperait-elle pas, toi?

Impossible!

Plus décidée que jamais, Kiera fouilla l'armurerie et les moindres recoins où sa sœur était susceptible de se cacher. En vain. Elyn avait disparu. Et le temps passait. Le seigneur de Penbrooke n'allait pas dormir toute la journée...

Son seul espoir était que Pénélope ait eu plus de chance.

Elle quitta la tour, se dissimula une seconde derrière une meule de foin pour éviter le valet de meute qui promenait quatre chiens ; ces derniers remuèrent la queue et tirèrent sur leur laisse au passage d'un domestique qui poussait une brouette avec les cendres du château.

Kiera quitta la cour, traversa le verger et entra discrètement dans l'écurie. Il y régnait une lourde odeur de foin, de crottin et de poussière. La pâle lumière du matin se glissait entre les lattes des fenêtres. Le maître d'écurie, Orson, qui était presque impotent, trônait sur son tabouret préféré. Il ne leva pas le nez de sa tâche : de ses doigts difformes, il polissait vigoureusement un mors.

— Orson ?

— Oh, milady ! Je ne vous avais pas entendue.

Il se leva avec effort. Il y avait une lanterne avec une faible flamme sur un rebord au-dessus de l'abreuvoir. Le reste de l'écurie était dans l'ombre ; il faisait bon, à cause des chevaux qui renâclaient dans leurs stalles. De tous les recoins de Lawenydd, l'écurie était l'un des préférés de Kiera.

— Hé, doucement ! lança Orson aux bêtes. Nous avons une lady en visite. Vous sortez à cheval, milady ?

Il aurait dû prendre sa retraite depuis des années, mais le seigneur l'aimait beaucoup. Son fils, Joseph, savait également s'y prendre avec les chevaux ; le vieillard avait donc gardé son poste.

Même après la perte d'Obsidian, songea Kiera avec un pincement de remords.

— Oui, Orson, confirma-t-elle avec un sourire qu'elle voulait naturel. Cela me ferait du bien, ce matin. Je prendrai Garnet.

— Vous vous sentez en forme ? Il ne fait pas chaud et on m'a dit qu'hier, vous étiez trop malade pour assister au mariage de votre sœur.

— Je suis toujours patraque, mais beaucoup mieux qu'hier.

Orson beugla un ordre par-dessus son épaule.

— Joseph ! La lady a besoin de sa jument espagnole.

— Entendu ! répondit une voix grave.

Le fils d'Orson sortit d'un coin sombre. Il était aussi grand et bien charpenté que son père était ridé et ratatiné. En guise de salut, le jeune palefrenier hocha la tête et son visage se fendit d'un sourire étincelant. Ses cheveux blonds étaient rebelles à toute coiffure, comme de la paille. Sa physionomie inspirait d'emblée la sympathie. Il avait grandi avec Elyn et Kiera, jusqu'au jour où la châtelaine y avait mis bon ordre. Après tout, c'était un simple garçon d'écurie. Lady Twyla tenait à marquer les distances sociales.

— Je vais chercher Garnet, annonça-t-il.

— Merci, dit Kiera.

Orson la regarda.

— Vous n'avez pas l'intention de sortir seule à cheval, n'est-ce pas ?

— Je ne vais pas loin.

Le vieil homme fronça les sourcils.

— Je pourrais vous faire accompagner par Joseph ou par un palefrenier, ou un garde. La forêt n'est pas sûre. Il y a des bandits. Vous êtes mieux placée que quiconque pour le savoir.

— Je ne risque rien. Ne vous inquiétez pas.

Il soupira.

— Enfin, soyez prudente, c'est tout ce que j'ai à vous dire. Et je vous souhaite une bonne promenade.

— Merci, Orson.

Elle le quitta promptement. Dehors, Joseph l'attendait, tenant par les rênes Garnet, sa jument alezane qui encensait.

— Ça lui tarde de prendre le galop, remarqua-t-il avec bonne humeur.

— Elle est comme ça.

— Comme sa maîtresse !

— Eh oui, Joseph, comme sa maîtresse, acquiesça-t-elle, rieuse.

Si seulement il savait... Kiera n'avait qu'une envie : faire galoper son impétueuse monture aussi loin que celle-ci pouvait la porter. Par-dessus son épaule, elle eut un dernier regard pour la fenêtre de la chambre d'Elyn, au deuxième étage. Elle crut apercevoir Kelan de Penbrooke qui la regardait, le temps d'un clin d'œil ; il disparut comme un fantôme. Vraisemblablement, c'était un simple reflet du pâle soleil dans le brouillard. Il dormirait sans doute des heures.

— Bonne promenade !

— Merci, répondit Kiera en s'élançant en selle.

Au moment de prendre les rênes, une douleur entre les jambes la fit grimacer. Il fallait faire vite et trouver sa satanée sœur... où qu'elle se cache !

Peut-être est-elle blessée, morte même. Tombée de cheval, par exemple...

Ou peut-être avait-elle décidé de ne pas rentrer. Kiera avait beau écarter cette hypothèse, elle revenait sans cesse, obsédante. Pourvu qu'Elyn n'ait pas poussé la trahison jusque-là !

Et pourquoi pas ?

Pour rejoindre son amoureux, n'avait-elle pas déjà risqué de se faire bannir, de se briser bras et jambes, de perdre la vie ?

D'une pression des talons, Kiera fit avancer sa monture vers les portes. Si elle ne retrouvait pas sa sœur, elle devrait de nouveau, le soir même, faire comme si elle était la femme de Kelan.

Et cela serait-il si affreux ? lui chuchota une petite voix. Les dégâts étaient déjà faits. Pourquoi ne pas passer une nouvelle nuit à découvrir les délices de l'amour ?

Elle fit traverser la cour à Garnet, elles passèrent sous la herse. D'une façon ou d'une autre, il fallait qu'elle repère sa sœur et la ramène à sa place, vers son mari.

Kelan souffrait d'une gueule de bois monumentale.

Avec un gémissement, il se retourna dans le lit. La pièce était sombre et froide. Du feu, il ne restait que des cendres. Les volets étaient fermés. Et le lit vide. Sa femme était levée.

Sa femme.

Comme c'était étrange... Ce terme ne le dégoûtait plus.

Malgré son crâne qui tintait comme une enclume sous les coups de marteau, il sourit en évoquant leur nuit de noces. À cause de son comportement étrange, il avait douté de sa virginité.

Puis il avait découvert avec plaisir qu'elle était intacte. C'était une forte personnalité, qui l'avait délibérément ridiculisé. Mais, une fois au lit, c'était une merveille de sensualité. Peut-être leur vie conjugale ne serait-elle pas le long calvaire qu'il redoutait.

N'oublie jamais la façon dont elle s'est moquée de toi, lui chuchota une petite voix. Ne laisse pas cette entêtée prendre le dessus, quoi qu'il arrive.

Il cherchait ses hauts-de-chausses à tâtons ; en fouillant le sol, il tomba sur quelque chose de froid et de lisse.

— Qu'est-ce que c'est ?

Il prit l'objet : c'était une fiole, qu'il ouvrit. Il reconnut l'odeur métallique du sang et y trempa le doigt. Oui, c'était bien du sang… Mais pourquoi là, dans sa chambre ? Le récipient devait appartenir à sa femme, ou à une personne ayant utilisé la pièce, peut-être une servante. Quelqu'un qui s'adonnait à la magie noire ? Perplexe, il chercha par terre et repéra une deuxième fiole, vide celle-là. Étrange… très étrange.

Il se gratta la nuque et se demanda quel genre de femme il avait épousée.

— Du sang ? Pourquoi du sang ?

Et à quoi servait l'autre bouteille ?

Il savait que des femmes de peu de vertu se servaient de sang de poulet, de chèvre ou d'un autre animal pour souiller les draps, dans le but de prouver une virginité envolée depuis longtemps. Mais ce n'était pas le cas de sa femme, puisque la fiole était encore pleine à ras bord et que les draps étaient maculés. Ses souvenirs avaient beau être confus, il se souvenait nettement qu'elle était intacte. Sa virginité ne faisait aucun doute.

Dans ce cas, pourquoi ces fioles ?

Il se redressa pour observer le lit, cherchant à se remémorer la nuit passée. Tout était flou. Il ouvrit les volets afin de laisser entrer la lumière grise du matin. L'endroit où il se trouvait dominait la cour. Des enfants jouaient avec un vieux cerceau, des femmes ramassaient des œufs, d'autres mettaient du linge à sécher sous un auvent ; plus loin, le maréchal-ferrant forgeait des fers à cheval, et une femme se hissait en selle, sur une jument alezane...

Un instant, il se demanda s'il ne s'agissait pas de son épouse. Elle portait une cape marron, avec un capuchon qui lui couvrait la tête. Elle regarda dans sa direction puis se détourna.

Il grimaça. Bien sûr que cette femme n'était pas Elyn ! La mariée n'avait aucune raison de décamper.

Elle se pencha sur l'encolure de sa monture qui prit tout de suite le galop, franchit les portes, et sortit du champ de vision de Kelan. Ce n'était pas Elyn. Elle n'aurait pas osé le défier de la sorte. Surtout après ce qui s'était passé pendant la nuit. Toutefois, les réactions de la jeune femme étaient imprévisibles. Il l'avait appris à ses dépens.

Soucieux, il découvrit une bassine pour faire la lessive, et s'aspergea le visage d'eau froide ; sa migraine était terrible.

La femme qu'il avait entrevue n'était pas Elyn, se répéta-t-il. Son épouse était là, au château. Elle allait bientôt revenir dans la chambre, ou bien il irait la chercher lui-même.

Dès que le martèlement cesserait dans son crâne.

Il trouva sa chope vide, l'emplit d'eau et but.

Lui qui s'éveillait tous les matins en pleine forme pour abattre les tâches de la journée, se sentait léthargique, abruti par l'excès de boisson.

Il entendit tinter les fioles dans sa poche et se demanda une seconde si l'on n'avait pas ajouté un produit soporifique à son vin. Pourquoi l'aurait-on fait ? Non, c'était juste un peu de fatigue…

Il avait besoin de sommeil.

Sans réfléchir davantage, il se recoucha d'un bloc. Cela ne lui ressemblait pas… Mais il était trop fatigué pour se perdre en conjectures. Quand sa femme reviendrait, il l'interrogerait. Il exigerait des réponses claires, il insisterait pour connaître toute la vérité… Pour le moment, la somnolence le gagnait et il s'y abandonna.

Sa dernière pensée fut pour sa ravissante épouse, qui lui réservait certainement bien des surprises.

8

Elyn était introuvable. Le soleil avait fini par percer les nuages, et Kiera savait qu'il lui fallait rentrer.

Cela faisait des heures qu'elle chevauchait. Elle avait fouillé les cachettes que sa sœur et elle fréquentaient depuis l'enfance. D'abord la grotte dans les falaises dominant la mer, puis la saillie derrière la cascade. Elle avait ensuite traversé les prairies au galop, ces prairies où elles avaient chassé les papillons ; elle était allée jusqu'au vieux chêne qu'elles escaladaient pour observer les voiliers entrant dans le port.

Pour en avoir le cœur net, elle avait fouillé le moulin à eau où elles s'étaient baignées nues et où certaines nuits, à l'insu de leur père, de Kemper et de l'aumônier du château, elles avaient fait du feu et appris les vieux rites celtes de la bouche de Hildy. C'est là que Kiera l'avait vue pour la première fois jeter un sort, dessiner des runes dans le sable et consulter les rythmes magiques de la forêt, les pouvoirs de la terre, du feu et de l'eau.

En tout cas, sa sœur avait bel et bien disparu.

Comme si elle s'était dissoute dans la brume épaisse.

À moins qu'elle ne soit avec Brock…

— Mais où es-tu ? lança Kiera, désespérée.

Elle ne pouvait continuer ainsi ses recherches jusqu'au soir. Au fur et à mesure que les heures passaient, elle comprenait qu'elle était piégée – ne serait-ce que pour une journée supplémentaire – par son stratagème.

Ayant passé au peigne fin le moindre boqueteau, le moindre champ, elle abandonna ses recherches et rentra au château.

Kelan devait commencer à émerger du sommeil. Pis, il était peut-être réveillé et la cherchait dans tout le château. Qu'adviendrait-il s'il la surprenait à son retour de promenade, devant le maître d'écurie ou un valet ? S'il se comportait en mari, les gens ne manqueraient pas de lui faire remarquer qu'elle n'était pas Elyn… Non, impossible !

— Vite, souffla-t-elle en traversant un dernier fourré.

Une rude journée l'attendait. Combien de temps encore réussirait-elle à donner le change ? Comment retenir son prétendu mari dans la chambre d'Elyn ? Elle ne pouvait quand même pas barrer leur porte. Elle repensa à leur nuit blanche et à la façon dont elle s'était comportée. Avec quelle facilité elle s'était embrasée ! Combien elle désirait que ces sensations exquises lui soient de nouveau offertes !

— Oublie tout ça, s'ordonna-t-elle en poussant sa monture à coups de genoux.

Garnet se lança à toute vitesse à travers champs. Kiera sentait le vent lui fouetter les joues. À travers le brouillard qui montait, elle vit le château dont les hautes tours disparaissaient presque dans les nuages.

Il restait une faible chance pour que Pénélope ait déniché Elyn quelque part dans le château. Peut-être celle-ci était-elle déjà dans les bras de son mari… Cette pensée donna à Kiera la nausée. Était-il possible que sa sœur prenne à présent sa place dans le lit de Kelan ? Oserait-elle, ayant passé la nuit précédente à faire l'amour avec Brock, passer la prochaine dans les bras de Kelan ? Cette perspective glaçait Kiera, bien qu'elle refusât de se demander pourquoi.

La route était boueuse et défoncée, des éclaboussures jaillissaient sous les sabots de la jument. Le cœur de la jeune femme battait la chamade, pas tellement à cause de sa folle chevauchée, mais à la perspective de retrouver Kelan. Si Elyn était rentrée, elle devrait absolument éviter Penbrooke. Si en revanche sa sœur aînée n'était pas au château, elle continuerait la comédie…

Le feu aux joues, elle se dit que rien ne lui ferait davantage plaisir qu'une nouvelle nuit pour découvrir les plaisirs de l'amour. Pourtant, ce serait mieux pour tout le monde si elle ne revoyait plus Kelan, s'il ne la touchait plus jamais.

Elle dépassa le chariot du meunier, chargé de sacs de farine. Les bœufs peinaient sous le joug, et leur maître les invectivait rudement. Kiera ralentit en arrivant sur le pont-levis. Elle dépassa une femme accompagnée de quatre enfants. Elle dut presque s'arrêter car la mule d'un colporteur regimbait, et refusait d'aller plus loin. Dans son chargement, il y avait des breloques en argent qui tintinnabulaient. Le camelot faisait claquer son fouet aux oreilles de l'animal obstiné, qui ne savait que braire.

— Avance, colimaçon ! hurlait l'homme, tandis que Kiera se faufilait entre la charrette et le battant de la porte.

La jument trotta jusqu'à l'écurie. À l'intérieur, Orson était assis sur une vieille souche. Il observait d'un œil critique un garçon d'écurie qui dressait à la longe un jeune poulain.

— Ne lutte pas contre lui, tonna Orson tandis que l'animal ruait et encensait, tournant en rond dans l'espace exigu que lui laissait le palefrenier. Écoute, mon garçon. Il faut qu'il sache qui commande. Mais ne sois pas brutal. Ah... voilà !

Le poulain se redressa, et prit un souple galop autour du rouquin, tout content.

Kiera arrêta Garnet. Le poulain broncha, et faillit arracher la longe des mains du jeune garçon, qui fut jeté à terre. À quatre pattes dans la paille, il réussit à ne pas lâcher prise mais, pour le petit cheval noir, la leçon était terminée.

— Ne le lâche pas maintenant ! avertit Orson, dépité.

Il souleva son bonnet de laine pour se gratter la tête.

— Sale bête !

Kiera glissa doucement pour mettre pied à terre, et Orson vint lui prendre les rênes.

— Bonne promenade ? demanda-t-il.

— Excellente, répondit-elle en flattant l'encolure de sa jument tout en sueur.

Elle s'efforçait de se montrer calme, mais avait les yeux partout. Elyn était-elle rentrée ou pas ?

— Garnet est rapide comme le vent.

Soudain, elle vit Pénélope qui approchait en hâte. Quand celle-ci aperçut Kiera, elle secoua la tête violemment.

Ainsi, Elyn n'était pas rentrée…

Kiera blêmit. Donc, il y avait un imprévu. Sans quelque affreux accident, sa sœur serait rentrée. Elle l'avait promis. Jamais elle ne l'aurait ainsi abandonnée de son plein gré.

À moins que…

— Je ne l'ai pas trouvée, souffla Pénélope, les joues rouges de froid.

Kiera observa par-dessus son épaule le maître d'écurie.

— Chut, ordonna-t-elle en saisissant sa petite sœur par le coude et en la poussant derrière un chariot. Ne dis rien. Où est Hildy ?

— Je ne sais pas.

— Trouve-la et envoie-la dans ma chambre. Et va chercher à la buanderie une robe d'Elyn.

— Laquelle ?

— Ça n'a pas d'importance.

— Et dans quelle chambre ? La tienne ou celle d'Elyn ?

— La mienne ! Allez, file !

Kiera s'éloigna, passa devant le puits et entra en coup de vent dans la cuisine. La cuisinière était une femme rieuse aux gros bras, qui ne cessait de pouffer quand elle travaillait. Pour le moment, elle était en train de morigéner deux marmitons. De son doigt boudiné, elle menaçait le plus âgé :

— Si je te reprends à voler des pommes, je te tords le cou !

Les deux garnements sursautèrent, le plus jeune faillit tomber en arrière dans la cheminée, où un sanglier rôtissait à la broche. Un autre marmiton faisait tourner l'instrument. Une fillette aux cheveux frisés ne perdait rien de l'algarade, tout en hachant énergiquement des oignons sur une table dans un coin. Deux autres filles, qui avaient du mal à garder leur sérieux, travaillaient près de la porte. Devant l'odeur de viande rôtie et d'épices, Kiera se souvint qu'elle avait une faim épouvantable.

— Vous m'avez déjà vue faire ? continuait la cuisinière. Quand il faut un chapon bien gras pour le souper de notre seigneur ?

Le plus jeune, écarlate, acquiesça de la tête, tandis que le grand regardait la grosse femme à travers ses cheveux bruns en désordre.

— Vous ne leur tordez pas le cou. Vous les décapitez à la hache, rétorqua-t-il.

— Eh bien, c'est sans doute ce qu'il te faut, John Miller. J'en parlerai à ton père. Et tu me supplieras de mettre un terme à tes souffrances avec ma hache... Maintenant, fichez-moi le camp !

Les deux galopins détalèrent.

— Petits marauds, dit-elle en se retournant. Oh, milady ! Je ne vous avais pas vue.

Pour le cas où Pénélope aurait oublié les ordres précédemment donnés, Kiera expliqua :

— J'ai parlé avec ma sœur, lady Elyn, ce matin. Elle voudrait que je leur porte un plateau-repas, à elle et son mari.

— Vous ? Jamais de la vie, milady ! répliqua la cuisinière, les deux mains étalées sur ses énormes seins. Lady Pénélope a déjà demandé que l'on monte les plateaux, et qu'on les laisse à la porte de leur chambre à coucher. Je vais m'en occuper tout de suite, si c'est cela que désire lady Elyn. Mais les mariés ne dîneront-ils pas avec votre père ?

Kiera baissa pudiquement les yeux, rougit comme il convenait, puis croisa le regard curieux de la cuisinière.

— Elyn m'a dit que… c'est-à-dire que… ils aimeraient rester dans l'intimité.

— Ah bon ? gloussa la grosse femme. Ah, ça me rappelle quand j'étais jeune mariée. Mon mari, je n'arrivais pas à m'en rassasier. Ç'a bien changé, je dois vous dire, après notre quatrième enfant. Je n'ai plus voulu de lui. Et maintenant, il s'en est allé…

Elle soupira, puis s'en prit à une fille qui roulait de la pâte :

— Hé, fais un peu attention, Marie ! Doucement, que diable ! Regarde comment il faut faire, dit-elle en écartant d'autorité la pauvre fille, toute décontenancée. Mets des bûches sur le feu !

— C'est-à-dire que ma sœur n'est mariée que depuis un jour, s'obstina Kiera.

— Oui, et elle doit être drôlement fatiguée. Avez-vous vu votre beau-frère ? Un sacré beau bougre, et bien charpenté avec ça.

La cuisinière haussait des sourcils charbonneux tout en pétrissant la pâte ; la servante qu'elle remplaçait mettait des bûches dans la cheminée d'un air boudeur.

— Ce n'est pas étonnant que la lady n'ait pas envie de descendre. Si j'étais à sa place, je ne serais pas fâchée de partager mon lit avec le baron de Penbrooke.

La fille près de la cheminée ricana, une autre qui pilait des épices faillit s'étrangler. Quant à Kiera, elle eut l'impression de rougir comme les braises sous le sanglier.

La cuisinière pétrissait toujours.

— Cela me fait plaisir qu'elle lui ait donné sa chance, après avoir manqué la fête hier soir. Et le banquet de noces que *j'avais* préparé.

Elle leva les yeux. Kiera se mordit la lèvre. En ne mettant pas les pieds dans la grande salle la veille, elle n'avait pas vexé que son mari…

— Je vais envoyer Gladdys dans un moment, promit la cuisinière. Y a-t-il autre chose que je puisse faire pour vous ?

— Assurez-vous qu'on ne dérange pas lady Elyn et son mari. Gladdys n'aura qu'à frapper et laisser le plateau à la porte.

— Ce sera fait.

— Merci.

Kiera repartit en toute hâte vers l'escalier de derrière. Restait une chance pour qu'Elyn l'attende dans sa chambre. Une toute petite chance. Une fois au deuxième étage, elle allait se glisser dans sa chambre quand la porte de celle d'Elyn s'entrouvrit. C'était Kelan, qui s'appuya un instant sur le chambranle.

La jeune femme se figea.

Le chevalier était hirsute, torse nu, et ses hauts-de-chausses étaient délacés.

— Tu es sortie faire un tour à cheval ? demanda-t-il, stupéfait.

Il se frottait la nuque des deux mains et étirait les muscles de son ventre plat, clignant des yeux comme s'il avait du mal à s'éveiller.

Le cœur de Kiera battait la chamade. Elle le revoyait tel qu'il était la veille au soir, nu, la peau dorée par le reflet du feu mourant.

— Eh bien, je… je ne voulais pas te réveiller.

Elle s'élança vers lui et, malgré sa peur d'être vue et reconnue, se hissa sur la pointe des pieds et lui donna un petit baiser sur les lèvres. Les yeux gris de Kelan s'éclairèrent.

Anxieuse, elle croisa les doigts aux siens et l'entraîna à l'intérieur de la chambre. Avec le plus grand naturel, elle referma le loquet.

— Je… j'ai l'habitude de faire un tour de bon matin.

— Tu aurais dû me réveiller, remarqua-t-il en bâillant. Nous serions sortis ensemble.

— Tu étais fatigué.

— C'est vrai, reconnut-il. Pas toi ?

— Si, un peu. Tu ronfles, tu sais ! précisa-t-elle avec un sourire aguichant.

Elle était la première surprise de son impertinence. Elle le taquinait, et le pétillement qu'elle lisait dans les yeux de Kelan montrait qu'il avait bien autre chose en tête qu'une chevauchée en forêt.

— C'est vrai ?

— Oui. Un son terrible ! Un vieux sanglier qui grogne dans sa bauge.

— Et tu t'y connais en vieux sangliers ? s'enquit-il avec un demi-sourire.

— Parfaitement. Je me suis toujours intéressée aux animaux des bois.

— Et à quoi encore ? demanda-t-il en l'enlaçant.

Ce geste fit bouillir le sang de Kiera, mais elle s'inquiétait de savoir Elyn peut-être proche, voire dans la chambre à côté, attendant de reprendre sa place légitime.

— À des tas de choses… Je devrais me changer : cette tenue de cheval me gêne.

— Bonne idée ! approuva-t-il en dénouant les rubans fermant le décolleté.

Oh ! Ce regard irrésistible…

Garde la tête froide, petite, s'ordonna-t-elle. Ne te laisse pas distraire. Tu as couché une fois avec lui, ne commets pas l'erreur de recommencer. Débrouille-toi pour le garder dans cette chambre, sans tomber à la renverse comme une fille de rien !

— Non, c'est-à-dire que… je ne voulais pas te déranger. Je me suis changée dans la chambre de Kiera, à côté. Si tu veux bien m'attendre quelques instants, je vais revenir…

— Mais non, mais non, rétorqua-t-il en lui serrant la taille de plus près. C'est toi qui m'as fait rentrer ici, ma femme : à toi maintenant d'en supporter les conséquences !

Sans lui lâcher la taille, il continuait à dénouer le ruban de la tunique. La gorge de Kiera se noua. Dans les profondeurs de son ventre, dans le secret de sa féminité, un désir presque douloureux la tétanisait.

Que Dieu vienne à mon secours !

Elle avait les seins presque découverts. Il se pencha pour faire courir sa langue sur sa chair. Elle frémit.

— Alors comme ça, ma belle, on a envie de moi ?

— Mais non…

— Oh, que si ! insista-t-il, le souffle court.

Il passa la main sur ses jambes, relevant la tunique. Par petites touches légères, il la taquinait, la tourmentait. Elle se tortillait en frissonnant. Malgré ses tracas, elle le désirait, ce beau chevalier, elle se languissait de lui avec avidité.

Il la poussa contre le mur et, avec un haut-le-corps, elle sentit un doigt qui s'introduisait dans sa féminité ; la brûlure douce-amère de la veille se réveilla. Elle se laissa un peu glisser pour mieux ouvrir les cuisses. Elle respirait par hoquets, son pouls lui battait dans les oreilles tandis qu'il la touchait, la caressait. Elle gémit en lui saisissant la chevelure.

Soudain il s'interrompit, baissa ses hauts-de-chausses, la souleva à pleins bras et l'empala sur son membre viril, dur comme le roc.

— Oh ! s'exclama-t-elle en écarquillant les yeux.

— Oooh…

Elle croisa les jambes autour de lui, s'agrippant de tous ses ongles à ses épaules nues. Au début, ses mouvements en elle étaient lents ; ils se firent plus rapides. Suffoquée, elle haletait.

La chambre basculait, le plafond tournoyait. Kiera brûlait. Plus rien ne comptait, sauf cette précieuse sensation. Elle suffoquait, elle s'agrippait à lui comme une naufragée, elle chevauchait la vague déferlante de son désir…

— Elyn, souffla-t-il, éperdu.

Elle se figea.

— Oh, Elyn… ma femme…

Elle se raidit, jeta la tête en arrière et eut un cri rauque. Ciel, qu'était-elle en train de faire ? Elle commettait un adultère avec son beau-frère. Elle péchait avec fougue, passion, allégresse !

Kelan, sans la lâcher, bascula sur le lit. Il l'embrassa de nouveau, vorace. Elle tenta de ne pas répondre à ce baiser, mais ils étaient encore unis. Une seule chair. Elle ne put résister.

Ils roulèrent ensemble et Kiera se retrouva sur le dos. Il se souleva sur les coudes et riva son regard au sien. Il la pénétrait à présent de façon plus profonde, l'enlevait dans un tourbillon de plaisir qui la consumait et pulvérisait toute pensée.

Il se retira doucement, et elle protesta.

Avec un sourire, il s'introduisit de nouveau, jusqu'au bout.

Les ongles de Kiera labouraient les épaules du chevalier.

— Kelan…

— Oui, petite, approuva-t-il en bougeant un peu.

Elle se tortilla.

Il lui administra une nouvelle poussée, plus forte…

— Oui !

Plus brûlante, plus sauvage…

— Oh… mon amour ! cria-t-elle comme un spasme la secouait tout entière.

Un instant, des éclats de lumière multicolore lui brouillèrent la vue.

9

Que d'événements en vingt-quatre heures! Dehors, il faisait grand soleil : l'astre du jour avait dispersé ce qu'il restait des brumes matinales.

Kiera gisait sur le lit à côté de Kelan. Elle se dit qu'elle ne l'aimait pas. Cette simple notion était ridicule. Pourtant, elle avait crié... Oh, ne plus penser à ça! C'était un étranger. Un bel homme, expert dans les choses de l'amour, certes. Mais il était le mari de sa sœur et ils reposaient ensemble dans le lit d'Elyn. Tout était perdu car, après leur nouvelle union amoureuse, Kiera savait que le stratagème de sa sœur était voué à l'échec. Il était désormais impensable qu'il confonde Kiera avec Elyn, une fois celle-ci revenue. Si toutefois elle revenait...

D'une main, elle chercha son vêtement.

On frappa à la porte.

— Qui est là? gronda Kelan.

— Gladdys, milord, répondit une voix féminine à travers l'épaisse porte. J'apporte quelque chose à manger.

— Pose ça par terre! ordonna Kiera.

Elle ne voulait pas courir le risque que Gladdys, qui travaillait tout à l'heure à la cuisine, glisse un coup d'œil à l'intérieur : la servante pouvait apercevoir la « mariée » ou sa tunique dorée traînant sur le sol.

Elle fit une prière silencieuse pour que Gladdys ne reconnaisse pas sa voix.

— Bien, milady, répliqua la soubrette.

Kiera eut un soupir de soulagement en l'entendant s'éloigner.

Vivement, elle roula sur le lit et ramassa sa tunique. Elle l'enfila par la tête et se leva.

— Reste, dit-elle à Kelan qui se disposait à quitter le lit. J'y vais.

Pieds nus, elle s'avança vers la porte, tendit l'oreille une seconde et souleva le loquet. Avec une prière muette, elle glissa un regard sur le palier : heureusement, il n'y avait personne dans le couloir.

Bénissant sa bonne étoile, Kiera ramassa promptement le plateau, referma la porte derrière elle et remit le loquet en place. Elle avait eu une nouvelle fois de la chance, mais combien de temps cela durerait-il ?

Elle fit un effort pour avoir l'air calme et regagna le lit. Kelan, qui l'observait comme si elle était la femme la plus intéressante au monde, l'attendait. Il ne s'était pas soucié de se couvrir. Kiera fit des efforts titanesques pour ne pas lorgner ses longues jambes, son torse velu et son membre viril, à présent assagi, reposant à la jointure de ses cuisses. Non, elle ne regarda même pas au moment de poser le plateau sur le lit à son côté. Elle consacrait toute son attention aux mets qu'elle apportait, et à leurs exquises odeurs. Il y avait du porc salé, des tourtes au poisson qui embaumaient. Elle remarqua également des tartelettes aux fruits, du fromage, un pot de miel épais et des tranches de pain chaud. Cela faisait une éternité qu'elle n'avait rien mangé. Pouvait-elle risquer de grignoter quelques bouchées avant de se lancer à la recherche d'Elyn ?

— Tu ne voudrais pas du vin ou de l'hydromel ? demanda-t-elle en voyant la cruche vide sur la petite table de chevet. Je peux en faire monter.

Elle se leva, mais il la rattrapa par le poignet.

— Ça ne fait rien.

Elle s'assit au bord du lit.

Il prit une tranche de pain, mit un morceau de fromage dessus et lui offrit le tout. Elle voulut le prendre, mais il secoua la tête.

— Non, non. Mords.

Il présenta le pain et le fromage devant la bouche de Kiera, qui mordit dedans de bon appétit.

Quand elle eut avalé sa bouchée, il choisit un morceau de tartelette et le porta également aux lèvres de la jeune femme.

— Je suis capable de me nourrir seule, observa-t-elle.

— Vraiment ? s'enquit-il avec un sourire dubitatif.

— Vraiment !

Elle prit de nouveau sa becquée, et sentit qu'il introduisait le doigt entre ses dents.

La langue de Kiera en fit le tour avant qu'il ne le retire.

— N'est-ce pas plus drôle ? demanda-t-il d'un ton taquin.

Il suça son doigt, puis piqua son couteau sur le morceau de porc.

— Ça change un peu, convint-elle. Mais ce serait mieux avec du vin. Je reviens dans un instant.

Sans lui laisser le temps de l'attraper, elle quitta le lit, et la chambre. Ayant ouvert la porte avec lenteur et constaté qu'il n'y avait pas âme qui vive sur le palier, elle bondit jusqu'à sa chambre, dont la porte était entrebâillée. Elle se glissa à l'intérieur.

— Ce n'est pas trop tôt ! pleurnicha Pénélope.

Kiera, surprise, sauta presque au plafond : elle plaqua le doigt sur les lèvres de sa cadette, désignant de la tête la chambre d'Elyn. En effet, les deux pièces n'étaient séparées que par une cloison.

— Pas un bruit, chuchota-t-elle.

Elle remarqua la robe de soie bleue d'Elyn sur un paravent. Mais où diable était sa sœur ?

La dernière fois qu'Elyn avait porté cette robe, c'était pendant les fêtes, plusieurs mois auparavant. Kiera se souvenait bien de ce soir-là. Elyn était heureuse, insouciante, ses yeux brillaient d'un merveilleux secret tandis qu'elle dansait avec tous les chevaliers tour à tour.

— Ce soir, je vais rejoindre Brock, avait-elle révélé à l'oreille de Kiera, une fois la musique finie.

— Brock ? Mais je croyais que papa te l'avait défendu. N'épouses-tu pas le seigneur de Penbrooke ?

Le sourire d'Elyn s'était effacé.

— Il se peut. Mais le temps du mariage n'est pas encore venu, n'est-ce pas ?

— Tu ne peux aller contre la volonté de papa.

— Tu crois ? avait riposté Elyn en haussant un sourcil impérieux.

— Oh, non ! Ne fais pas ça : tu te ferais prendre !

Kiera était folle d'inquiétude.

— C'est un risque que je suis prête à courir.

— Si tu te fais prendre, papa te fera fouetter et bannir, ou enfermer dans la tour est.

Kiera avait attiré sa sœur à l'écart de la foule, derrière un épais rideau de velours.

— Jamais il ne saura, avait affirmé Elyn en posant la main sur son épaule. Un jour, toi aussi, tu tomberas amoureuse. Ce jour-là, tu me comprendras. Rien ne compte plus.

— Même ta liberté ? Même ta vie ?

— Oui.

Avec un rire de jubilation, Elyn avait écarté le rideau et monté l'escalier quatre à quatre. Elle portait cette robe de soie que Kiera avait à la main. Le tissu miroitait à la lumière des chandelles.

Kiera se dépouilla de sa tunique chiffonnée. Jusqu'à la veille au soir, elle n'avait jamais compris ce côté impétueux d'Elyn. Jusqu'à la veille, elle s'était sentie incapable de réagir comme elle. Mais, après une nuit avec Kelan, elle avait perdu ses belles certitudes…

On frappa à la porte. Elle se figea.

Kelan ?

Pénélope se précipita pour ouvrir.

— Non, attends ! ordonna Kiera à voix basse.

Puis elle répondit haut et clair :

— Qui est-ce ?

— C'est moi, Hildy, annonça la gouvernante.

Kiera fit à Pénélope un signe d'assentiment, et celle-ci ouvrit à la vieille dame. Hildy était ravagée d'inquiétude, elle se tordait les mains.

— Tu n'as pas trouvé Elyn ? demanda Kiera en devinant d'avance la réponse.

— Non, elle n'est pas revenue. Je me suis renseignée en ville, j'ai écouté les rumeurs, j'espérais apprendre quelque chose. Mais rien. Personne ne se doute de quoi que ce soit.

— Tant mieux, observa Kiera.

— Peut-être, mais je n'ai rien trouvé. Personne n'a vu Elyn et, s'il y en a qui l'ont vue, ils ne disent mot.

Hildy se posta à la fenêtre et regarda entre les lattes des volets.

— Je crains un malheur.

— Un malheur? répéta Pénélope, les yeux ronds.

— Des ennuis... Je ne sais pas. Je l'ai lu dans les pierres.

— Et qu'as-tu vu? insista la petite.

— Des ennuis. À Lawenydd.

— Quel genre d'ennuis? demanda Kiera, qui avait la chair de poule.

Hildy avait la réputation de prédire l'avenir.

— Ce n'est pas très clair, esquiva-t-elle. Elyn a commis une folie en s'échappant.

— Oui, convint Kiera. N'empêche que c'est fait. Maintenant, il nous faut rétablir la situation en la retrouvant.

— Si c'est possible... commenta Hildy d'un air sombre.

— Les pierres disent que non?

— Comme je l'ai dit, ce n'est pas clair.

— Que faire? s'enquit Pénélope, livide.

— La trouver coûte que coûte, s'obstina Kiera en se glissant dans la robe d'Elyn.

Cela ne changeait rien pour Kelan puisqu'il n'avait jamais vu Elyn, mais la domesticité avait plus de chances de confondre Kiera avec sa sœur si on l'apercevait dans ses vêtements.

— Et si elle n'a pas l'intention de revenir? demanda Hildy.

Kiera frissonna, car c'était sa pire crainte.

— Dans ce cas, il nous faudra partir à sa recherche. J'aurai besoin de ton aide, précisa-t-elle à Hildy en arrangeant son vêtement à la taille et aux épaules.

— De quoi auras-tu besoin ?

— De vin et de potion soporifique, répondit-elle en rejetant sa chevelure en arrière. Quelque chose de fort, cette fois-ci.

— Plus fort ? s'étonna Hildy. Tu es sûre ?

— Oui ! Je suis capable de remarquer si une personne dort ou non.

— Penbrooke est resté éveillé ? s'enquit Pénélope, les yeux exorbités. Mais alors... comment as-tu fait, tu sais, pour l'empêcher de... Enfin, je veux dire...

— De coucher avec moi ? Ce n'était pas facile, mais ne t'inquiète pas. Pour l'instant, il faut trouver Elyn et qu'elle reprenne sa place. Il y a des chances pour qu'il s'aperçoive de la supercherie, mais occupons-nous d'un problème à la fois. J'espère que l'élixir le rendra amnésique, donc il est important de lui faire boire du vin avec de la potion.

Hildy croisa les bras autour de son torse, comme pour se garder du froid.

— Trop de potion pourrait lui faire du mal...

Kiera était tendue comme un arc. Elle refusait farouchement de faire du tort à Kelan.

— Lui faire du mal ? De quelle façon ?

— Un sommeil définitif... la mort.

— Doux Jésus ! s'exclama Pénélope, horrifiée. Tu veux dire que nous risquons de le tuer ?

— Il ne mourra pas, assura Kiera qui l'avait vu dans tout l'éclat de sa santé. Il est fort comme un bœuf.

— Mais… s'il tombe dans un profond sommeil ? demanda Hildy.

— Eh bien, cela nous laissera le temps de retrouver Elyn, riposta Kiera avec un soupçon de remords.

Et si Kelan en gardait des séquelles ? Mieux valait ne pas jouer avec le feu. Elle se mordit l'ongle. Elle ne supportait pas la perspective de lui faire du mal. Il lui fallait être prudente, très prudente.

— Et pourquoi ne pas dire la vérité à papa ? suggéra Pénélope.

— *Maintenant ?* Tu ne crois pas que nous aurions dû y songer plus tôt ?

Kiera se rappelait son serment à sa sœur. Sa promesse de faire tout ce qu'Elyn voudrait, pour la remercier de lui avoir sauvé la vie. Au premier abord, elle avait regimbé à la requête d'Elyn. Mais à présent, Seigneur, quelque chose en elle ne demandait pas mieux que de remplacer sa sœur quelques heures de plus.

— Nous sommes dans un joli pétrin, n'est-ce pas ? Jusqu'à ce que nous localisions notre sœur. Alors peut-être pourrons-nous aller trouver papa et mon… je veux dire, le mari d'Elyn… et révéler toute la vérité.

Kiera pencha la tête et se fit une natte en deux temps trois mouvements. Elle en noua le bout avec un ruban qui rappelait les lacets fermant le devant de sa robe.

— Mais faites en sorte que nul ne me voie avec Penbrooke. Et faites monter du vin.

— Avec du somnifère ? s'enquit Pénélope.

— Bien sûr ! répondit Kiera, agacée. Et je t'en supplie, veille à marquer clairement sa chope. Qu'il n'y ait pas d'erreur possible.

Kiera jeta sa natte dans son dos en se tournant vers Hildy, sa vieille gouvernante, sorcière à ses heures.

— Envoie-moi la fiole supplémentaire de potion en l'enveloppant dans un linge et en la cachant dans un panier de… je ne sais pas, moi, de pain, de fromage, de linge sale : débrouille-toi. Mais de grâce, vite !

— Que vas-tu faire ? s'inquiéta Pénélope en tripotant le col de sa robe.

Kiera avait déjà la main sur le loquet.

— Enivrer le mari d'Elyn et espérer qu'il dormira des heures.

Le remords la tenaillait, mais ce n'était pas le moment de s'attendrir.

— Une fois qu'il dormira, je récupérerai les autres fioles, je filerai de la chambre et je repartirai à la recherche de notre sœur.

— Comment ? demanda Pénélope.

— Je ne sais pas, reconnut Kiera en ouvrant la porte. Mais il nous faut faire quelque chose sans tarder. Autrement, toute cette comédie n'aura servi à rien.

10

Décidément, sa femme ne cessait de l'étonner.

Kelan se retourna sur son lit, et se leva. Un coup d'œil à la fenêtre lui indiqua que l'après-midi était bien avancé. Il souffrait d'une violente migraine, douze chevaux ferrés menaient un galop d'enfer dans sa tête. La moindre lumière lui brûlait les yeux.

À son corps défendant, il ressentait de l'estime pour la jeune femme. Elle représentait une énigme, agréable, somme toute.

Kelan avait eu toutes les femmes qu'il voulait; et chacune était unique. Mais celle qu'il venait d'épouser l'intriguait comme nulle autre. Cela ne faisait pas vingt-quatre heures qu'il la connaissait… ou plutôt, pour être sincère, il ne la connaissait pas du tout. La plupart des femmes finissaient tôt ou tard par se dévoiler : c'était une question de temps. Avec son épouse, en revanche, il avait l'intuition qu'il irait de surprise en surprise…

Il réunit les reliefs de leur repas sur le plateau, posa celui-ci par terre et sortit de la pièce. Il avait les jambes en coton et les muscles courbatus, sans parler de cette douleur au bas du ventre qui lui rappelait les plaisirs de leur nuit de noces échevelée. Décidément, Elyn de Lawenydd était aussi farouche qu'irrésistible.

Le palier était éclairé par quelques chandelles. Il se rendit aux toilettes. Le couloir était sombre et désert, et les minuscules lieux d'aisances glacés. Il renoua ses hauts-de-chausses et ressortit.

En arrivant dans le couloir, il entendit des voix. Elles venaient de la chambre voisine de celle de sa femme : la chambre de la cadette d'Elyn, Kiera. Il se demanda la tête qu'avait celle-ci. Elle ne s'était pas montrée au mariage. Elle était, paraît-il, trop malade pour quitter la chambre. Voici qu'à présent elle avait de la compagnie. Une des voix était celle d'une femme âgée. L'autre, il était prêt à le jurer, était celle de son épouse.

Des histoires de bonnes femmes, songea-t-il sans se mettre martel en tête. Et il rentra dans la chambre d'Elyn.

Il passa les doigts dans sa chevelure, ne sachant comment amadouer son mal de tête. Évidemment, c'était à cause du vin qu'il avait bu… et de ce que l'on y avait ajouté. Voilà sans doute pourquoi la deuxième fiole était vide. Il toucha du bout des doigts les petits récipients, et décida qu'au retour d'Elyn, il l'interrogerait.

Entre-temps, il avait à faire. Il lui fallait s'habiller, trouver son escorte et organiser son départ. Le moment était venu de rentrer à Penbrooke. Sa mère attendait son retour avec impatience. Il imaginait la joie de la vieille châtelaine, quand elle saurait son fils heureux en ménage. Kelan eut un sourire en attrapant sa tunique. Il fallait qu'il déniche Tadd, Orvis et l'aumônier, pour les avertir qu'ils partiraient à l'aube.

Il y avait à côté de la cheminée une pile de bûches fendues, prêtes à brûler ; il les disposa dans l'âtre, et souffla sur les dernières braises.

Celles-ci rougirent, une flamme jaillit et, bientôt, un beau feu crépita.

Kelan recula sur ses talons. Il s'était dit que l'étrange conduite d'Elyn pendant le mariage s'expliquait par sa timidité ; son refus de participer au banquet était la preuve d'un tempérament soupçonneux. Il était monté dans leur chambre avec l'intention de la plier à sa volonté… et avait finalement fait l'amour avec elle, en faisant passer ses propres besoins après ceux de sa femme. Elle montrait tour à tour un toupet renversant, un charme irrésistible et une retenue incroyable. Il l'avait successivement soupçonnée de feindre la maladie, de l'éviter, de ne plus être vierge. Néanmoins, lorsqu'elle s'était donnée à lui, cela avait été avec passion. Vierge certes, mais amante consentante et même passionnée. La simple pensée de leur nuit de noces réveillait son désir.

Dans ce cas, pourquoi s'était-elle coulée hors du lit pour aller faire une promenade à cheval ? À son retour, elle avait exigé de lui servir elle-même son repas, plutôt que de laisser les domestiques entrer. Et puis il y avait cette histoire de fioles…

C'était troublant. Et sa tête, mon Dieu, comme elle lui faisait mal ! Tout ça pour avoir trop bu ? Cela ne lui ressemblait pas.

Il entendit le déclic du loquet. Son épouse entra, les cheveux noués dans le dos et vêtue d'une robe moirée qui froufroutait à chaque mouvement.

— J'ai demandé qu'on monte du vin, annonça-t-elle.

Elle était d'une beauté radieuse.

— Nous ne dînerons pas avec ton père ?

— Une autre fois, trancha-t-elle.

Elle lui lança une œillade séductrice.

— Je me disposais à rejoindre mes hommes, pour discuter de notre départ. Il faudrait que nous partions pour Penbrooke demain matin de bonne heure, au point du jour.

Il remarqua qu'elle se raidissait.

— Déjà ? Ne pouvons-nous attendre un jour ou deux ?

— Je ne crois pas.

Elle était réticente. Elle s'approcha du lit ; ses mains fines étaient crispées.

— Tu n'as pas envie de voir Penbrooke ? C'est ton nouveau domicile.

— Si, bien sûr, concéda-t-elle avec raideur. Mais c'est trop tôt.

— Tu pourras revenir ici quand tu voudras. Ce n'est qu'à trois jours de cheval.

— Je sais, mais…

Elle se mordit la lèvre inférieure.

Kelan se sentait déchiré. Après tout, même si elle était malade, sa mère pourrait patienter quelques jours.

— Si tu préfères, nous pouvons rester un jour de plus, deux à la rigueur.

— D'accord, oui. D'accord ! se hâta-t-elle d'acquiescer. C'est tout ce dont j'ai besoin. Ensuite, je serai heureuse de partir avec toi.

Elle le gratifia d'un sourire, mais une ombre hantait son regard. La peur, peut-être ?

— Ainsi soit-il, conclut-il.

Le moment était venu de l'interroger sur les fioles.

— J'ai trouvé ceci, annonça-t-il en mettant la main dans sa poche à l'instant même où quelqu'un frappait.

Elle sursauta vivement.

— J'y vais, dit-il.

Elle gagna la fenêtre. Quand il ouvrit la porte, il remarqua qu'elle tournait le dos à l'entrée. Une vieille servante était debout sur le seuil : il l'avait aperçue au banquet. Elle avait un visage sinistre, un regard de pierre. Sur son plateau, une grosse cruche, deux chopes à demi pleines et un plat de tartelettes.

— Milord ! salua-t-elle. Félicitations pour votre mariage.

La voix était vaguement grinçante ; c'était celle qu'il avait entendue un peu plus tôt dans la chambre de Kiera.

— Merci.

La jeune femme se détendit et pivota.

— Je te présente Hildy. Elle a été au service de ma mère, puis nous a élevées. Et maintenant, elle est à mon service.

— Oui, c'est vrai. Je connais la lady depuis qu'elle est bébé. Comment vas-tu aujourd'hui... Elyn ? demanda-t-elle.

Elle posa le plateau sur la table de chevet, et fit tomber quelques miettes par terre en regardant le lit. Un bref instant, elle fit la moue en apercevant les draps chiffonnés.

— Que votre... que votre union vous donne des fils et des filles, continua-t-elle en tendant à Kelan une chope. À toi aussi, milady.

Elle prit l'autre chope et s'approcha de la mariée.

— Y a-t-il autre chose que l'on puisse faire pour vous ?

— Pas pour le moment, répliqua la jeune femme en acceptant la chope. Merci, Hildy.

La servante ramassa le plateau avec ce qu'il

restait de leur repas précédent, et quitta la pièce.

Ils étaient de nouveau seuls.

Kiera lui offrit un sourire éblouissant.

— À nous ! déclara-t-elle en levant sa chope.

— Au seigneur de Penbrooke et à sa femme, répondit-il en trinquant avec elle.

Ils burent tous deux.

— Puissions-nous régner à jamais ! ajouta-t-il.

— À jamais, c'est long...

— Oui, mais il ne m'en faudra pas moins pour me rassasier de toi.

Elle sourit, et il fut touché au cœur. Il était saisi par sa beauté. Elle enfouit le nez dans sa chope, et il l'imita. Un instant l'effleura la pensée des fioles, mais il but jusqu'à la dernière goutte, incapable de croire à la moindre tromperie de la part d'une si jolie femme. Surtout quand elle lui souriait de cette façon, le menton un peu relevé, les yeux brillants.

Avant qu'elle ne finisse sa chope, il la lui prit des mains et la posa sur le sol, à côté de la sienne. Sans lui laisser le temps de dire un mot, il se redressa et observa son visage.

— Nous avons à parler.

— Oui, des tas de choses à nous dire...

— Mais cela peut attendre, précisa-t-il.

— Ah bon ? demanda-t-elle avec une ingénuité ironique.

— Oui, milady ! confirma-t-il en l'enlaçant.

Elle ne résista pas. Il baissa la tête et lui frôla la bouche des lèvres. Elle eut un discret soupir.

— Kelan, mon amour, souffla-t-elle. Je... je ne puis.

La voix lui manqua, elle détourna le regard.

— Pourquoi ?

Elle tentait de se dégager, mais il tenait bon.

— Il y a des tas de choses à faire…

— Nous avons tout le temps.

Lentement, il détacha le ruban qui lui retenait les cheveux, puis la pencha au-dessus du lit. Elle protesta, sans grande conviction, et se tut lorsqu'il dénoua les lacets de sa robe. Celle-ci tomba d'une épaule. Il s'en prit alors au ruban de la chemise et écarta le tissu, dénudant la peau.

Elle perdit le souffle quand il posa les lèvres sur le haut d'un sein. Il fit glisser la robe, découvrit un mamelon, petit bouton dur qui n'attendait que sa langue. Il se mit à le téter. Les genoux de Kiera se dérobèrent, ils tombèrent sur le lit.

Il fit passer par-dessus sa tête la robe de soie et entreprit de l'embrasser, de la caresser jusqu'à être sûr qu'elle soit prête. Puis, vivement, il dénoua les lacets de ses hauts-de-chausses, et s'introduisit d'une poussée dans la douce chaleur de son intimité. Par le Ciel, comme il voulait la posséder, cette femme… *sa* femme !

Pourtant, l'espace d'une seconde, sa concentration faiblit, il se sentit soudain confus…

Elle le ceignit de ses jambes, et croisa ses chevilles dans le dos de Kelan. Des deux mains, il souleva son adorable derrière, l'appuya sur les draps en sorte de la fouailler plus profond. À chaque poussée, il allait et venait, et le monde se dissolvait dans les ombres qui les entouraient. Plus rien ne comptait, simplement cette passion partagée, chauffée à blanc.

Il entendit la jeune femme crier, sentit que lui-même s'abandonnait au plaisir. Et, au même instant, il s'effondra sans connaissance.

Joseph recompta.

Trente-neuf chevaux, et *pas* quarante…

Le palefrenier, debout sur un tertre dominant le pâturage, passait en revue les têtes de son écurie. Le cheptel était varié. Dans l'écurie de Lawenydd, il y avait des genets et des palefrois, des chevaux de trait pour les gros travaux, des percherons et les destriers, l'orgueil du château. Joseph les connaissait un par un. Il s'étonnait de ne pas tomber juste. Il reprit son compte. Il y avait des bais, des alezans, des louvets, des gris et des noirs ; ils allaient et venaient sous le pâle soleil d'hiver. Certains s'ébrouaient, d'autres broutaient. Quelques poulains gambadaient au côté de leurs mères sur leurs jambes grêles, et revenaient régulièrement pousser du museau le ventre nourricier, pour téter. Les étalons étaient attachés à l'écart.

Joseph avait beau les compter et les recompter, il arrivait toujours au même résultat. Il en manquait un.

Il fallait bien sûr ajouter les trois montures des chasseurs, les cinq des soldats en patrouille dans la forêt, les deux que le maréchal-ferrant était en train de ferrer, les quatre juments gravides qui restaient dans leurs stalles dans l'attente imminente de la mise bas, et le vieil étalon boiteux qui ne quittait guère l'écurie.

Trente-neuf.

C'était donc la petite jument espagnole qui manquait, celle qui ne cessait de regimber et, à chaque occasion, prenait le mors aux dents et refusait d'obéir aux ordres de son cavalier. Peu de soldats l'appréciaient. En revanche, lady Kiera la sortait volontiers…

Ah, lady Kiera ! La meilleure personne de tout le château, et peut-être du pays de Galles. Elle n'était pas comme sa sœur Elyn, dont Joseph était hélas tombé amoureux quelques années plus tôt. Qu'il était bête d'avoir osé poser les yeux sur elle ! Pourtant, elle était souvent dans ses pensées. Trop souvent.

Au château, certains prétendaient que les deux filles aînées du baron Llwyd se ressemblaient comme des jumelles. Ce n'était pas l'avis de Joseph. Physiquement, elles avaient presque le même visage, la même silhouette. Mais Elyn se montrait passablement insupportable ; Kiera, en revanche, était chaleureuse. Elle avait le sens de l'humour et, quoi qu'il arrive, elle avait toujours un mot gentil pour lui.

Elyn l'avait attiré quand il était adolescent, mais c'était une erreur de jeunesse. Elle avait de grands yeux verts, clairs comme les brumes de l'aurore. Ses pommettes hautes lui donnaient un air majestueux ; quant à ses lèvres, elles avaient la couleur de roses en bouton. Il l'avait vue nue, une fois, sans qu'elle s'en doute ; ce jour-là, Kiera et elle s'étaient déshabillées pour nager dans la retenue du moulin à eau. Jamais il n'en avait dit mot à quiconque…

— Hé, Joseph, qu'est-ce que tu fabriques ? lui cria son père.

Orson remontait en boitant le chemin sinueux gravissant la colline ; il avait un fouet roulé à la main.

— Nous avons du travail, si tu n'es pas au courant. La petite jument va mettre bas, et ça va prendre du temps. Tu ne crois pas que tu devrais t'en occuper ?

— Si, acquiesça Joseph. J'y vais.

Il hésita, puis se décida à avertir son père.

— Je crois qu'il manque Royale, la petite baie avec une étoile sur le front.

— Royale a disparu ? demanda Orson. Qu'est-ce que ça signifie ?

Aussitôt, son regard se porta sur le troupeau, passant en revue toutes les bêtes.

— Elle était là ce matin, n'est-ce pas ?

— Je ne sais pas, avoua Joseph en se frottant la nuque.

— Et hier ?

— Je n'en suis pas sûr.

— Tu parles bien de la jument espagnole, la têtue qui a failli casser la jambe au charron d'une ruade, à l'automne ? insista Orson, incrédule.

— Oui, Royale, je t'ai dit. Elle a disparu, évaporée.

— Tu es sûr que quelqu'un n'est pas sorti se promener avec ?

— Qui ?

— Je n'en sais rien, grommela le vieux maître d'écurie en levant les bras au ciel. N'importe qui. Lady Kiera aime bien sortir avec, non ?

— Parfois, mais pas aujourd'hui. Ce matin, elle a demandé Garnet, comme tu le sais. Mais elle est revenue quelques heures plus tard. D'ailleurs, Garnet est là, à côté de l'arbre.

Joseph désigna du doigt la jument espagnole. Comme si elle devinait qu'on la regardait, celle-ci leva la tête un moment, puis recommença à brouter paisiblement, en balançant sa longue queue.

— Malédiction ! bougonna Orson. Comment t'es-tu débrouillé ?

Joseph ne répondit pas. Il scrutait le troupeau. Le maître d'écurie poursuivit :

— Elle n'est pas chez le maréchal-ferrant pour se faire changer un fer, ou sortie avec un chasseur, ou…

— Ou quoi ? coupa Joseph. J'ai pensé à tous les endroits où elle pouvait être, et elle n'y est pas. Elle a disparu, je te dis.

— Mais qui aurait fait ça ? Voler un cheval…

— Je n'ai pas dit qu'elle avait été volée, répliqua Joseph, bien que cette pensée l'eût effleuré.

— Eh bien, elle est partie. Et sauf si elle s'est échappée toute seule, quelqu'un l'a prise. Qu'est-ce que ça veut dire, tout ça ?

Orson désigna les destriers dans le pré voisin.

— Si c'était Rex qui manquait, je comprendrais. Ou Falcon, le grand là-bas au fond. Mais cette jument…

Il souleva son bonnet et passa les doigts sur son crâne presque chauve.

Il reprit d'une voix grave :

— Il faut la retrouver avant que l'intendant ne s'en aperçoive, ou notre seigneur en personne.

Orson eut un regard mélancolique pour le soleil couchant. Joseph devinait ses pensées. Bientôt, le jour finirait et on ne pourrait rechercher la jument.

Enfonçant de nouveau son bonnet, Orson secoua le manche de son fouet.

— Pas un mot là-dessus. Pas encore. Peut-être que cette maudite bête va revenir. Inutile de nous énerver sans raison.

11

Debout contre le parapet, Hildy contemplait la mer. Il faisait nuit : un jour de plus sans nouvelles d'Elyn... D'où Kiera tirait-elle la certitude que sa sœur allait revenir ? De son sens du devoir ? De son amour ?

Allons donc ! Elyn ne s'était jamais intéressée qu'à elle-même.

Hildy avait l'impression que la petite égoïste ne remettrait plus les pieds à Lawenydd.

L'orage s'annonçait à l'horizon. La nuit avait surgi rapidement, à cause des nuages violacés qui s'entassaient. Les bateaux au mouillage ressemblaient à des spectres, avec leurs espars nus désignant le ciel obscur.

Hildy se faisait d'amers reproches, tout en jouant avec les perles de son collier. Elle aurait dû empêcher cette folie avant que la situation n'échappe à tout le monde. Elle avait eu vent de ce projet absurde ; elle avait lu dans les yeux de lady Elyn une rébellion absolue. Elle avait alors compris que les choses allaient mal tourner. Elyn était une enfant gâtée, et une obstinée.

Quand elle était adolescente, on l'avait envoyée au château de Fenn pour y apprendre à tenir une maison, à devenir une vraie lady. Malheureusement, c'est à Fenn qu'elle avait rencontré Brock d'Oak Crest.

Comme les pierres divinatoires l'avaient prédit.

Brock avait quelques années de plus qu'Elyn. C'était un garçon malicieux et insolent, il était écuyer à l'époque. Il se préparait à devenir chevalier, et avait en quelque sorte forcé la porte du cœur naïf d'Elyn.

Voilà près de deux jours qu'elle était partie le rejoindre. Non, elle ne reviendrait pas. Elle refusait d'être séparée de lui.

Alors, que faire ? Hildy ferma les yeux et adressa une prière à la Sainte Vierge.

Fallait-il tout avouer au baron ? Exiger de Kiera qu'elle fît de même ?

Maintenant, après ce faux mariage ?

Hildy imaginait la confusion de lord Llwyd, sa honte. Sans parler de sa colère ! Mais celle-ci ne serait rien à côté de la fureur de Kelan de Penbrooke. Dupé par Kiera, par Elyn et – croirait-il – par tout Lawenydd.

Dès que l'affaire s'ébruiterait, elle se répandrait de baronnie en baronnie. Le seigneur de Penbrooke deviendrait la risée du royaume. On le prendrait pour un pitre ou, pis, pour un pantin bouffi de suffisance, jouet d'une simple femme.

Que ferait-il à Kiera ?

Et à Elyn, s'il la dénichait ?

Et à tout Lawenydd, pour recouvrer la face ?

Hildy, les larmes aux yeux, traça un signe de croix sur sa poitrine.

— Prends pitié de nous, Dieu de bonté, prends pitié de nous tous…

Si seulement elle réussissait à trouver Elyn. Mais, hélas, il était trop tard. La catastrophe était imminente.

Hildy descendit le dangereux escalier de la tour nord. Les chandelles éclairaient chichement, les murs de pierre étaient couverts de toiles d'araignée. Elle entendit la griffure de petites pattes. Des rats et des souris détalaient à son approche, mais c'est tout juste si elle s'en apercevait. Elle songeait à Brock d'Oak Crest, ce fils de Satan. Beau, cruel et intéressé, il deviendrait certainement un tyran.

Elle ouvrit la porte d'un coup d'épaule et, tête baissée, affronta le vent pour regagner sa cabane. Elle aussi avait perdu la tête pour un homme, autrefois. Mais celui-ci en valait deux ou trois comme Brock d'Oak Crest.

Elyn avait rencontré Brock à l'âge de treize ans, quand on l'avait envoyée au château de Fenn peu après la mort de sa mère. À cette époque, Brock était effronté, insolent et rebelle ; Elyn s'était tout de suite senti des affinités avec lui. Elle en était tombée amoureuse au premier regard. Ils avaient vécu côte à côte à Fenn, jusqu'au retour de Brock à Oak Crest. Au même moment, Elyn était rentrée à Lawenydd. Ensuite, la malchance s'en était mêlée ; Brock, une fois adoubé chevalier, avait été posté à Lawenydd avant de rejoindre Oak Crest.

Hildy était au courant des sentiments d'Elyn, et elle avait prévu ce qui allait arriver. Mais, entre les deux amants, il n'y avait pas qu'une passion brûlante ; il y avait également un obscur secret que la jeune femme ne confiait à personne.

Et ce secret, Hildy ne l'avait pas percé à jour.

Elle croisa le fabricant de chandelles qui portait des sacs dans la grande salle pour l'éclairage de la soirée.

— Bien le bonsoir, Hildy, la salua-t-il avec un hochement de tête.

— À toi aussi, Thomas. Amitiés à Belinda. Le bébé est annoncé pour le mois prochain, n'est-ce pas ?

— Exactement, confirma-t-il en dévoilant d'un large sourire ses gencives édentées. Notre cinquième ! Belinda aimerait bien que tu passes pour que (il baissa le ton) tu bénisses la naissance...

— Je le ferai, promit-elle.

— Il vaudrait mieux que le chapelain ne soit pas au courant.

— Ne t'en fais pas, Thomas.

Il remit sa charge sur son épaule et s'éloigna à grands pas.

Hildy entra dans sa petite cabane, qui embaumait les herbes et les épices séchées. Elle alluma une chandelle.

Son chat noir bondit lestement sur la table.

— Vous voici bien audacieux, sir James, gronda-t-elle en caressant le dos de l'animal. Alors, on n'a pas attrapé de souris ? Ni de rats ?

Elle grattait en souriant le menton de l'animal, quand la porte s'ouvrit à la volée, faisant rougir les braises.

C'était le baron Llwyd. Il avait l'air fort sombre. Sir James cracha et bondit sur une solive : il avait repéré le chien préféré de Llwyd, excellent chasseur qui le traquait où qu'il aille.

— Il y a quelque chose qui ne va pas au château. Tu dois être au courant, commença-t-il en la dévisageant de ses yeux vitreux.

— J'ignore de quoi vous parlez, milord, mentit-elle.

— Elyn et Kiera. Elles se comportent toutes les deux de façon bizarre.

Il leva la main d'un geste agacé. Le chien fit le tour de la table en flairant. Sir James, le poil hérissé, se cacha derrière une poutre.

— Pourquoi n'ai-je vu ni ma fille ni le marié aujourd'hui ? demanda-t-il tandis que son chien gémissait. Couché, toi !

Et il lui assena un coup de canne.

L'âge avait tassé les épaules de Llwyd de Lawenydd, autrefois larges et robustes ; et sa vue avait terriblement baissé. Mais c'était encore un bel homme et, aux yeux de Hildy, un seigneur d'une noblesse incomparable. Chaque fois qu'elle le voyait, son cœur battait un peu plus vite.

— Cela fait presque vingt-quatre heures qu'ils sont cloîtrés, continua-t-il en s'appuyant contre la table. Je suis heureux qu'Elyn ait accepté de se marier, mais il est étrange qu'ils n'aient pas quitté leur chambre pour les repas. Penbrooke ne s'est même pas donné la peine de me parler en tête à tête. Or nous avons des tas de choses à nous dire, des conventions à signer.

— Réjouissez-vous plutôt du fait que votre fille soit si éprise de son mari.

— Bah ! C'est bizarre. Elle était hostile à cette union, je le sais. Elle a même prétendu que les mariages arrangés sont dépassés. Tu t'imagines ? Comment a-t-elle dit ? « Passés de mode », ou une ânerie comme ça…

Hildy ouvrit la bouche, mais le baron la fit taire d'un geste de la main.

— Et ce n'est pas tout. Elyn n'a jamais supporté de rester au château. Kiera et elle... Mes deux aînées me ressemblent trop, peut-être. Je les y ai encouragées, bien sûr, et Twyla ne me l'a jamais pardonné.

Il soupira et se signa.

— D'ailleurs, elle ne m'a jamais pardonné le moindre de mes péchés...

Le chien tourna sur lui-même et se coucha sur le sol. Hildy ne releva pas la remarque de son seigneur.

— Et Penbrooke, qu'est-ce qu'il lui prend ? N'a-t-il pas envie de régler nos affaires ? Nous sommes maintenant une seule famille. Mais j'aimerais signer un accord officiel attestant que nous sommes alliés... Ah, la barbe !

Il n'avait fait que vitupérer, depuis son entrée dans la cabane. Il se tut enfin, et regarda Hildy. Sa vue ayant beaucoup baissé, elle se demandait ce qu'il voyait. Avait-il devant lui la jeune femme qu'il avait entraînée dans son lit près de quarante ans plus tôt, ou une vieille ratatinée qui n'avait pas eu d'autre amour de toute sa vie ? Distraitement, elle écarta une mèche de cheveux qui lui tombait sur la joue.

Il tendit la main et lui toucha le bras.

— Tu es encore belle, souffla-t-il comme s'il avait lu dans ses pensées.

C'est toujours ainsi que les choses s'étaient passées entre eux. Souvent, après quelques heures d'amour à la sauvette, ils avaient reposé côte à côte sur les draps. Ah, comme elle avait attendu chacune de ces occasions !

— C'est que vous êtes à moitié aveugle ! répondit-elle.

— Pas assez pour m'empêcher de lire dans ton cœur, mon amie.

Elle était au bord des larmes.

— Que désirez-vous ?

— Que tu tires les pierres pour moi, dit-il en lui caressant l'épaule. Parle-moi de l'avenir de Lawenydd. J'ai l'impression qu'il se passe quelque chose de grave au château.

Elle s'écarta, car la caresse la brûlait. Cela faisait longtemps qu'il ne la touchait plus. Leur passion n'avait pas résisté aux remords du baron. Il ne se pardonnait pas la mort de sa femme, et le long adultère avec Hildy. Mais elle, elle l'aimait encore.

— Une fois, vous m'avez ordonné de ne plus jamais faire de divination, lui rappela-t-elle. Même si vous me suppliiez, m'imploriez… il ne fallait pas que je recommence.

— C'était il y a longtemps, rétorqua-t-il en fronçant les sourcils.

— Mais vous n'aviez pas l'air de plaisanter.

— Ma femme venait de mourir, s'excusa-t-il en la regardant comme si ses yeux bleus étaient de nouveau limpides. D'ailleurs, tu l'avais prédit. Je ne t'avais pas écoutée… Mais maintenant… maintenant, j'ai besoin de savoir.

— Vous êtes sûr ?

— Oui, répliqua-t-il en l'attirant dans ses bras et en posant son front contre le sien. J'ai fait des bêtises presque toute ma vie. J'ai fait du mal à mes proches. Je sais que j'ai eu des torts envers toi, ainsi qu'envers ma femme, mais c'est parce que j'étais déchiré entre vous. Je ne cherche pas d'excuses, Hildy. Tu le sais. J'ai eu tort et j'ai, hélas, assez survécu à mes fautes pour les regretter une à une. J'ai parfois pensé que ton don de voyance ne rimait à rien ou représentait un danger. Mais aujourd'hui, il me faut la vérité. C'est pour mes enfants. Je t'en supplie.

Le chien ronflait doucement, le feu chuintait dans la cheminée. Pourquoi lui refuser cela ? D'ailleurs, lui avait-elle jamais refusé quoi que ce soit ?

— Si tel est votre bon plaisir, milord…

Elle se tourna vers l'armoire, mais il la fit pivoter face à lui et l'embrassa sur la bouche, pour la première fois depuis des années.

— Merci, souffla-t-il.

Elle rougit, s'arracha à son étreinte et essuya discrètement les larmes qui perlaient à ses paupières. Elle était décidément incorrigible. Pourtant, elle n'était plus une jouvencelle. Pour cacher les émotions qui l'étouffaient, elle fouilla dans son armoire. Là, dans un plat ébréché, elle trouva une bourse élimée.

Les pierres s'entrechoquèrent quand elle ouvrit le sac et les fit glisser dans sa main. Il y en avait de plusieurs tailles et couleurs.

Le baron était tendu.

Hildy adressa une prière silencieuse à la Sainte Vierge, ferma les yeux et jeta sur la table les pierres polies. Elles roulèrent, rebondirent et s'immobilisèrent, selon un dessin qu'il restait à interpréter. Hildy blêmit. On aurait dit que le démon en personne les avait maudits, tous.

— Alors ? Que disent-elles ? s'enquit Llwyd en désignant les pierres. Que vois-tu ? Dis-moi !

— Vous aviez raison, il y a du malheur dans l'air…

Elle avait du mal à parler et se sentait glacée jusqu'aux os.

— Quel genre de malheur ?

— Je l'ignore, mentit-elle en évitant le regard du baron.

Elle tripotait nerveusement les perles de son collier. La position des pierres divinatoires était terrifiante.

— Mais ce sera terrible.

— Je le savais, observa-t-il en s'appuyant lourdement contre la table. Je suis impardonnable, Hildy. Ce mariage que j'ai tant désiré est maudit. Que vois-tu à ce propos ?

Elle hésitait. Comment annoncer à cet homme qu'elle aimait de tout son cœur qu'à cause de son avidité, de ses ambitions démesurées, l'une de ses filles allait mourir ? Elle n'en avait pas le courage. Elle ramassa les pierres et lui adressa un triste sourire.

— Je vois un homme qui aime ses enfants, et son château. Un homme bon qui a commis des erreurs toute sa vie et qui, probablement, va en commettre d'autres…

Il la regardait en silence de ses yeux laiteux : il voulait la vérité. Elle se racla la gorge et continua :

— Je vois également qu'il nous faudra accepter ce que le destin va nous apporter.

— Peut-être est-il encore temps d'inverser le cours des événements ? d'annuler le mariage ? Et si je renvoyais Penbrooke dans son château ?

Llwyd avança en boitillant vers la cheminée, le regard perdu dans les flammes. Les rides creusaient de profonds sillons sur son visage. Inquiet, il jouait avec le pommeau de sa canne.

— J'ai peur, Hildy, reconnut-il. De toute ma vie je n'ai pas craint grand monde, tu le sais. Mais à présent, j'ai peur de m'être damné.

12

Kiera sourit. Elle était parvenue à empêcher Kelan de quitter la chambre d'Elyn toute la journée. Ce n'était pas un mince exploit. La nuit était à présent tombée, elle était en droit de pousser un soupir de soulagement.

Kelan était en train de remettre des bûches sur le feu. Il avait le dos nu, balafré de cicatrices. Il ne portait que ses hauts-de-chausses, bien tendus sur ses fesses. La jeune femme n'était elle-même vêtue que de sa chemise. Ils avaient passé le début de la soirée à faire l'amour. Kiera avait encore quelques remords de conscience mais, physiquement, c'était magnifique : le moment n'était donc pas aux tourments intérieurs. Elle se sentait comblée comme jamais.

Mais c'est le mari de ta sœur, espèce de cruche ! lui souffla une petite voix. À quoi songes-tu ?

Le moment était venu d'oublier ses rêveries. Il fallait qu'elle garde Kelan au lit un jour ou deux de plus, car bientôt il déciderait de se lever, de parler avec le châtelain. Pour poursuivre cette supercherie, Kiera mettait tout son espoir dans l'élixir.

Elle se fendit d'un sourire polisson.

— Un peu de vin, mon mari ? proposa-t-elle en désignant la table de chevet.

— Tu veux encore me faire boire ? grommela-t-il.

— Pourquoi pas ?

— Pourquoi, au contraire ? rétorqua-t-il avec un regard froid qui glaça Kiera.

— Pour… pour fêter notre mariage.

— Ah ! répondit-il en se redressant.

Il s'essuya les mains. Le feu crépitait et lançait des étincelles.

— Notre mariage, répéta-t-il sombrement. Peut-être devrions-nous en discuter…

Kiera eut la chair de poule.

— Si tu veux, fit-elle d'un ton dégagé alors que son cœur battait la chamade.

— Tu me trompes, petite, et ce n'est pas d'aujourd'hui, commença-t-il en s'approchant.

— Kelan, non…

— Ne mens pas. Je l'ai senti dès l'instant où j'ai posé les yeux sur toi. J'ai vu quelque chose, mais je n'en ai pas tenu compte à cause des talents que tu as déployés dans cette chambre. Mais cela ne peut continuer. Il y a quelque chose qui ne va pas. Quelque chose de grave. Pour des raisons qui m'échappent, ta jolie bouche ment effrontément. Tu me prends pour un imbécile.

— Jamais !

— Oh, si !

— Enfin, est-ce que nous n'avons pas…

— Le mariage, c'est une chose. Les galipettes, c'est autre chose.

Il serrait les dents, farouche.

— Je te conseille de me dire la vérité, et pas plus tard que maintenant.

Il la dominait de toute sa hauteur, effrayant. Mais elle refusait de se laisser impressionner.

— Je t'ai tout dit.

— Par tous les dieux, tu me déconcertes !

— C'est toi qui me déconcertes.

— Tu as le choix, ma femme : ou bien tu m'avoues ce que tu complotes, pourquoi tu as décidé de me garder claquemuré dans ta chambre, ou bien tu paieras cher tes mensonges.

— Tu me menaces ? s'offusqua-t-elle en se collant contre le mur. Pourquoi ?

Il avait un regard pénétrant.

— Je t'ai vue par la fenêtre ce matin, au moment où tu partais à cheval. Tu regardais partout comme si tu cherchais quelque chose… ou quelqu'un.

Ainsi, c'était bien Kelan qu'elle avait entrevu à la fenêtre d'Elyn.

— Tu m'épiais ? demanda-t-elle, tremblante.

— J'étais trop fatigué pour me lancer à ta poursuite. Fatigué par notre nuit de noces, précisa-t-il d'un air soupçonneux.

Kiera avait envie d'être happée par le sol et de disparaître.

— N'est-ce pas étrange ? continua-t-il. C'est tout juste si j'arrive à lever la tête et à m'arracher du lit pour aller aux toilettes, alors que toi tu te promènes partout. Je n'ai jamais été cloué au lit par un excès de boisson.

Kiera était terrifiée.

Avoue ! lui dit une petite voix. Autant que ce soit de ta bouche qu'il apprenne tout !

— Tu as l'air en colère, mon mari…

— Tu es perspicace ! s'exclama-t-il, ironique.

La colère l'habitait tout entier.

Allez, avoue !

— Nous... nous avons des choses à nous dire, c'est vrai.

Par le Ciel, était-elle capable de tout révéler? Là, tout de suite? Comment allait-il réagir vis-à-vis d'elle, d'Elyn, et de leur père qui n'était pour rien dans cette histoire?

— Mais... peut-être pourrions-nous nous asseoir.

La jeune femme désigna le lit.

— Pour que tu puisses me séduire, me faire perdre la tête? gronda-t-il.

— Quoi?

— Est-ce que cela fait partie de ton plan? Me couper les jambes à force d'amour, ou y a-t-il plus grave? Tu me gaves de boisson pour me faire perdre mes forces?

Il secouait la tête, égaré, comme s'il était déçu qu'elle persiste à le tromper.

— Est-ce que tu sous-entends que je t'ai fait du mal? répliqua-t-elle. Que je t'ai intoxiqué ou... ou que j'ai fait l'amour avec toi jusqu'à ce que tu ne puisses plus garder les yeux ouverts?

Elle feignait l'innocence, alors qu'elle avait le ventre noué. Combien de temps allait-elle continuer à mentir? Toute sa vie?

Et si Elyn ne revenait pas? Mon Dieu, et si elle revenait? Si elle entrait dans la pièce maintenant pour reprendre sa place?

Kiera devrait alors faire semblant de ne jamais avoir senti les lèvres de Kelan sur les siennes, sa main sur ses cuisses, l'odeur de sa peau. Et si elle concevait un enfant? Si, en ce moment même, elle portait l'enfant de cet homme?

Avoue-lui tout!

— Je ne sais que penser de toi, ma femme, murmura-t-il.

Il était si près que son haleine caressait le visage de Kiera. Il la scrutait intensément, tâchant de sonder son âme.

— Tu n'es pas la personne à laquelle je m'attendais…

— Toi non plus, répondit-elle en toute sincérité.

Le regard de Kelan glissa au bas de son cou, qui palpitait violemment. Il hésita ; elle était sûre qu'il avait remarqué le mouvement rapide de sa poitrine. Il s'approcha davantage. Ils n'étaient qu'à un cheveu l'un de l'autre.

— J'ai trouvé des fioles près du lit ce matin. L'une était vide, l'autre pleine de sang.

Kiera faillit tomber raide.

— Des fioles ? répéta-t-elle, blême.

Il était trop tard. Il avait tout compris. Pour l'amour de la Vierge Marie, il était au courant !

— Et tu ne m'as rien dit ?

— Je te le dis maintenant.

— Mais pourquoi ne m'avoir rien dit plus tôt ? s'écria-t-elle. Si la pensée t'a effleuré que quelque chose n'allait pas…

Il l'empoigna par les épaules sans ménagement.

— Les questions, c'est moi qui les pose ! J'ai trouvé ces maudites fioles et je me suis demandé : à quoi servent-elles ? Qui les a mises là ?

— C'est peut-être une servante qui… euh… les a oubliées.

— La pièce était propre. Il ne manquait ni la pile de bûches près de la cheminée ni l'eau claire dans la bassine. Le lit était fait. Non, ma femme : cette chambre nuptiale avait été préparée avec le plus grand soin.

— Mais une soubrette étourdie a pu, par erreur…

— Silence ! Plus un mensonge ! N'oublie pas que je t'ai vue de mes propres yeux empêcher les domestiques d'entrer dans cette pièce ! gronda-t-il, les prunelles étincelantes.

Il la tenait toujours par les épaules.

— Le sang, je ne comprends pas. J'ai entendu parler de cette ruse, quand la fiancée n'est plus vierge. Mais toi, ma petite, je n'ai pas de doute sur ta vertu. D'ailleurs, la fiole de sang est toujours pleine. On n'y a pas touché. Maintenant, l'autre récipient pose une autre question. Que contenait-il ?

— Je… je n'en sais rien, bredouilla-t-elle.

— Étant donné ma léthargie, une hypothèse s'impose : il contenait un somnifère destiné à m'endormir de mon dernier sommeil.

— Qu'est-ce que tu racontes ? s'exclama-t-elle. Prétends-tu que je t'ai trompé ? Que j'ai tenté de te faire du mal ? Que je complotais contre toi, d'une façon ou d'une autre ? Mais pourquoi ?

Ah, elle ne faisait que s'embrouiller avec toutes ces questions.

Dis-lui que tu n'es pas Elyn ! Tâche de lui expliquer qu'elle est partie. Ce n'est pas ta faute. Tu n'as jamais été d'accord avec ce plan délirant. Elle est partie, et il fallait sauver l'honneur de la famille…

— C'est pour cela que je te pose la question. Si tu voulais ma mort…

— Non ! rétorqua-t-elle, haletante.

— ... tu n'aurais eu aucun mal à te débarrasser de moi pendant mon sommeil. Or je suis encore là, bien vivant. Et pourtant, il y a quelque chose qui cloche, et je veux savoir ce que c'est.

Kiera entendit des pas précipités dans l'escalier. Quelqu'un arrivait en toute hâte, sans lui laisser le temps de soulager sa conscience. Il fallait qu'elle parle. Maintenant...

— Kelan, je...

Trop tard ! On frappait à la porte. Avant qu'elle ne pût protester, Kelan traversa la pièce et ouvrit. Kiera se tourna vivement dos à la porte pour cacher son visage.

— Ah, tu es là ! tonna une voix d'homme qu'elle ne connaissait pas.

Qui était-ce ? À qui s'adressait-il : à elle ou au seigneur de Penbrooke ? Elle n'osait regarder par-dessus son épaule.

— Tu as su la nouvelle ? demanda l'inconnu.

— Laquelle ?

— Reginald est arrivé de Penbrooke il y a quelques minutes. C'est à propos de maman.

Maman ? S'agissait-il du frère de Kelan ?

Kiera pivota et vit celui-ci blêmir.

— Que se passe-t-il ?

L'homme était grand et brun, il fronçait les sourcils et sa bouche se réduisait à un fil. Il avait les yeux bleus et la barbe noire.

— Elle a fait une mauvaise chute. Selon Reginald, le médecin ne lui donne que quelques jours, et c'était il y a près de trois jours.

— Eh bien, partons tout de suite, décida Kelan.

— Il fait nuit.

— Nous chevaucherons à la lumière des flambeaux, répliqua-t-il en se tournant vers Kiera. Prépare-toi !

La jeune femme se figea.

— Je ne peux partir cette nuit, nous étions d'accord sur ce point, protesta-t-elle.

En vérité, elle savait depuis le début que Kelan devait retourner rapidement auprès de sa mère, dont la santé déclinait. C'était pour cela que le mariage avait été précipité.

— Si, *ma femme,* tu le peux. Et tu le feras !

Il se retourna vers son frère :

— Nous partons sur l'heure, Tadd. Je vais faire mes adieux à notre hôte. Occupe-toi de nos chevaux.

La panique prit Kiera à la gorge.

— Mais je n'ai pas fait mes bagages ! Je n'ai pas dit au revoir à ma famille. Je n'ai pas…

— Ma mère se meurt, répondit Kelan d'un ton sec en l'empoignant par le bras. Dans moins d'une heure, nous serons en route.

— Mais c'est impossible que tu partes ! geignit Pénélope en faisant les cent pas dans la chambre d'Elyn.

Elle se tordait les mains, ravagée d'angoisse.

Kiera entassait dans un sac quelques affaires d'Elyn. Le temps lui faisait défaut. Les autres affaires suivraient en chariot, sous huit jours. D'ici là, elle serait certainement obligée de dire la vérité… sauf si Elyn, par miracle, se manifestait. Dans ce cas, elle devrait fournir des explications ou échafauder un nouveau plan. Elles ne pourraient se contenter de reprendre purement et simplement leurs identités respectives. Il était trop tard. Kelan la connaissait, leurs différences lui sauteraient aux yeux.

— Que va-t-il se passer au retour d'Elyn ? demanda Pénélope.

— Je l'ignore ! répondit Kiera en fourrant une tunique dans le sac de cuir. Kelan a trouvé les fioles de la nuit de noces, je n'ai pas eu le temps de les sortir de la pièce. Il m'a accusée de l'avoir drogué.

— Que Dieu nous protège, soupira Pénélope.

Elle se jeta sur le lit, au bord des larmes. Kiera se racla la gorge. Fallait-il qu'elle parte à tout prix ? N'avait-elle pas d'alternative ?

— Écoute, si Elyn revient, qu'elle nous rattrape et me remplace.

— Mais ton… je veux dire… *son* mari ne se rendra compte de rien ?

— J'espère que non. Mais, en fait, je crains que si. Il n'est pas bête à ce point. Et cette affaire n'a que trop duré. Les fioles ont éveillé ses soupçons : il n'arrivait pas à rester éveillé. Ah, quelle folie ! Ce projet était stupide dès le départ. Je laisse à Elyn le soin de s'expliquer avec lui ou de… d'inventer une autre histoire à dormir debout.

Elle était pratiquement sûre qu'Elyn ne pourrait reprendre sa place impunément. Kelan et elle avaient passé trop d'heures ensemble ; il avait beau faire sombre dans la chambre, et le chevalier avait beau avoir été drogué, il n'était pas un benêt.

Hildy se glissa dans la pièce et ferma doucement la porte derrière elle.

— Tu ne peux pas partir comme ça, Kiera, déclara-t-elle tout à trac. Il te faut dire la vérité à ton père et au seigneur de Penbrooke.

— Tout de suite ?

— Oui, dit-elle avec un soupir en tripotant la pierre suspendue à son collier. Si tu pars cette nuit avec lui, tu risques de ne jamais revenir. Il te faudra rester sa femme jusqu'à ton dernier soupir. Tu... tu seras condamnée à vivre dans le mensonge ta vie durant.

Elle posa la main sur son épaule.

— À mon avis... Elyn ne reviendra pas.

— Je sais, confirma Kiera.

Pénélope sauta du lit.

— Comment, tu *sais* ? Et tu acceptes ça comme ça ? Tu t'en vas tranquillement, en me laissant seule ?

— C'est provisoire. Et puis, tu as papa.

— Non, je n'ai jamais eu papa, protesta la jeune fille, bouleversée. Elyn et toi, vous avez eu papa. Mais il ne s'est jamais intéressé à moi.

— Tu étais la préférée de maman.

— Je l'ai perdue, maintenant. Et j'ai perdu Elyn aussi. Et toi, tu me quittes à ton tour et...

Les larmes ruisselaient sur les joues de Pénélope. Elle les essuya d'un geste rageur.

— Il ne me reste personne !

— Si, moi, répliqua Hildy d'un ton apaisant qui cachait mal son angoisse. Il faut que tu saches, Kiera, que si tu pars ce soir, tu seras toute ta vie la femme de Kelan.

— Sauf si je retrouve Elyn, nuança Kiera sans avoir la moindre idée de la façon de réaliser cet exploit.

Hildy soupira.

— Comme je te l'ai dit, je crains qu'il ne soit trop tard.

— Qui ne risque rien n'a rien ! Et il faut que tu m'aides. Si nous ne la trouvons pas d'ici une semaine, je dirai la vérité à Kelan. J'avais prévu de le faire aujourd'hui, mais il a reçu de mauvaises nouvelles de sa mère : je pense donc que ce n'est pas le bon moment.

— Il n'y aura jamais de *bon* moment, souligna Pénélope.

— Certes, mais il y en aura de meilleurs...

— Après la mort de sa mère ?

— Je l'ignore. En tout cas, si nous partons, rien ne m'oblige à avouer tout de suite. À Penbrooke, personne ne saura que je ne suis pas Elyn. Je ne vais pas laisser cette situation s'éterniser, je vous le jure. Et je ne puis prendre de nouveau le risque de droguer Kelan. En revanche, j'aurai peut-être besoin du somnifère pour endormir une sentinelle ou un garçon d'écurie, s'il me faut quitter le château discrètement. Donne-moi encore de cet élixir, autant de fioles que tu en peux cacher dans une petite bourse.

— Oh, mon enfant, c'est dangereux !

— *Tout* est dangereux ! Je t'en conjure, ne t'inquiète pas, supplia Kiera, désespérée. Il faut que j'aie un moyen de m'échapper de Penbrooke pour retrouver Elyn.

Elle devina que Hildy n'était pas convaincue, et cela la démonta un peu. Souhaitait-elle vraiment retrouver sa sœur ? Ne préférait-elle pas demeurer la femme de Kelan, vivre et dormir avec lui pour le reste de ses jours ? Cela lui serait-il possible, sachant qu'elle vivait une imposture ? Non. Et bien qu'Elyn l'ait abandonnée, Kiera était incapable de lui rendre la pareille.

— Et si le baron découvre tes fioles ? demanda Hildy.

La jeune femme frissonna en imaginant la fureur de Kelan : oui, ce serait terrible...

— C'est un risque qu'il me faut courir. S'il te plaît, Hildy, aide-moi ! Sinon, tout va vraiment s'effondrer.

— Tout s'est déjà effondré, observa Pénélope, boudeuse.

— Pas encore !

— Vraiment ? Dans ce cas, que dire à papa quand il te réclamera ? Va-t-il falloir lui raconter que *tu* as disparu ?

Kiera s'était déjà posé la question.

— Dites-lui que je suis partie avec Elyn. Qu'elle m'a suppliée au dernier moment, et que je me suis laissé fléchir. Je tâcherai de prendre congé de lui avant mon départ. Mais si je ne le fais pas, dites-lui qu'il aura des nouvelles de moi sans tarder, ou que je vais rentrer. Cela nous donnera quelques jours de répit supplémentaires. Peut-être que d'ici là, nous aurons retrouvé notre sœur.

— *Peut-être,* comme tu dis, grommela Pénélope. Et puis, si nous racontons que tu as accompagné Elyn à Penbrooke et que quelqu'un de Lawenydd passe là-bas et te voie dans le rôle de la femme du seigneur, qu'est-ce qu'on fera ?

— Cela n'arrivera pas. Pas avant mon retour.

Hildy poussa un gros soupir et se mordit la lèvre.

— À chaque nouveau mensonge, nous nous enfonçons.

— Allons ! Donne-moi une semaine. Si je ne trouve pas Elyn dans les huit jours, je le répète, je jure de dire la vérité à tout le monde et d'en prendre toute la responsabilité, répondit Kiera. Entre-temps, il nous faut dépêcher un messager à Brock, à Oak Crest. Peut-être saura-t-il, lui, ce qu'il est advenu d'Elyn.

— Il nous faut pour cela un homme de confiance, observa Hildy en réfléchissant. Qui ?

— Joseph !

— Joseph ? Le garçon d'écurie ? demanda Pénélope, dégoûtée, comme si cette proposition était ridicule. Comment pourra-t-il s'en aller ? Personne ne le remarquera ?

Kiera avait prévu ces objections.

— C'est un garçon qui mérite notre confiance, et il obtiendra l'autorisation de s'éloigner du château pour rechercher la jument qui a disparu.

— Quelle jument ?

— Celle avec laquelle Elyn est partie !

— Ah, nous sommes perdues, pleurnicha Pénélope en retombant sur le lit. Perdues. Il y a des chevaux volés, en plus !

— Un cheval *emprunté*, rectifia Kiera en se tournant vers Hildy. Toi, tu sais parler à papa. Débrouille-toi pour le convaincre d'envoyer Joseph à la recherche de la jument, afin qu'il puisse joindre Brock.

— Et s'il trouve Elyn ?

— Qu'il lui dise de filer à Penbrooke.

— Et si elle refuse ? s'enquit Pénélope.

— Dans ce cas, il faudra que je lui parle.

— Mais si tu es à Penbrooke ?

— Je me débrouillerai, ne t'en fais pas !

On entendait des bruits de pas sur le palier. Kiera savait que le temps lui était compté.

— Il faut que je parte sans tarder, dit-elle. Joseph est débrouillard, il trouvera un moyen. Il faut que vous aussi vous fassiez votre part.

— Je sais, confirma Pénélope. Je vais tâcher de garder notre secret, mais je ne pourrai pas le faire indéfiniment. Je dirai tout à papa, si ni Elyn ni toi ne revenez.

— Je reviendrai dès que possible, je vous le promets. Avec ou sans Elyn, précisa Kiera en nouant les lacets de cuir de son sac.

Elle eut un sourire forcé et passa le bras autour des épaules de sa petite sœur. Déjà, Pénélope lui manquait.

— Confiance ! Espérons que le sort nous sera clément.

— Ce n'est pas ce que j'ai vu, rétorqua Hildy d'un air sombre.

— Il t'est déjà arrivé de te tromper, insista Kiera en ouvrant la porte. Prie pour que ce soit le cas cette fois-ci.

13

Elyn avait la nausée.

La journée avait été courte : Brock et elle avaient fait l'amour avec passion du matin au soir, dans une chambre du Gamekeeper's Inn. Puis ils avaient enfourché leurs chevaux pour gagner Oak Crest.

La jeune femme avait le sentiment que ce n'était pas un problème digestif. Depuis qu'elle avait retrouvé Brock la veille au soir – ce soir où elle aurait dû consommer son mariage avec Kelan de Penbrooke –, elle avait senti qu'il lui cachait quelque chose. Le chevalier était taciturne et tendu ; elle ne comprenait pas les raisons de son humeur sombre. Il lui avait fait l'amour avec un désespoir qu'elle ne lui connaissait pas.

Oui, quelque chose allait de travers, et cela l'inquiétait.

Tenant d'une main ferme les rênes de sa petite jument, Elyn se demanda si elle ne venait pas de commettre une terrible erreur. La route était déserte, et la lune pâle éclairait à peine les flaques boueuses. Brock gardait un silence obstiné. Son cheval précédait de quelques pas la fougueuse Royale.

Le hululement triste d'un hibou retentit dans la forêt. Elyn crut entendre un froufrou de chauve-souris.

Elle serra les genoux pour faire avancer sa jument plus vite. L'animal, qui regimbait toujours, partit au trot enlevé pour rattraper le destrier de Brock.

— Quelque chose te tourmente, lança-t-elle tout à trac.

Deux fois déjà, elle lui avait dit qu'elle le trouvait peu bavard ; il avait répondu qu'elle se faisait des idées.

— Non, tout va bien.

— Allons, je te connais.

Il se contenta d'un regard silencieux.

— Dis-moi tout.

— Je t'ai déjà dit. Il n'y a rien.

— Tu mens, accusa-t-elle.

Du haut de son cheval, il lui décocha un regard mécontent.

— Tu as risqué ta réputation, et même ta vie pour être avec moi, et voilà que tu me traites de menteur ?

— Je suis certaine que tu me caches quelque chose. Peut-être pour me protéger, d'ailleurs.

— Tu es trop romanesque, Elyn, dit-il avec une pointe d'ironie. Tu ne changeras jamais. Il faut toujours que tu fasses une montagne d'une taupinière.

Elle se pencha vers la monture de son amant et la saisit par la bride.

— Hé, attention !

La jument d'Elyn fit un écart, mais la jeune femme tenait les rênes d'une main ferme.

— Parle !

Les deux animaux s'arrêtèrent.

— Avant de faire un pas de plus, je veux que tu me dises ce que tu as en tête, ce qui te tourmente.

À la faible lueur de la lune, elle constata que le beau visage de Brock était tendu ; il pinçait les lèvres, évitait son regard. Elle eut froid dans le dos.

— Allons !

Il se décida.

— C'est à cause de Wynnifrydd, admit-il.

Pour Elyn, ce fut un coup de poignard.

— Quoi, Wynnifrydd ?

Il s'agissait de la fiancée de Brock, une idiote au visage chafouin qu'Elyn détestait de tout son cœur.

Brock tergiversa encore. Il leva les yeux vers la lune, puis les baissa sur la jeune femme et, à cet instant, elle sut. Avec certitude. Elle ferma les paupières, regrettant d'avoir posé la question. Elle aurait voulu se boucher les oreilles à l'aveu de son amant mais, malgré le gémissement du vent et le souffle de leurs montures, elle entendit la réponse aussi clairement qu'un tintement de cloche.

— Elle est enceinte, Elyn.

Elle crut un instant défaillir. D'une voix qu'elle ne reconnaissait pas, elle demanda :

— De qui ? De toi ?

Silence accablant de Brock.

— Non ! chuchota-t-elle, incrédule.

C'était impossible qu'il l'ait trahie. Une fois de plus.

— De moi, confirma-t-il.

— Pourquoi m'as-tu menti ?

Toute cette affaire n'était donc qu'une sinistre comédie.

— Pardon, murmura-t-il, accablé.

— Pardon ? C'est tout ce que tu as à me dire ?

La jument était nerveuse. Furieuse, la jeune femme tira brutalement les rênes.

— Non ! Tu mens ! Ou bien… ou bien, c'est *elle* qui ment.

Il secoua la tête.

Elle se sentit glacée.

— Mais c'est impossible ! Impensable !

Une douzaine de poignards lui transperçaient le cœur. Tout son esprit se révoltait contre l'affreuse vérité.

— Toi et moi. C'est ce que nous avions prévu. C'est à nous que cela devait arriver…

— Pardon ! répéta-t-il, lamentable.

Elle n'avait que faire de ses excuses. Misérable, abominable rustre ! Cette trahison lui brûlait les entrailles.

— À quoi songeais-tu ? Pourquoi… pourquoi es-tu allé avec elle ?

— C'était… une erreur. C'est arrivé comme ça.

— Comme ça ? se moqua-t-elle. Les hauts-de-chausses, ça tombe sur les chevilles *comme ça* ? C'est ce que tu veux dire ? Les tuniques, ça s'envole par-dessus la tête *comme ça* ? Et tu couches avec une fille *comme ça* ?

Le silence de Brock le condamnait.

— Es-tu seulement certain qu'elle est enceinte ?

Elyn n'en pouvait plus de rancœur. Son cœur était en miettes, écrasé par les coups sinistres de la faiblesse et de la trahison. Ah, Seigneur, que de douleur ! Brock… comment avait-il pu aller jusque-là ? Comment pouvait-il lui faire cela à elle, Elyn, qu'il avait juré d'aimer, elle qui avait tout abandonné pour lui ?

— L'enfant est prévu pour l'été.

— Mais…

— J'ai eu tort, reconnut-il, la gorge serrée.

— Tu aurais dû me prévenir, protesta-t-elle, faute de meilleur argument.

Ses mots sonnaient creux. Elle avait l'impression que sa voix appartenait à quelqu'un d'autre.

— C'est cette semaine que je l'ai appris, avoua-t-il.

C'est tout juste si elle l'entendait. Elle se sentait prisonnière d'une grotte obscure, sans issue. Elle étouffait. La nausée l'assaillait, elle se retenait de toutes ses forces. Elle ne voulait pas lui montrer ses larmes, elle ne supportait plus de l'entendre.

Elle lâcha la bride de l'étalon et planta les talons dans les flancs de la jument. Le svelte animal, toujours nerveux, partit dans un galop échevelé.

Où aller ? Que faire ? Royale allongeait la foulée, prenait de la vitesse. Dans la nuit, les arbres défilaient des deux côtés du chemin.

— Elyn ! lança Brock.

Mais elle refusait d'écouter. Le vent lui piquait les yeux, de nouvelles larmes jaillissaient. Le capuchon de sa cape tomba, sa chevelure se dénoua. La jument espagnole courait au triple galop. Ses sabots ferrés martelaient le sol humide. Elyn était terrassée de douleur, son âme détruite. Elle avait tout abandonné pour Brock. *Tout*. Sa vie, sa famille, son cœur, sa virginité. Il avait abusé de sa confiance. Et avec Wynnifrydd, en plus !

À un carrefour, elle dirigea sa jument vers la gauche, pour s'éloigner de Lawenydd. Elle était incapable de revenir se présenter devant son père, de revoir sa sœur…

Pauvre Kiera, qui avait épousé cet abruti de Penbrooke.

Non, se dit-elle, c'est toi sa femme. Il est ton mari. Kiera n'était là que par procuration. C'est toi la lady de Penbrooke…

Cela faisait à peine deux jours qu'elle avait quitté Lawenydd et laissé Kiera épouser Penbrooke et se débrouiller avec lui. Pouvait-elle revenir ? Est-ce que son lamentable plan pouvait finalement marcher ?

Peu importait, d'ailleurs. Brock l'avait trahie. Comment avait-il eu le culot de coucher avec Wynnifrydd ? Après avoir tant de fois ri aux dépens de cette maigrichonne.

Peut-être Brock et Wynnifrydd avaient-ils ri à ses dépens…

Le cœur d'Elyn lui faisait affreusement mal. Elle galopait, galopait aveuglément. Elle entendait derrière elle un martèlement de sabots. Brock s'était lancé à sa poursuite.

Elle refusait absolument de lui parler. Elle ne voulait plus le voir. Tout était fini entre eux. Elle avait mal au ventre, et à la tête.

Au tournant suivant, elle obligea la jument à bifurquer à droite, vers la rivière qui traversait cette partie de la forêt. En quelques foulées, elles franchirent un pont étroit ; les sabots de Royale retentirent bruyamment sur les planches. Sous le pont, la rivière était en crue, noire comme la nuit.

Elyn ne songeait qu'à échapper à son poursuivant, qui la talonnait.

Arrivée au bout du pont, elle arrêta sa monture et fit descendre l'animal jusqu'à la berge abrupte ; l'eau glacée passait en gargouillant sur les galets.

Oui, la rivière. La cachette était bonne, le long de la berge. La jument en sueur était nerveuse, elle regimbait. Elle roulait des yeux fous, encensait et trébuchait. Elyn bascula en avant et se rattrapa au pommeau, tandis que l'animal retrouvait son équilibre.

Le cœur battant, la jeune femme se redressa sur sa selle, cachée sous le pont. Brock allait sûrement penser qu'elle avait continué sa course folle.

Elle tendit l'oreille, essoufflée.

Le galop du destrier résonnait dans la forêt. Elyn se mordit la lèvre. Elle avait les joues baignées de larmes, mais elle ne se souciait pas de les essuyer. Quand les sabots de l'étalon martelèrent le pont, la jument se raidit. Elyn osait à peine respirer tandis que Brock passait au grand galop au-dessus d'elle.

Traître, sale menteur... comment as-tu osé me faire ça ?

Le destrier continua sur le chemin dans les bois. Le bruit des sabots diminua et s'éteignit. Elyn n'entendait plus à présent que le courant de la rivière, et le sifflement du vent dans les arbres.

C'était fini.

Ses rêves étaient anéantis.

Ses projets avaient échoué.

Elle s'était conduite comme une idiote. Une lamentable sotte, aveuglée par l'amour. C'est Kiera qui avait raison, comprit-elle trop tard. Le grand amour, cela n'existait pas.

Elle descendit de cheval et, de rocher en rocher, vint au bord de l'eau. Elle eut un spasme, et vomit dans la rivière. Les hoquets se succédaient, épuisants. Elle tomba à genoux dans la boue.

Elle ne lui avait même pas dit qu'elle portait son enfant. Si Wynnifrydd était réellement enceinte, elle n'était pas la seule.

Brock et Wynnifrydd. Brock et Wynnifrydd. Brock et…

Ah, Sainte Vierge ! Comment croire une chose pareille ? Que Brock lui ait fait cela, à *elle* ? Elle avait toujours pris son parti, elle l'avait aimé de tout son cœur. Elle lui avait même pardonné quand il lui avait menti, et l'avait trahie. Elle crispait les doigts dans la boue et l'herbe humide.

— Butor ! hurla-t-elle en brandissant le poing. Maraud, faquin !

Mais il est le père de ton enfant, lui rappela une petite voix.

Une nouvelle montée de bile l'étouffa. Serrant les dents, elle se releva. Elle avait un goût épouvantable dans la bouche.

Seule dans la nuit noire, elle s'abandonna à sa douleur et gémit longuement.

Des images du passé lui revenaient, la brûlaient comme des tisons. Leurs rendez-vous secrets où ils étaient seuls au monde, leurs unions passionnées, leurs astuces pour défier leurs parents et se rebeller contre la tradition… Tout cela n'était que mensonges. À cause de Wynnifrydd. Cette fille blafarde, geignarde et décharnée qui ne savait ni chasser, ni monter à cheval, ni même sourire. Âgée d'à peine dix-sept ans, elle était déjà ridée comme un pruneau. Dire que Brock l'avait entraînée dans son lit…

Il regretterait amèrement le soir où il avait séduit Wynnifrydd. Tous les deux souffriraient. Prenant la lune à témoin, Elyn fit le serment de rendre leur vie infernale.

Les rênes à la main, elle s'engagea sur le limon sablonneux, au bord de l'eau. Là, entre deux rochers, elle traça une rune sur le sable, un dessin sommaire qu'elle avait vu tracer autrefois par Hildy. C'était la rune de la séparation, une image ressemblant à un X entre deux droites.

Elle évoqua intensément l'image de Brock enlaçant Wynnifrydd, l'embrassant, la dévêtant... Non ! C'était insupportable ! Rageuse, elle cracha sur la rune.

— Puissiez-vous rôtir en enfer !

Elle remonta laborieusement la rive, et allait monter en selle quand elle entendit un cheval approcher. De la direction où Brock avait disparu. Mon Dieu !

Sa jument s'ébroua et redressa les oreilles.

— Chut ! ordonna Elyn en caressant son museau doux comme le velours.

L'animal, nerveux, fit un écart et avança à petits pas. Le bruit des sabots sur le chemin s'accentuait rapidement.

Il fallait qu'elle se cache de nouveau sous le pont. Elle tira les rênes et, à cet instant, un hibou hulula et passa en faisant claquer ses vastes ailes. La jument s'élança.

— Non !

Trop tard. La bête rua.

Elyn leva vivement le bras. Le sabot de sa monture heurta son menton, il y eut un craquement.

La douleur éclata dans sa mâchoire, éblouissante. Les rênes lui glissèrent des doigts. Ses bottes dérapèrent sur la boue et elle tomba à la renverse, dévalant la rive abrupte, vers l'eau noire comme de l'encre. Avec l'énergie du désespoir, elle essayait de trouver une prise.

— Elyn ! lança Brock dans la nuit.

La jument poussa un hennissement strident.

La jeune femme saisit une racine.

— Elyn !

Elle avait la gorge trop serrée pour répondre, et son bras lui faisait mal tandis qu'elle tentait de trouver une prise pour ses pieds. Mais ses bottes glissaient sur la boue. Elle se hissa un peu plus haut. La racine se brisa et elle dégringola, incapable d'arrêter sa chute, rebondissant de racine en caillou. Elle essaya de s'agripper à n'importe quoi, mais plongea dans la rivière.

L'eau froide comme la mort l'entraînait au fond, pesait sur ses vêtements. Le courant l'emportait. Grelottant et hoquetant, elle appela à l'aide, gesticulant de toutes ses forces. Elle n'était qu'un frêle bouchon charrié par un torrent glacial.

À la faveur d'un tourbillon, elle l'aperçut. Il tenait son étalon par la bride. C'était son amant, Brock, bien visible au clair de lune : celui qui l'avait séduite et trahie.

Je t'aime ! Je t'aime !

Elle n'eut pas le temps de prononcer ces derniers mots. Elle coula.

14

Où était Brock ?

Wynnifrydd essayait d'entretenir un semblant de conversation avec le père de Brock. Nevyll d'Oak Crest était vieux et fatigué ; il aurait dû confier depuis longtemps à son fils le trône seigneurial. Elle fit en compagnie du vieillard le tour de cet amas de ruines qu'il appelait château ; les remparts s'écroulaient, les jardins étaient envahis par la végétation.

Lorsque la jeune fille deviendrait lady d'Oak Crest, elle y mettrait bon ordre. D'abord, elle engagerait des domestiques sachant se tenir : elle prendrait des gens respectueux, déférents et empressés, à la place de ces mollassons qui s'apercevaient à peine de sa présence. Par exemple, la souillon qui la servait quand elle venait en visite. Daisy. Elle avait les dents de travers, des yeux de fouine, et un nez tordu comme si elle supportait mal sa propre puanteur !

Sur le chemin de la chapelle, dans l'épais brouillard, elle remarqua quelques paysans qui la lorgnaient d'un œil lubrique. Il y en avait deux sur le toit d'une cabane miteuse, en train de changer le chaume. Un autre faisait vaguement semblant d'affûter une hache sur une pierre à aiguiser.

Il avait des sourcils broussailleux et une frange mal coiffée de cheveux roussâtres : il la détaillait de la tête aux pieds avec un sourire concupiscent. Wynnifrydd hâta le pas.

Même la maison du seigneur semblait érodée; ses murs de pierre avaient perdu toute trace de crépi, et accumulé des années de poussière et de saleté. La porte, de guingois, était sortie de ses gonds. Tout près, des porcs fouinaient en grognant et un galopin, armé d'un bâton, chassait une chienne tachetée qui grondait pour défendre ses quatre chiots faméliques. Ils heurtèrent la jeune fille en fuyant.

Le baron Nevyll n'eut pas l'air de se rendre compte que les chiens avaient failli la renverser. Ce n'était pas étonnant que ses domestiques soient idiots; ils avaient sous les yeux le triste exemple de Nevyll d'Oak Crest. Wynnifrydd s'étonnait que cet homme eût été capable d'engendrer un fils solide et bien charpenté comme Brock.

— Venez, proposa le baron de sa voix grinçante. Voyons avec l'aumônier pour ce mariage qui approche.

— Avec plaisir, acquiesça-t-elle gracieusement en faisant le tour d'une flaque.

Cette vieille bique de Nevyll d'Oak Crest avait accepté le mariage à cause de la dot qui allait avec. Brock en personne n'était pas indifférent à la richesse de Fenn.

Naturellement, Wynnifrydd préférait songer que son fiancé l'épousait par amour. Mais il y avait Elyn. Brock avait toujours eu un faible pour elle. Heureusement que cette rivale avait été promise à Kelan de Penbrooke...

Au moment de pénétrer dans la chapelle, elle regarda par-dessus son épaule, vers l'écurie : un jeune valet taillait quelque chose avec son canif, un autre faisait la sieste sous l'auvent devant le bâtiment. Quel tas de bons à rien ! Wynnifrydd se promit de tous les mettre au pas.

Brock allait sans doute rentrer dans la journée. En effet, plusieurs jours s'étaient écoulés depuis le mariage d'Elyn, si c'est là qu'il s'était rendu. Cette éventualité l'avait angoissée. Il était capable d'essayer d'empêcher le mariage d'Elyn avec Penbrooke... Si tel était le cas, il avait perdu son temps, car les espions dépêchés par Wynnifrydd étaient revenus à Oak Crest – à une journée de cheval de Lawenydd – pour annoncer qu'Elyn était mariée, et en route pour Penbrooke.

Parfait.

L'aumônier était un vieux prêtre au sourire mielleux, qui alla à leur rencontre en traînant les pieds. Il tendit ses mains épaisses. Wynnifrydd en eut la chair de poule.

— Bienvenue, annonça-t-il.

Son nez bulbeux était parcouru par un réseau de veines qui rayonnait sur ses joues couperosées. Sans doute ne buvait-il pas qu'à la messe le vin du château. Il prit la main de la jeune fille entre les siennes. Elle fit un effort pour ne pas la retirer.

— Père Duncan, souffla-t-elle. Veuillez nous parler de la cérémonie du mariage, s'il vous plaît.

— Nous n'attendons pas le retour de sir Brock ? demanda l'ecclésiastique au baron. Où est-il ?

La question était pertinente, mais Wynnifrydd se refusait à exprimer ses inquiétudes. Toutefois, elle était incapable de chasser les soupçons tapis dans son esprit : peut-être son fiancé était-il en ce moment même en compagnie d'une autre...

Kelan menait sa troupe à un train d'enfer. Agrippée au pommeau de sa selle, Kiera se laissait guider. Le groupe qui rentrait à Penbrooke n'avait pu quitter Lawenydd que vers minuit; le père de Kiera avait même insisté pour que Kelan attende jusqu'au matin. Mais celui-ci et son frère Tadd ne voulaient pas retarder leur départ, à cause de leur mère qui avait un pied dans la tombe.

Kiera menaçait de s'effondrer. Elle avait mal partout.

Les bêtes étaient fatiguées et couvertes de boue; les hommes étaient mécontents, surtout ce gros malotru d'Orvis, qu'elle surprenait parfois en train de la regarder. Son expression n'était pas particulièrement lubrique, mais il semblait la considérer comme une créature bizarre.

Il pleuvait sans discontinuer. Un crachin persistant tombait du ciel plombé.

Kiera n'avait eu droit qu'à une brève nuit de sommeil avec Kelan. Sous leur tente montée en hâte, ils avaient fait l'amour. Puis il avait fallu se lever trois ou quatre heures plus tard et remonter en selle. Depuis qu'elle avait enfilé la robe de mariage d'Elyn pour s'agenouiller devant l'autel et devenir la femme de Kelan, elle n'avait guère dormi.

Ni dit la vérité, d'ailleurs. Chaque fois qu'elle avait voulu s'expliquer à propos des fioles, elle avait été interrompue. Kelan, tout à la pensée de sa mère et au souci du voyage, n'était plus revenu sur le sujet. Il était vaguement distant.

Elle se disait que le mensonge était à présent devenu chez elle une seconde nature. Elle avait menti à son père en lui expliquant qu'elle devait accompagner Elyn pour l'aider à « s'installer » dans son nouveau rôle de maîtresse de Penbrooke. Puis elle s'était esquivée et, à cheval à côté de Kelan, lui avait fait des gestes d'adieu comme si elle était Elyn : elle savait qu'à la faveur de la nuit et à cause de sa vue médiocre, la substitution passerait inaperçue. Et s'il avait des doutes, Hildy serait là pour le rassurer.

Kiera avait la certitude qu'elle serait damnée pour avoir menti de façon aussi grave.

Épuisée jusqu'aux os, le capuchon baissé afin de cacher ses yeux aux soldats qui l'encadraient, elle faisait claquer sa langue pour encourager son palefroi gris, qui était bien las. Des gouttes de pluie glaciales lui ruisselaient le long du nez. Elle envisageait de tout avouer à Kelan dès leur arrivée à Penbrooke. À moins qu'elle n'attende d'avoir trouvé Elyn ? Valait-il mieux prendre les devants en lui dévoilant ce qui s'était passé, en implorant son pardon ? Ou continuer cette fuite en avant, jusqu'au moment où l'on saurait avec certitude ce qu'il était advenu de sa sœur ?

Les roues d'un chariot grinçaient derrière elle, et le prêtre qui les avait mariés s'obstinait à vouloir lier conversation.

— Penbrooke vous plaira, promit le père Barton pour la dixième fois de l'après-midi. C'est un château charmant, deux fois plus grand que Lawenydd, trois fois, même. Et tant d'activités… Et les appartements du seigneur…

Il était à court de mots pour en décrire la magnificence.

— Cinq pièces en enfilade, au dernier étage. Il y a des tapisseries et des nattes de roseau tissées sur mesure. Vous n'en avez jamais vu de semblables, je parie.

Il se tut comme s'il attendait une réponse, tandis que leurs chevaux avançaient en pataugeant.

Elle devinait qu'il se perdait en conjectures à son sujet : quelle étrange femme le seigneur de Penbrooke avait-il épousée ! Elle chevauchait raide comme un piquet, espérant que ne soit visible de sa physionomie que le bout de son nez, rouge de froid et dégouttant de pluie.

— Et il n'y a pas que la grande salle, renchérit-il, faute de réponse de la part de Kiera. La chapelle… Ah ! Dire la messe dans un cadre pareil ! L'autel sculpté, les vases sacrés en or… Enfin, vous verrez.

Et il continuait inlassablement, intarissable sur les qualités de Penbrooke. Les écuries étaient les plus grandes qu'il connaissait. Les cuisines occupaient des dizaines de personnes. Le tailleur était un artiste de renom. La meute de chasse était la meilleure du pays de Galles. Quant aux chevaux, c'étaient les plus rapides et les plus robustes.

Et la famille de Kelan… Ses sœurs étaient les plus belles, les mieux élevées et les plus charitables de toutes les baronnies du voisinage. Ah, elles savaient tenir leur rang ! Le frère de Kelan, Tadd, avait certes un faible pour le beau sexe, mais c'était un guerrier intrépide et un fin stratège. Enfin, il y avait le baron Kelan en personne…

Le vieux curé se serait mis à genoux pour prononcer son nom. Selon lui, Kelan était l'homme d'affaires le plus avisé, le juge le plus équitable, le baron le plus responsable et le plus attentif de tout le pays de Galles – et certainement de toute l'Angleterre, par-dessus le marché, étant donné le niveau de bestialité des Anglais !

La tête de Kiera lui tournait, à force d'entendre ces bénédictions qui pleuvaient sur la belle-famille d'Elyn. Elle avait envie de faire taire le brave ecclésiastique, mais elle se retint. Elle se contenta de ne pas répondre. Moins on la connaîtrait, plus Elyn aurait de chances de reprendre sa place sans faire d'éclat.

Toutefois, Kiera savait que les chances de retour de sa sœur étaient en train de disparaître rapidement. Et avec elles la possibilité d'une nouvelle substitution. Elle en avait pris son parti. Elyn et elle devraient expliquer pourquoi Kiera avait fait semblant d'être la femme de Kelan, et en subir les conséquences.

Elle eut un soupir las.

— Qu'y a-t-il, mon enfant ? s'inquiéta le prêtre qui chevauchait une placide jument en principe blanche, mais couverte de boue. Vous semblez perturbée.

— Ce n'est rien.

— Je sais que ce n'est pas facile de quitter sa famille. Oui, moi-même j'ai eu du mal à embrasser le sacerdoce. Et je sais que le mariage… disons, il faut s'adapter, au début. Mais le baron est un homme bon. Il a eu jadis des problèmes, mais cette rébellion lui a passé depuis longtemps.

Kiera se demandait de quels « problèmes » et de quelle « rébellion » il s'agissait. Mais l'aumônier, comme s'il était conscient d'en avoir trop dit, ne s'étendit pas sur la question.

— S'il vous faut un réconfort, milady, faites-moi appeler, et je prierai avec vous ou pour vous.

— Merci, répliqua-t-elle d'un ton sec, dans l'espoir d'en finir avec cette conversation.

Elle lui avait néanmoins fait passer le temps, car Kiera constata que le jour baissait. Devant elle, Kelan montait un destrier rouge sang. Il était droit comme un i, ses larges épaules se balançaient selon les pas réguliers de son cheval. De là où elle était, elle ne pouvait voir son visage mais elle devinait son expression, inquiète et fermée depuis que Tadd lui avait annoncé la mort imminente de leur mère. Elle espérait avec ferveur qu'ils arriveraient avant le décès de lady Lenore.

Avec son destrier à la limite de l'épuisement, Orvis se porta à la hauteur de Kelan.

— Est-ce qu'on ne pourrait pas faire halte un moment ? demanda-t-il. Les hommes sont fatigués, et nous sommes encore à une journée de Penbrooke.

Kelan observa le ciel qui s'obscurcissait.

— Et pense à la lady, ajouta Orvis. Elle a du cran, je le reconnais – pas un mot pour se plaindre – mais elle a besoin de se reposer un peu.

Kelan se renfrogna. Il était fixé sur son but : il voulait continuer. Évidemment, sa monture non plus n'était pas très fraîche et, plus d'une fois, il s'était retourné pour observer Elyn qui chevauchait en silence. La moitié du temps, elle subissait le bavardage du vieux prêtre – mais, comme Orvis l'avait remarqué, sans une plainte.

Il se montrait distant vis-à-vis de la mariée. Peut-être la punissait-il pour sa tromperie. Car enfin, il n'avait pas inventé ces fioles découvertes dans leur chambre, ni les réticences de la jeune femme à expliquer leur présence.

— On continue, gronda-t-il avec le sentiment de se comporter comme un ogre.

À quel jeu jouait-il ? Bien sûr, il fallait qu'il se rende sans tarder au chevet de sa mère, mais ce n'était pas tout. Il souhaitait prouver à sa femme indocile qu'il ne tolérait pas le mensonge. Or il avait la preuve qu'elle avait tenté de l'empoisonner.

Mais si elle le haïssait au point de vouloir le tuer, pourquoi se montrait-elle si empressée au lit ?

Des images ardentes de leurs ébats le hantaient. Il avait encore son goût dans la bouche, la douceur de sa peau sous les doigts, le frôlement de sa langue sur ses épaules et son dos. De ses doigts doux comme la soie, elle l'avait exploré avec tendresse et passion, elle lui avait enflammé les sens comme personne auparavant. Par tous les saints, qu'allait-il faire d'elle ?

— Lord Kelan, lança le prêtre qui le rattrapait à son tour. La nuit tombe, il est temps de nous reposer. Dieu lui-même s'est reposé, le septième jour.

— D'accord, marmonna Kelan. Nous camperons cette nuit au bord de la rivière.

— Dieu soit loué ! s'exclama le père Barton.

La petite troupe s'arrêta sur la berge, et Kelan eut un pincement de remords en voyant son épouse qui basculait presque de sa selle. Aucune femme – même si elle ment à son mari – ne méritait chevauchée si rude. Les soldats eux-mêmes se plaignaient avec véhémence, mais la mariée n'avait pas eu un mot contre lui.

Depuis deux jours, Kelan les avait poussés à un train si rapide qu'ils avaient gagné une demi-journée sur le temps normal du trajet.

Il espérait arriver à temps, et trouver sa mère encore vivante. Il avait perdu la foi depuis longtemps, mais il priait malgré tout pour Lenore de Penbrooke.

Il distribua les tâches à ses hommes. En moins d'une heure, un grand feu de camp s'éleva et sur deux broches tournèrent un porcelet et trois lièvres malchanceux. Les viandes en train de cuire suintaient leur graisse, des nuages de vapeur s'élevaient dans la nuit. Une cruche de vin passait de main en main.

Kiera était assise sur un rocher plat non loin du feu, à l'écart des soldats. Seul le père Barton avait fait un effort pour lui parler, mais il avait fini par renoncer.

— Déjà des problèmes conjugaux ? s'enquit Tadd en buvant une lampée à même la cruche.

— Non, répondit Kelan en sortant un lièvre du feu avec la pointe de son couteau.

— Si c'était ma femme, je l'aurais déjà emmenée sous ma tente et sur ma paillasse, et…

— Ce n'est pas ta femme, coupa Kelan d'un ton rogue.

Il se leva et, en dépit de sa colère, alla porter un morceau de gibier à Kiera.

— Tu dois avoir faim, et être fatiguée.

— Je ne suis pas la seule.

Leurs regards se croisèrent, et il tressaillit. Elle avait beau être exténuée, il y avait dans ses yeux un je-ne-sais-quoi de rebelle qui le fascinait.

— Peut-être préfères-tu manger sous la tente ?

— Comme il conviendra à mon seigneur, se moqua-t-elle. Car c'est bien de cela qu'il s'agit, n'est-ce pas ? Des heures et des heures en selle, à un rythme infernal, c'est pour que je reste à ma place. Alors, puisque mon seigneur l'exige…

Elle se leva et, de sa démarche altière, se dirigea vers la tente.

Plusieurs hommes avaient entendu leur échange et affichaient des sourires narquois. Orvis se racla la gorge. Tadd était hilare. Kelan resta là avec son morceau de viande à la main – son cadeau pour faire la paix – et grinça des dents.

Puis, sous le regard de ses hommes, il la rejoignit dans la tente.

Elle était assise sur la paillasse, emmitouflée dans sa cape.

— Tu serais bien avisée, conseilla-t-il d'un ton qu'il voulait mesuré, de te montrer plus déférente.

— Vraiment ?

— Je n'accepterai aucune marque d'insubordination de ta part.

— Ah bon ?

Il vint près d'elle, brandissant toujours le râble de lièvre, noir de fumée.

— Oui. Je n'ai pas l'intention de souffrir le moindre manque de respect de ta part, ma femme.

— Eh bien, moi non plus, riposta-t-elle. Tu me traites en servante plus qu'en épouse.

— Peut-être parce que j'attends de ma femme de pouvoir lui faire confiance.

Il posa la viande et sortit de la tente avant de se fâcher. Mieux valait la laisser seule pour la nuit. Le simple fait d'être près d'elle suscitait en lui des émotions contradictoires.

Les hommes en train de manger s'efforçaient de ne pas le regarder. Il prit la cruche de vin et but à longs traits. Dès que les autres se seraient dispersés sous leurs tentes, ils s'endormiraient comme des masses. Alors, il irait rejoindre sa femme et s'occuperait d'elle comme il convient...

Elle n'aurait pas dû chercher l'affrontement avec Kelan. Elle savait qu'elle était allée trop loin en le ridiculisant devant ses hommes ; mais elle était fatiguée, elle avait faim, et elle lui en voulait de la façon dont il la traitait.

En se comportant ainsi, elle ne ferait qu'envenimer les choses.

Elle mangea seule et s'essuya les doigts de son mieux, puis s'enveloppa dans sa cape et se couvrit jusqu'au cou avec la fourrure. La paillasse était défoncée, mais elle tenait chaud.

Kiera avait l'intention de rester éveillée jusqu'au retour de Kelan, afin de conclure une trêve avec lui. Mais ses paupières étaient lourdes. L'épuisement finit par avoir le dessus et, bientôt, elle s'endormit.

Elle ne l'entendit pas revenir, et ne s'aperçut pas non plus qu'il s'allongeait à son côté sur le petit matelas. Elle prit conscience de sa présence quand elle sentit sur son sein sa main encore glacée.

Tout de suite, elle fut réveillée. Il lui embrassait la nuque. Ses lèvres étaient aussi chaudes que ses mains étaient froides. Le sang de Kiera s'échauffait. Elle était trop lasse pour résister et, tout en sachant que rien n'était réglé entre eux, et qu'elle n'avait à lui fournir que des excuses bien fragiles, elle se retourna dans ses bras pour l'embrasser.

Après tout, une nouvelle nuit d'amour ne ferait de tort à personne…

Après des heures et des heures d'expédition, les chevaux des soldats sentirent l'écurie ; ils dressèrent les oreilles et forcèrent le pas.

Kiera avait hâte d'arriver. Elle refusait de repenser à la nuit de passion qu'elle venait de partager avec Kelan. Elle refusait de s'appesantir pour le moment sur ses erreurs.

Désormais, la petite troupe n'était plus seule sur le chemin. À l'approche de Penbrooke, des groupes de voyageurs s'étaient joints à eux. Il y avait des chasseurs, des soldats, des croquants traînant de lourds paniers, des enfants qui galopaient entre les ornières et d'autres, plus jeunes, agrippés aux jupes de leurs mères. Bœufs, chevaux et mulets remorquaient des charrettes chargées de ballots et de caisses.

La route, serpentant entre des bosquets de chênes, déboucha sur les champs entourant le château. Celui-ci était le plus imposant que la jeune femme ait jamais vu. La pluie avait cessé et, sous le pâle soleil hivernal, un paysage enchanteur s'étendait devant elle. Kiera avait cru que le chapelain exagérait ses éloges, mais elle s'était trompée. Penbrooke était une énorme forteresse de pierre gris clair, dominée par huit tours carrées. La courtine formait une enceinte qui protégeait non seulement le château, mais également la petite ville à ses pieds.

— Je vous l'avais bien dit ! plastronna le père Barton. Oui, le plus beau château du pays !

Kelan talonna sa monture. Les autres chevaux le suivirent au galop. Le vent faisait voler la chevelure de Kiera, lui giflait le visage. Dans un tonnerre de sabots, les chevaux franchirent le pont-levis et firent irruption dans la ville qui grouillait de marchands, de croquants, d'animaux et d'enfants. Malgré son impatience, Kelan dut ralentir car les rues étaient encombrées. Des artisans vendaient leurs produits. Colporteurs et fermiers avaient garé leurs chariots dans les rues étroites.

Une voix s'éleva au-dessus du brouhaha, une grosse voix d'homme qui attira l'attention de Kelan :

— Mille bénédictions sur vous et votre épouse, milord ! lançait un homme, le bonnet de laine à la main. Mais quelle pitié pour votre mère !

— Ma mère ? demanda Kelan en s'arrêtant sur place. Elle est morte ?

— Non, que non ! Je ne voulais pas vous inquiéter…

— Dieu merci, répondit Kelan en esquissant un sourire. Merci à toi, Tom !

— Certainement que le médecin la soigne, renchérit une femme avec un bébé dans les bras, tandis qu'un tout-petit, accroché à ses jupes, surveillait Kelan d'un air timide.

— C'est une solide nature, notre lady Lenore. Elle s'en remettra, ajouta une commère qui portait un tablier, et un fichu sur la tête.

— Ma femme et moi, nous prions pour vous et votre famille, milord ! annonça un passant en tenue de chasse.

Une villageoise aux joues rondes comme des pommes adressa un sourire au chevalier.

— Bienvenue chez vous, lord Kelan ! On se sent mieux quand vous êtes là. Et félicitations pour votre mariage : que le Père éternel vous bénisse et vous donne de nombreux fils.

Kiera, toujours en selle, ferma les yeux. Elle aurait voulu pouvoir en faire autant avec ses oreilles. Tous la dévisageaient. Elle ne supportait pas de croiser leurs regards.

— Est-ce la jeune mariée ? Elle n'est pas bien grassouillette, gloussa une commère.

— Chut, Esme ! Elle a des oreilles, tu sais.

— C'est vrai qu'elle ne voulait pas épouser lord Kelan ? Par tous les saints, qu'est-ce qu'il lui faut ? Je jetterais mon mari du lit, pour une heure avec le baron.

— Chut ! Tu es folle ! Elle t'entend.

— Oh, la barbe ! riposta Esme.

Et sa voix se perdit dans le brouhaha de la foule, après un dernier rire malveillant.

Kiera aurait souhaité que le sol s'ouvre sous les sabots de son cheval. Non seulement elle était étrangère, mais surtout sa présence était une imposture. Tous ces gens respectaient Kelan : croquants, marchands, chevaliers et artisans étaient pleins de déférence envers lui. Or elle était une traîtresse, une menteuse de la pire espèce, une usurpatrice.

Kelan les précéda sous une porte imposante défendue par une herse. Il poussa sa monture, longea un étang où des canards barbotaient parmi les roseaux. Tadd éperonna son cheval afin de suivre son frère de près. Kiera était juste derrière.

Ils passèrent un verger de pommiers et de pruniers dénudés, puis des appentis abritant le bétail. Des chèvres bêlaient, des porcs fouinaient et grognaient dans leur soue. Partout, hommes et femmes au travail s'arrêtaient pour saluer leur seigneur. Tous savaient qu'il avait quitté Pembrooke pour aller se marier. Il était à présent de retour avec sa femme.

Kiera n'osait imaginer ce qu'ils ressentiraient, quand la vérité éclaterait...

Dieu du ciel, où était sa sœur ? Pourquoi l'avait-elle abandonnée ?

Ils pénétrèrent dans la cour intérieure. Le château proprement dit, blanchi à la chaux, comptait quatre étages. Les cuisines étaient séparées et reliées à la grande salle par une chaussée couverte. Les cabanes de la cour étaient cossues, c'étaient de vraies petites échoppes.

Kiera n'avait jamais rien vu d'aussi grandiose. Ce bavard d'aumônier n'avait pas exagéré.

La monture de Kelan s'arrêta au pied des escaliers. Il sauta de son cheval avant que son page, un garçon ébouriffé au visage marqué de petite vérole, n'arrive.

— Occupe-toi de Fate, Will, ordonna-t-il, l'air sombre.

— Oui, milord.

— Et aussi du cheval de la lady.

Quant à Tadd, il lança les rênes au page et se précipita dans les escaliers.

Kiera se laissa glisser de sa selle en s'appuyant sur Kelan, qui l'aida à poser le pied sur le sol.

— Viens avec moi, dit-il en la prenant par la main.

Tadd avait déjà disparu à l'intérieur. Avant que la porte se referme, une dame de haute taille se précipita sur le perron.

— Dieu merci, vous êtes là ! s'écria-t-elle. Je ne pense pas que notre mère passera la nuit.

Ses yeux, d'un bleu soutenu, brillaient de larmes.

— Seigneur ! s'exclama Kelan qui ne lâchait pas les doigts de Kiera.

— Il vaudrait mieux que tu la voies sans tarder.

— Oui, dit-il en se tournant vers Kiera. Je te présente ma sœur Morwenna. Morwenna, je te présente ma femme, Elyn.

— Oh ! fit sa sœur en regardant Kiera pour la première fois. Elyn... ?

De petits sillons se creusèrent entre ses sourcils.

— Non ! poursuivit-elle avec acrimonie. Ce n'est pas le moment de plaisanter, mon frère. Cette personne n'est pas Elyn de Lawenydd.

La panique saisit Kiera. Mon Dieu ! Elle était perdue.

— Qu'est-ce que ça signifie ? tonna Kelan.

— Rien de plus que ce que je viens de dire, répliqua Morwenna. Je connais Elyn depuis des années. Je l'ai rencontrée au château de Fenn.

15

Kiera suffoquait, mais son esprit travaillait à toute vitesse. Elle ne pouvait laisser son imposture être déjà découverte. Une sueur froide lui coulait dans le dos.

— Euh… bien sûr, nous nous connaissons, affirma-t-elle.

Elle pria pour ne pas dire de bêtises qui auraient conforté les doutes de la sœur de Kelan.

— Papa m'avait envoyée à Fenn pour parfaire mon éducation. J'avais le sentiment de perdre mon temps.

Le froncement de sourcils de Morwenna s'accentua. Elle ne lâchait pas Kiera des yeux.

— Peut-être que je me trompe… hasarda-t-elle, peu convaincue.

— Oui, c'est ça, décréta Kelan.

Et Kiera se glissa à l'intérieur du château. Comme cette situation était insupportable ! Si seulement elle pouvait retrouver sa sœur…

— Bon, nous parlerons plus tard, décida Morwenna. Maman t'attend, Kelan. Je t'en supplie, dépêchons-nous.

Kiera traversa la grande salle derrière eux. Qu'allait-il se passer si Morwenna ne se laissait pas convaincre ?

Le château était deux fois plus grand que celui de Lawenydd. Un feu énorme crépitait dans une cheminée où un cheval aurait tenu à l'aise. Des tapisseries multicolores décoraient les murs blanchis à la chaux. Sur le mur d'en face, il y avait un balcon pour l'orchestre.

Les flammes des chandelles dansaient ; les domestiques se hâtaient dans les couloirs et les chiens de chasse du château – grosses bêtes tachetées au poil hirsute – se mirent à aboyer en apercevant Kelan, remuant la queue avec une telle frénésie que leurs postérieurs se dandinaient.

Kiera se demanda si elle apprendrait un jour à s'y retrouver dans ce dédale. Comment s'évader de ce château pour partir à la recherche d'Elyn ?

Morwenna claqua des doigts pour appeler une servante qui bavardait près d'un rideau de velours.

— Rhynn !

L'intéressée leva vivement la tête. Ses cheveux d'un roux flamboyant commençaient à grisonner. Elle avait de petits yeux et un menton fendu.

— Milady ! répondit-elle en rougissant.

— Voici la femme du baron, lady Elyn, annonça Morwenna en pinçant les lèvres. Je te prie de veiller à tous ses besoins. Installe-la confortablement chez elle. Fais-lui couler un bain, et servir du vin et de quoi manger. Bref, qu'elle s'installe et se repose.

— Bien, milady, répliqua la servante sans la moindre amabilité.

Morwenna suivait déjà Kelan vers l'escalier, laissant Kiera seule avec la petite servante revêche.

— Montons, milady ! proposa celle-ci sans l'ombre d'un sourire.

Dans l'escalier, une frêle jeune fille aux longues jambes maigres balayait avec diligence. Rhynn lui répéta les ordres de Morwenna et l'envoya s'occuper du bain et du repas.

— Pardon par avance pour Nell, avertit-elle. Elle n'a pas toute sa tête. Vos appartements sont par là...

Kiera prit tout de suite en aversion la petite rousse et espéra que le reste de la domesticité était plus avenant.

Rhynn lui fit gravir trois volées de marches, les mêmes que Kelan avait escaladées quatre à quatre un instant plus tôt. Elle avait d'ailleurs eu un pincement au cœur en le voyant disparaître sans un regard en arrière.

Bien sûr qu'il lui fallait voir sa mère. Cela, elle le comprenait. Mais en découvrant le labyrinthe de cet immense château, en apercevant maintes chambres et ces couloirs obscurs, elle sombrait dans le désespoir. Comment réussir à quitter Penbrooke ? Comment retrouver Elyn ? Allait-elle vivre le reste de ses jours embourbée dans son mensonge ?

Et si c'était le cas, serait-ce vraiment désagréable ?

Bien sûr que oui ! C'était peut-être la fatigue du voyage qui lui donnait des idées aussi tordues. Il fallait qu'elle révèle la vérité au baron. Et sans tarder, avant que la situation ne s'envenime. Même si elle devait en subir les conséquences.

Mais pas aujourd'hui. Pas encore. Il fallait qu'elle recouvre sa lucidité et épuise toutes ses chances de retrouver Elyn.

— C'est là, marmonna Rhynn en ouvrant la porte d'une vaste chambre.

Le lit à baldaquin était large et la cheminée énorme, presque aussi imposante que celle de la grande salle. Les fenêtres à ogive donnaient sur la cour intérieure. Les murs étaient couverts de tapisseries, de chandeliers en appliques et de trophées ; par terre, des nattes de jonc étaient étendues. Outre le lit, il y avait deux fauteuils, un petit banc et une table basse. Deux alcôves donnaient sur la chambre, chacune ouvrant sur une pièce spacieuse.

— Je surveille Nell pour être sûre qu'on vous monte un bain. Mais cela prendra un moment. Donc, vous préférerez peut-être vous reposer entretemps, suggéra Rhynn en désignant le lit. Il y a de l'eau dans la cuvette. Les cabinets d'aisance sont au bout du palier, la porte extérieure à gauche. Y a-t-il autre chose que je puisse faire pour vous ?

— Non, ça ira. Merci, Rhynn.

— J'irai vérifier que le cuisinier a compris qu'il vous faut de quoi manger et de quoi boire. C'est un têtu, celui-là, il n'aime pas qu'on lui change ses habitudes. Vous verrez, les domestiques ici sont des fainéants. Ce n'est pas que j'aime à dire du mal des gens, mais ils ont besoin d'être surveillés de près. La lavandière a un poil dans la main long comme ça ; il faut toujours qu'elle crie après les filles. Le cuisinier est une tête de mule, et le maître d'hôtel toujours entre deux vins... Bon, mais je parle trop. En tout cas, je les ai à l'œil, tous autant qu'ils sont. Donc, ne vous inquiétez pas.

— Merci, Rhynn, répéta Kiera, agacée. Je crois que je suis assez grande pour me débrouiller avec la domesticité.

En gagnant la porte, Rhynn eut un sourire jaune.

— Comme vous voudrez, milady, mais si vous avez besoin de quoi que ce soit… ou de renseignements sur le château, je suis à votre service.

— J'en prends bonne note, répondit Kiera à qui la petite rousse n'inspirait nulle confiance.

Elle fut soulagée quand l'autre s'en alla, et referma la porte.

— Je voudrais connaître ton épouse avant de mourir, insista Lenore, couchée dans son lit avec tous ses enfants réunis autour d'elle.

Elle semblait frêle comme un oiseau, elle n'avait que la peau sur les os. Le médecin s'empressait à son chevet, mais il n'était d'aucun secours : la vieille châtelaine dépérissait d'heure en heure.

— Le voyage a fatigué Elyn, mais elle viendra vous rendre visite demain matin.

Lenore pencha la tête sur ses oreillers.

— Promets-moi d'avoir des fils. Beaucoup de fils, soupira-t-elle.

Kelan remarqua du coin de l'œil que sa sœur Morwenna se raidissait. Toute sa vie, elle avait souffert de ne pas être l'aînée et de ne pas être un garçon. Elle avait maintes fois exprimé son dépit.

— Certains n'ont pas eu la chance de naître avec un sceptre royal entre les jambes, disait-elle sans ambages.

— Les femmes ont d'autres attributs, lui répliquait son père. C'est grâce aux intrigues des femmes que les hommes partent en guerre ou signent des alliances. Sers-toi de tes dons avec sagesse, Morwenna.

La jeune fille avait toujours été jalouse de ses frères. Quand Kelan avait été contraint d'accepter ce mariage arrangé, Morwenna avait dix-sept ans ; avec une joie mauvaise, elle lui avait expliqué que c'était son « devoir » d'épouser la femme choisie par son père. Tel était le privilège de l'aîné. Bryanna, leur sœur, trouvait très romanesque qu'il parte chercher sa femme. Mais elle n'avait que quatorze ans et vivait en permanence dans ses rêves romantiques. Quant à Daylynn, elle n'avait pas encore douze ans ; elle s'amusait de voir son grand frère rebelle, autrefois banni du château par leur père, se plier à présent à la volonté du patriarche. Depuis sa tombe, lord Alwyn devait bien rire.

Mais en ce jour, les frères et les sœurs étaient d'humeur chagrine.

— Prenez exemple sur Kelan, continua Lenore d'une voix grinçante. Il a épousé une femme qu'il ne connaît pas, dont il ne voulait pas, mais il l'a fait pour le bien de Penbrooke. Pour le bien de la famille. Tous, faites comme lui. Concluez des alliances fortes, ayez des enfants… Oh, comme je voudrais être là pour les voir !

Elle cilla, à plusieurs reprises, et Kelan en eut le cœur brisé. Il ne s'était jamais entendu avec son père, mais adorait sa mère. Celle-ci l'avait soutenu sans faillir, elle lui avait pardonné ses foucades.

Pour Kelan, le mariage avait toujours été un sujet de dispute avec son père. Lord Alwyn exposait interminablement quelle serait la meilleure alliance. Un soir où le vieux baron était pris de boisson, Kelan s'était emporté. La conversation s'était envenimée, au point qu'Alwyn avait tiré l'épée. Le jeune homme avait relevé le défi, et humilié publiquement son père en lui arrachant son arme. Pour cette abomination, il avait été banni.

Il avait quitté Penbrooke et mené une vie de hors-la-loi puis, apprenant que son père se mourait, il était revenu. Le vieux baron lui avait pardonné, mais avait exigé qu'il épouse Elyn de Lawenydd. Et Kelan lui avait donné sa parole.

— Vous les verrez, maman. Vous verrez vos petits-enfants, promit Daylynn avec ferveur, la gorge serrée. Vous allez reprendre des forces. Ne parlez pas comme ça…

Elle chercha chez ses frères et sœurs un signe d'assentiment. En vain. Ils avaient compris que Lenore s'en allait. Daylynn toucha l'épaule de sa mère ; son petit menton tremblait.

— Reposez-vous, maman, je vous en supplie. Buvez un peu de bouillon : ça ira mieux.

— Ah, Daylynn… Je suis trop lasse.

— Eh bien, dormez. Nous allons vous laisser vous reposer et…

— Chut, ma chérie. Le moment est venu pour moi d'aller rejoindre votre père.

— Non ! s'écria la jeune fille en se jetant sur le lit.

Elle éclata en sanglots et enfouit son visage contre la poitrine de sa mère.

— Ne renoncez pas, maman. Ne nous quittez pas encore. Nous… avons besoin de vous…

Lenore caressa faiblement ses cheveux tressés.

— Cela vaut mieux, ma fille.

La douleur et la maladie avaient creusé des sillons sur son pâle visage.

— Viens, Daylynn, ordonna gentiment Morwenna. Le père Barton est revenu de Lawenydd. Laissons maman seule avec lui.

— Mais... protesta Daylynn.

— Chut ! Maman a besoin de repos.

Avec tendresse, Morwenna arracha la benjamine du lit. Bryanna l'aida à escorter la petite jusqu'à la porte.

De son lit, Lenore les regarda partir, puis tourna ses yeux vitreux vers ses deux fils.

— C'est votre devoir... à tous les deux... de veiller à ce qu'elles fassent de bons mariages. Maintenant... laissez-moi, je suis si lasse. Je verrai ma belle-fille demain.

— Je suis désolé de vous déranger, milord, mais si vous avez une minute...

L'intendant suivit Kelan qui s'éloignait. Il avait une tête de moins que le chevalier, et devait presque courir pour rester à son côté.

— Il y a plusieurs contentieux qu'il vous faut trancher, débita-t-il à toute vitesse. Les paysans dans le sud se plaignent des droits de fermage, et puis il y a une querelle concernant les droits de chasse, et puis le valet de chambre a surpris le fils du tonnelier en train de chaparder des épices, et puis...

— Tout cela doit-il être jugé sur l'heure ? coupa Kelan d'un ton sec.

— C'est-à-dire que... vous êtes absent depuis des jours et...

— Ça attendra. Tout attendra, précisa Kelan sans ralentir. Je recevrai tout le monde demain, après ma tournée quotidienne. Aujourd'hui, j'ai à faire.

— Je sais, mais les épices sont hors de prix et le valet de chambre est furieux. Cela fait des mois que les épices disparaissaient, il avait conclu que c'était Girlie Flout. Mais il a surpris Robert Cooper avec du gingembre et des graines de cumin plein les poches. Il veut la tête de ce garnement, c'est moi qui vous le dis.

— Un jour de plus ou de moins, ce n'est pas une affaire, insista Kelan. Laisse mijoter Cooper dans l'attente de ce que je lui réserve. Est-ce tout ?

— Non, il y a toujours des brigands dans la forêt. Il y a deux jours, un prêtre de passage s'est fait attaquer. Il est sain et sauf, mais on lui a volé son cheval. Hier, un marchand s'est fait dévaliser sur la route du nord.

— Tu as fini, maintenant ? demanda Kelan, exaspéré.

L'intendant baissa la tête, penaud.

— Oui, milord.

— Parfait. Comme je te l'ai dit, je recevrai tous les plaignants demain matin.

Kelan dévala les escaliers et sortit. Le crépuscule tombait. Il voulait trouver une servante pour veiller au chevet de sa mère. Ensuite, il aurait besoin d'un bon bain et d'un repas chaud et, après une chope de vin devant la cheminée, il passerait la nuit à faire l'amour avec sa femme.

16

Kiera se laissa glisser jusqu'au cou dans la baignoire. L'eau parfumée était brûlante, l'idéal pour effacer la crasse du voyage et les douleurs qu'elle avait au cou et dans le dos. Un grand feu brûlait dans la cheminée.

On avait monté les robes d'Elyn repassées de frais ; elles étaient suspendues dans une alcôve. Par chance, Rhynn la grincheuse n'était pas revenue, et la jeune fille qui s'occupait de Kiera, Nell, était délicieuse ; elle avait un regard malin, un sourire radieux, et des frisettes entouraient son visage de fée.

Nell lavait les cheveux de Kiera en bavardant. Celle-ci fermait les yeux, se délassant dans l'eau chaude ; elle posait une question de temps en temps, et tâchait d'en apprendre le plus possible sur la vie du château.

— Comme nous sommes heureux, tous, que notre seigneur ait pris femme ! confia Nell. C'est un bel homme, et beaucoup de dames de passage à Penbrooke se sont entichées de lui. Je l'ai vu de mes propres yeux, mais lui… vous savez, il a eu sa part d'ennuis.

— Des ennuis ? répéta Kiera tandis que les doigts prestes de la jeune fille lui massaient le cuir chevelu.

— Oui, il y a quelques années. Il a eu avec le baron Alwyn, son père, une dispute comme on n'en avait jamais vu dans nos murs. Lord Kelan ne supportait pas que son père conclue des alliances et le marie contre son gré. Quand le baron Alwyn a voulu lui faire épouser la fille du seigneur de Hawarth, qu'est-ce qu'il s'est fâché ! Il a refusé. Ils se sont plus ou moins battus à l'épée. C'était horrible, le sang a coulé. Le baron Alwyn en a gardé une méchante cicatrice au menton. Il a banni son fils. Ensuite...

— Ensuite ?

Nell hésitait.

— Je me demande si je fais bien de raconter tout ça dans le dos de notre seigneur...

— Je suis sa femme, lui rappela Kiera en se rinçant le bras avec un linge.

— Je sais, mais...

— Quoi que tu dises, Nell, cela restera entre nous.

— Oui, mais je ne veux rien dire dans son dos. C'est un homme bon, vraiment. Il a aidé ma mère. Et je ne devrais pas parler de lui ainsi. De toute façon, personne n'est sûr de rien. Ce sont des ragots.

— Dans ce cas, ce n'est pas bien grave... observa Kiera en souriant.

Nell se mordit la lèvre.

— Eh bien, c'était il y a quelques années, le baron Alwyn était encore vivant... Le bruit a couru que son fils avait été reconnu dans une bande de hors-la-loi, voleurs de chevaux et tout. Personne n'y a cru, jusqu'au jour où l'un des brigands a été capturé avec un cheval volé : il a prétendu qu'il l'avait acheté à un fils de baron.

— Et ce dernier était Kelan ?

— Le voleur a persisté jusqu'au pied de la potence, et on l'a pendu haut et court.

— Qu'est-il arrivé ?

— Lord Kelan a fini par rentrer, son père était mourant. Ils se sont réconciliés. Un qui n'était pas content, si vous voulez le savoir, c'est l'autre fils, Tadd. Il se voyait déjà baron. Bref, il y a eu des prises de bec. Cela ne m'étonnerait pas qu'ils se soient battus. Notre lord a un de ces caractères !

La porte s'ouvrit. Kiera sursauta, éclaboussant le plancher. Nell, troublée, vit son maître entrer.

— Oh, milord, s'étouffa-t-elle en rougissant. J'étais en train de donner son bain à milady.

— Merci, Nell. Je crois qu'elle peut finir seule.

— Mais elle a les cheveux mouillés et... et...

Kelan traversa la pièce. Nell, écarlate, détala sans demander son reste, tandis que Kiera attrapait une serviette.

— Ferme la porte derrière toi, Nell, ordonna-t-il d'une voix grave qui donna la chair de poule à Kiera.

Brusquement, elle trouva la pièce trop petite. À présent, il ne fallait pas seulement qu'elle s'explique sur la question des fioles, mais aussi sur le fait que Morwenna affirmait qu'elle n'était pas Elyn.

— Si tu veux bien m'accorder un instant pour m'habiller...

— C'est inutile.

Il vint jusqu'à la baignoire. Il l'avait déjà vue nue, mais jamais dans son propre château, à la lumière sensuelle des chandelles et de la cheminée. C'était troublant.

— Tu as pris un peu de repos ? s'enquit-il.

— Non. Je n'ai pas eu le temps.

— Après le dîner, dans ce cas.

— Oui. Est-ce que… nous dînerons avec tout le monde ?

— Oui. Et cette fois, ma femme, tu m'accompagneras et tu siégeras à mon côté.

— Dans ce cas, il faut que je m'habille et que je…

— Pas encore, dit-il en remontant sa manche jusqu'à l'épaule. Je crois que tu n'en as pas tout à fait fini avec ton bain…

Il lui prit la serviette des mains et la lança sur le lit.

— Je crois que tu as besoin d'aide, continua-t-il en plongeant sa main dans l'eau.

— Tu vas me laver ? s'étonna-t-elle.

— Entre autres…

Il lui effleura la poitrine, et elle frémit. Elle écarquilla les yeux. Il lui frôla la bouche de ses lèvres.

— Tu sais, ma femme, chuchota-t-il en glissant les doigts vers le bas de son ventre, tu m'as caché des secrets, tu m'as dit des mensonges et j'ignore pourquoi. Je me suis demandé quelle décision prendre…

Ses doigts s'immiscèrent entre les cuisses de Kiera.

— J'ai envisagé toutes sortes de châtiments…

Elle déglutit avec effort quand il se mit à caresser son petit nid, la taquinant légèrement.

— Mais ce que je souhaite avant tout, c'est la vérité.

De nouveau, il la frôla d'un baiser, suivant avec la langue le dessin de sa bouche. Kiera se cambra pour en réclamer davantage, et il introduisit un doigt en elle.

— Tu comprends ?

Comme elle restait muette, il se pencha en avant, l'embrassa sur la bouche et descendit vers son cou. Le sang de Kiera s'échauffait ; ses cuisses s'écartaient toutes seules. Elle le voulait, tout entier. Elle frémit et se cambra encore. Un mamelon émergea. Il le saisit entre ses lèvres et le téta avec ardeur. Elle fermait les yeux, la tête lui tournait.

— Kelan, soupira-t-elle en se tordant. Je t'en supplie…

— Quoi, petite ? Tu me supplies de quoi ?

Les doigts de Kelan trouvèrent le point suprême.

— Oh… s'il te plaît… encore !

— Mais c'est bien mon intention !

Il se pencha, la souleva de la baignoire et la porta, dégoulinante, sur le lit. La pièce était fraîche, les mamelons de Kiera durcirent. Ils tombèrent ensemble sur les draps, et il ôta sa chemise tandis qu'elle dénouait les lacets de ses hauts-de-chausses. La virilité de Kelan se dressait fièrement. Elle en caressa toute la longueur brûlante et palpitante, l'embrassa, la frôla.

— Oh, mon amour, soupira-t-il, les mains dans sa chevelure, le souffle court. Tu m'ensorcelles, tu sais… Tu as… tu m'as jeté un sort…

Alors il la fit rouler sur le dos et, du genou, lui écarta les cuisses. Il embrassa une goutte d'eau qui s'accrochait à un sein.

Elle se cambra, elle était prête. D'une rude poussée, il la posséda et, de nouveau, le monde bascula pour Kiera. Elle était ardemment consentante, et prit tout de suite le rythme avide de son mari. Elle suivait de la main les muscles saillants de ses épaules et de son dos, descendait le long de la colonne vertébrale, reconnaissait les cicatrices, dont une particulièrement profonde…

La pièce tournait de plus en plus vite. La vue de Kiera se brouillait. Même le visage de Kelan, d'une incroyable beauté virile, devenait flou. Un moment, elle songea qu'elle l'aimait.

Était-ce si mal ?

Avec un spasme violent, elle sentit leurs âmes se fondre, devenir une. En cet instant magique, il cria ; tous les muscles de son corps étaient tendus à bloc. Kiera sourit pendant qu'il s'épanchait en elle. Avec un immense soupir, il s'effondra en la tenant étroitement, le souffle court.

— Lord Kelan !

Boum, boum, boum.

— Vous ne descendez pas dîner ?

Kelan ouvrit un œil. Il faisait presque noir dans la pièce, le feu se mourait, et la femme étendue à son côté dormait paisiblement. Il écarta une boucle de cheveux qui tombait sur le visage de Kiera, et ressentit une émotion dont il se refusait à prononcer le nom. Dieu, qu'elle était belle !

— Lord Kelan ?

Le devoir l'appelait. Et il avait faim. Taquin, il donna une claque sur le postérieur de sa femme.

— Il est temps de s'éveiller !

Elle s'enfouit sous les couvertures, et il se pencha pour l'embrasser.

— Réveille-toi, Elyn !

Elle ouvrit brusquement les yeux. Il sentit qu'elle tremblait, que son sang s'échauffait. Elle tourna son visage vers lui et lui offrit ses lèvres.

— Lord Kelan ! braillait le garde à la porte.

— Je descends… répliqua le chevalier.

Il se percha sur la jeune femme.

—… quand j'aurai fini ce que je suis en train de faire !

Ils arrivèrent en retard à leur premier dîner. Elle avait tressé ses nattes en catastrophe, et enfilé l'une des robes qu'elle avait apportées. La soie vert pomme froufroutait à chaque pas. Le corsage brodé était très ajusté, avec un décolleté carré qu'elle trouvait vertigineux.

— Dépêche-toi, insistait-il en la tirant par la main pour descendre les marches.

Un fort brouhaha de conversations résonnait dans les couloirs où se mêlaient les odeurs de viandes rôties, de pain chaud et de maintes épices délicieuses. Kiera avait grand appétit. Néanmoins, la perspective d'être présentée à la famille de Kelan, à ses domestiques et à ses sujets était intimidante.

Lorsqu'ils entrèrent dans la grande salle, une trompette sonna et un héraut à la voix grave s'écria :

— Bienvenue au seigneur de Penbrooke et à sa femme, lady Elyn !

Les convives se levèrent pour applaudir en souriant, tandis que les mariés prenaient place à la table d'honneur. Kelan salua l'assemblée et présenta « lady Elyn de Penbrooke ».

Kiera aurait voulu être une petite souris. Elle parvint à sourire et à saluer de la tête, mais elle était dramatiquement consciente de son imposture. Hildy avait raison : elle aurait dû dire la vérité à Kelan avant de quitter Lawenydd ;

chaque jour qui passait rendait la réalité plus difficile à admettre.

Le festin était somptueux; les plats se succédèrent. Les domestiques se frayaient un chemin entre les tables. Ils apportaient une abondance de hérons et de brochets farcis, de saumons, de sangliers rôtis, de crèmes, de tartes et de tartelettes – plus que Kiera ne pouvait en avaler. Elle était placée entre Kelan et son frère Tadd. À côté de Tadd siégeait Daylynn, belle jeune fille aux cheveux sombres, qui observait Kiera comme une curiosité. L'autre sœur du chevalier, Bryanna, était la gentillesse même, mais elle avait quelque chose de triste : Kiera attribuait cela à l'état de leur mère. La personne qui l'inquiétait le plus siégeait de l'autre côté de Kelan : sa sœur Morwenna, qui chipotait distraitement sa nourriture et étudiait sa belle-sœur en tâchant de lier conversation.

— Alors, vous vous souvenez du château de Fenn ? demanda-t-elle tout en dégustant une fine tarte au poisson.

— Bien sûr ! s'exclama Kiera dont les cheveux se hérissaient de terreur.

— Vous aviez des bontés pour un écuyer, je crois. N'était-ce pas Brock d'Oak Crest ?

Kiera se mordit la lèvre.

— C'est exact.

— Qu'est-il devenu ?

— Je n'en sais rien.

Morwenna fronça les sourcils.

— Ne dit-on pas qu'il est fiancé à Wynnifrydd, la fille du seigneur de Fenn ?

— Vraiment ? s'étonna Kiera.

Tadd se mêla à leur échange.

— J'en suis sûr ! confirma-t-il en faisant signe à un page de lui remplir sa chope. Le mariage était prévu pour… cette semaine, à mon avis.

— Cette semaine ? répéta Kiera, horrifiée.

— Demain, en fait ! précisa Tadd en tendant sa coupe. Merci, John !

Le page hocha la tête puis, sans croiser le regard de Kiera, se mit à lui remplir sa chope à son tour.

Demain ? Brock épouse Wynnifrydd demain ? songea-t-elle.

Mais alors, Elyn ? Le mariage a-t-il été annulé ? La jeune femme but une gorgée de vin pour se calmer. Réfléchis, Kiera, réfléchis… Où est donc Elyn ? Brock et elle ont-ils tous les deux rompu leurs fiançailles pour s'enfuir ensemble ? À cette pensée, Kiera fut d'abord irritée, puis emplie d'un stupide espoir. Elle comprit en un éclair pourquoi ses émotions étaient contradictoires ; à présent, elle ne pouvait plus le nier : elle était amoureuse de Kelan.

Dieu tout-puissant ! Cette idée absurde la toucha de plein fouet, elle faillit avaler son vin de travers. Amoureuse ? D'un étranger ? D'un homme que je connais à peine ? Le mari de ma sœur ? C'est de la folie !

Elle n'avait plus faim : l'angoisse lui coupait l'appétit.

— Parlez-moi de Brock, insista Morwenna.

— Morwenna ! trancha Kelan. Elyn et toi vous êtes connues à Fenn il y a de longues années de cela. Quel âge avais-tu, Elyn ? Treize ans à peu près ? Ce qui s'est passé à l'époque ne compte plus.

— Et nous savons tous que les choses changent en quelques années, n'est-ce pas ? renchérit Tadd en se carrant dans son fauteuil.

Avec un sourire désinvolte, il regarda Kiera et lui décocha un clin d'œil.

— Votre mari n'a pas toujours été l'homme respectable qu'il est devenu, vous savez. Jadis, il s'est trouvé plus d'une fois en délicatesse avec la loi. Si mon père n'avait pas graissé la patte du shérif, il aurait peut-être fini au bout d'une corde.

— Il exagère, protesta Kelan. Je le répète : le passé, c'est le passé. Lady Elyn et moi sommes mariés.

17

Joseph sortit d'Oak Crest après avoir fouillé le château de fond en comble, à la recherche de lady Elyn. Hildy lui avait révélé le plan de celle-ci. Avant qu'elle ne le lui demande, il s'était porté volontaire pour partir à la recherche de la jeune femme.

Trois jours s'étaient écoulés depuis le soir où Kiera était partie pour Penbrooke. Joseph était malade quand il songeait à ce qu'elle devait subir de la part du baron de Penbrooke à la place de sa sœur. Mais qu'était-il advenu d'Elyn ? Où diable était-elle ? La réponse, selon Joseph, Brock d'Oak Crest la connaissait. Malheureusement, il lui avait fallu une journée entière pour se soustraire à ses devoirs habituels ; ensuite, il avait mis une autre journée pour arriver à Oak Crest et là, il avait perdu du temps à tendre l'oreille et à ouvrir l'œil, dans l'espoir d'apprendre quelque chose sur lady Elyn. Au fur et à mesure que le temps passait, il se disait qu'on allait s'apercevoir de son absence à Lawenydd.

Eh bien, tant pis.

Parfois, il y a des devoirs ordinaires, et parfois des devoirs extraordinaires qui exigent de sacrifier les premiers. Et la recherche d'Elyn était bel et bien un devoir extraordinaire.

Tout le château s'affairait pour préparer les noces de sir Brock, fils du baron, avec lady Wynnifrydd de Fenn.

— C'est un vrai tyran, cette fille, avait confié une vieille femme à une autre ce matin, non loin de Joseph.

— Sir Brock ne va pas avoir la vie facile.

— Quel malheur d'épouser pareille chipie !

— À mon avis, lady Wynnifrydd voudra qu'il reste à Fenn aussi longtemps que lord Nevyll sera en vie. Tu as vu les mines qu'elle fait quand elle vient ici ? On dirait qu'Oak Crest n'est pas assez bien pour elle.

— Comme ça, sir Brock pourra aller trousser les filles de Fenn, et laisser les nôtres tranquilles. C'est un grand excité, notre Brock.

— Moi, j'ai cru jusqu'au bout qu'il épouserait Elyn de Lawenydd. Il paraît qu'elle est amoureuse de lui. Ma nièce est couturière à Lawenydd : elle m'a juré que sir Brock était le grand amour de lady Elyn.

Joseph avait tressailli. C'était donc bien ça !

— Lady Elyn a eu de la chance d'épouser Kelan de Penbrooke. Je sais qu'il a donné à son père pas mal de cheveux blancs mais, à côté de Brock, Kelan est un seigneur.

Plus tard, Joseph avait entendu d'autres ragots sur le mariage imminent et sur le fils du seigneur, mais rien d'autre à propos d'Elyn.

Que faire ? se demanda-t-il en passant en revue les chevaux dans l'écurie. Aucune trace de la jument disparue, la monture de lady Elyn.

Il était épuisé, mais l'odeur des chevaux lui était familière. Il avait grandi parmi eux.

Quelques animaux s'ébrouèrent, un cheval hennit doucement; il n'y avait d'autres sons que le froissement des sabots dans la paille, et le doux ronflement d'un garçon d'écurie adossé à un pilier, la casquette sur les yeux.

Sans trop de mal, Joseph trouva l'échelle conduisant au grenier; il se glissa dans le foin, et s'installa dans un coin. Sans bruit, il s'enveloppa de son manteau comme d'une couverture et ferma les yeux pour sommeiller jusqu'à la nuit. À ce moment-là, il aurait davantage de liberté de mouvement. S'il trouvait la jument, il aurait la preuve que sir Brock et lady Elyn s'étaient vus. Dans le cas contraire, il continuerait à la chercher.

Debout devant la cheminée de sa chambre, Kelan jouait distraitement avec les fioles rapportées de Lawenydd. Celle pleine de sang et l'autre, vide. À présent, il était certain qu'Elyn s'était servie du contenu de la fiole vide non pour l'empoisonner, mais pour le faire somnoler et l'obliger à ne pas sortir de la chambre nuptiale. Pourquoi? Il n'en savait rien. Quant à l'autre fiole, c'était un mystère.

Était-ce grave? Après tout, elle avait fait devant Dieu le serment d'être sa femme, elle l'avait accompagné à Penbrooke, elle siégeait à son côté. Elle était allée voir Lenore aujourd'hui. Seule Morwenna semblait se défier d'elle et, effectivement, il y avait bien quelque chose qui clochait. Les fioles qu'il tenait à la main en étaient la preuve...

Il tourna son regard vers son épouse endormie, et fut attendri. Les reflets du feu jouaient sur sa peau blanche, y déposant des reflets dorés. Ses cheveux sombres étaient emmêlés dans les oreillers, autour de ce visage qu'il commençait à aimer.

Aimer? Cette notion le prit de court. Il était tout sauf romantique, il ne croyait pas à l'amour. Et pourtant, ce petit bout de femme avait bel et bien trouvé le chemin de son cœur, grâce à ses paroles pleines d'esprit, ses yeux rieurs, et la fougue dont elle faisait preuve durant leurs ébats. Il avait beaucoup de chance. Tant de mariages étaient de simples contrats, dans le cadre desquels mari et femme se supportaient à peine.

Cependant... elle l'avait trompé. Les fioles prouvaient qu'elle lui avait joué un mauvais tour. Pourquoi ? Il fallait qu'il l'interroge et que, cette fois, il obtienne des réponses.

Mais pour quel résultat ? lui murmura une petite voix. Ouvrir un fossé entre vous ? Or vous êtes mariés. Vous êtes convenus de cet accord, à vous d'en tirer le meilleur. Elyn est ton épouse, elle va devenir la mère de tes enfants. Rien ne sert de cultiver le doute...

Le moment était venu au contraire de repartir du bon pied, de faire confiance à la femme qui avait juré d'être sienne.

Il jeta les deux fioles dans la cheminée. Celle qui était pleine éclata, son contenu se répandit en grésillant avec une odeur épouvantable.

Kelan espérait que ce n'était pas le présage des événements à venir.

— Tu ne veux pas m'épouser? s'exclama Wynnifrydd en quittant d'un bond le lit de Brock. Qu'est-ce que c'est que cette histoire?

Elle enfila sa tunique à la volée et le défia du regard.

— Le mariage est prévu dans moins de douze heures. Les invités commencent à arriver. Mon père a signé un accord, et nous avons un bébé en route! Il n'est plus temps de changer d'avis!

Elle était belle dans sa fureur, tremblante de rage. Lui était nu comme un ver. Elle le menaça d'un index vengeur.

— S'il s'agit d'une plaisanterie, Brock d'Oak Crest, elle est de mauvais goût. De très mauvais goût!

Il se souleva sur un coude et secoua la tête.

— Je ne plaisante pas. Je ne puis ni t'épouser ni garder davantage mon secret.

— Quel secret? Qu'Elyn de Lawenydd est une gourde et s'est noyée? C'est ça, le secret qui te tourmente? Parce que je sais que tu en as d'autres. Et des pires!

Levant avec indignation les yeux vers le plafond, elle croisa les bras devant sa poitrine.

— Elle est morte, Wynnifrydd. À cause de moi.

— Mais ce n'est pas *toi* qui l'as tuée. C'était un accident. Alors, qu'est-ce que ça change à notre mariage?

— Elle est morte en me fuyant, car je lui avais dit que je ne pouvais l'épouser.

— Eh bien, c'est une sotte! rétorqua Wynnifrydd, exaspérée. D'ailleurs, es-tu sûr qu'elle est morte? Un marchand ambulant m'a dit qu'elle avait épousé Penbrooke, comme prévu.

— Impossible. Elle était avec moi après le mariage.

Jamais il n'avait ressenti pareil poids sur les épaules. Le remords était pour lui quelque chose de nouveau, et de superflu.

— Alors, qui Penbrooke a-t-il épousé ?

— Peut-être s'est-il trompé de sœur. Elyn avait l'intention de demander à Kiera de la remplacer pour l'échange des consentements.

— Alors c'est Kiera qui a épousé Penbrooke, mais le baron la prend pour Elyn ?

— Oui. En tout cas, tel était le plan d'Elyn, confirma Brock en roulant sur le dos, regardant les poutres au-dessus de sa tête. Juridiquement, c'est Elyn qui est sa femme. Et maintenant, voici qu'elle est morte. Ah, quel gâchis…

Wynnifrydd s'en moquait éperdument.

— Écoute-moi bien, Brock. Les accidents, ça arrive. Ça arrive à n'importe qui, n'importe quand. Et n'oublie pas que nous sommes dans le même bateau. N'oublie pas ce que je sais à ton sujet, des choses que ton père lui-même aurait du mal à croire : s'il les apprenait, il te bannirait à coup sûr. Surtout, n'essaie jamais de me trahir. Si tu le fais, tu le regretteras le reste de tes jours. Maintenant, je porte ton enfant. J'ignore pourquoi tu t'en fais tant à propos d'Elyn. D'ailleurs, je devrais t'en vouloir de m'avoir abandonnée plusieurs jours pour cette escapade avec elle.

— Il fallait que je lui explique que je t'épousais.

— Tu lui as dit que tu m'aimais ?

— Je lui ai dit la vérité.

— Ah, ah, ah ! s'écria-t-elle en montant d'une octave à chaque syllabe. Brock, m'aimes-tu ? M'aimes-tu vraiment ?

Elle se pencha sur lui. Elle montrait tout de ses seins, dans l'échancrure de sa tunique.

Bien qu'il ne fût pas d'humeur, il l'attrapa par un poignet, la tira sur lui et l'embrassa violemment.

— Qu'en penses-tu ? demanda-t-il.

— Je… j'en pense que tu es capable de coucher avec n'importe qui pour changer de sujet, répliqua-t-elle, brusquement essoufflée.

— Tu crois ? se moqua-t-il en lui empoignant une fesse.

En pétrissant ce petit derrière, il sentit sa virilité s'éveiller.

— Oui. Oh, oui !

— Mais c'est avec toi que je suis, insista-t-il.

Il la coucha sur lui, troussa son vêtement et la guida vers son membre. Elle eut comme un hoquet et, merveilleusement, ne prononça plus un mot. Il n'aurait pas dû lui dire qu'il n'allait pas l'épouser ; il aurait dû se contenter de la laisser attendre seule devant l'autel. Elle ne l'aurait pas volé.

Quant à l'enfant, quelle preuve avait-il qu'il soit le sien ? Il n'avait pas connu Wynnifrydd vierge, et il pouvait parfaitement la mettre à la porte dans cet état. Il s'en fichait.

En revanche, il ne pouvait vivre avec la mort d'Elyn sur la conscience, et l'oublier comme ça. Brock l'avait trompée et lui avait menti un nombre incalculable de fois ; il avait même volé, quand le besoin s'en était fait sentir. Mais jamais il n'avait laissé mourir une femme.

Wynnifrydd avait beau crier de plaisir, il ne pouvait chasser de son esprit la pensée d'Elyn périssant dans les flots déchaînés de cette rivière glaciale.

Il avait besoin d'avouer la vérité afin, d'une façon ou d'une autre, d'apaiser son âme.

18

— Expliquez-vous clairement, insista Kiera auprès du tailleur.

Ils étaient dans le petit salon du baron, dans la tour qui lui était réservée. Deux cousettes patientaient avec leurs dés à coudre et leurs ciseaux. Plusieurs pages apportaient des rouleaux de tissu.

— Mon mari vous a commandé douze robes pour moi ?

— C'est exact, milady. Il m'a demandé de vous soumettre des échantillons de mes plus beaux tissus. Non, pas là, Gwayne ! lança le tailleur à un page maladroit. Mets le rouleau ici, sur la table devant la fenêtre.

C'était un petit homme ramassé avec une barbe finement taillée et une denture irrégulière. En perpétuel mouvement, il distribuait ses ordres aux pages et aux couturières tout en disposant par couleurs sur la table dentelles, rubans et fourrures.

Jamais Kiera n'avait vu pareil étalage. Il y avait des soies pâles, des velours, des damas. Certaines étoffes de luxe étaient tissées de fils d'or et d'argent.

— La zibeline est indémodable, souffla le tailleur comme un secret en disposant une petite fourrure sombre sur un rouleau de damas gris argent. Et pour le retour de l'été, il y a cette soie lavande... Voyons, où l'ai-je mise ? Hier encore, je l'avais sous la main... Gwayne ! Oh, la voilà !

Il désigna une étoffe chatoyante couleur lilas, sur laquelle il drapa une fine broderie blanche et un ruban prune.

— N'est-ce pas ravissant ? Cette jupe sera ajustée à la taille, avec un décolleté carré bordé de dentelle et une traîne à porter au creux du bras. On pourrait couper la jupe en dégradé, avec un tissu un peu plus foncé !

Ainsi décrivait-il, radieux, une robe après l'autre.

— Maintenant, voyons pour les mesures, décréta-t-il en claquant des doigts à l'adresse des cousettes.

Une fois les mesures prises, Kiera observa les étoffes somptueuses. Ces pièces allaient coûter autant que la rançon d'un roi. Elle résolut d'en parler à Penbrooke.

Le tailleur ne cessait de discourir, il accumulait les détails à propos d'emmanchures, de décolletés, d'ourlets... Il envisageait non seulement des robes mais des capes, manteaux, coiffes et chaussures que jamais Kiera ne mettrait. En l'écoutant d'une oreille, elle imaginait ce que dirait son mari quand elle lui révélerait la vérité.

Il deviendrait blême en apprenant cette humiliation. Il aurait envie de la tuer. Elle se jetterait à ses pieds pour implorer sa clémence, elle lui demanderait de l'aide pour retrouver sa vraie femme.

Il fallait qu'elle avoue. C'était son *devoir*. Le matin même, lorsque Kelan l'avait tendrement éveillée avec des caresses, elle avait eu envie de tout expliquer, mais les mots n'étaient pas venus. Ensuite, après avoir rencontré la baronne douairière, Kiera avait passionnément fait l'amour avec son *mari*, une fois de plus. Mais elle ne pouvait continuer à faire semblant. Quelque punition que Kelan lui inflige, quelque honte qu'ils aient tous deux à subir, elle ne pouvait plus vivre dans la duplicité.

Elle ne supportait le petit tailleur et sa frénésie que parce que Kelan était occupé. Il lui fallait attendre d'être en tête à tête avec lui.

— Ah... Et voici maintenant quelque chose d'unique ! annonça le tailleur en déroulant d'un geste grandiose un rouleau de velours bleu, qu'il mit en valeur en le juxtaposant avec une peau de lapin blanche. Oui... avec votre couleur d'yeux et de cheveux, milady, ce sera somptueux. Royal, je dirais. Il faudra des manches en pointe, à mon avis, un corsage haut et un décolleté assez profond, audacieux. N'est-ce pas ?

Tout excité, il frottait ses doigts couverts de bagues.

— Merci, mais je ne suis pas certaine d'avoir besoin de tant d'affaires, protesta Kiera tandis que le petit bonhomme, bouillonnant d'énergie, déroulait des tissus, les lui drapait sur l'épaule.

Il y avait des lins, des soieries. À tout instant, il reculait d'un pas, tirait sa barbe en pointe et imaginait le résultat.

— Votre mari a beaucoup insisté, vous savez. Douze robes, pas moins. Avec les chaussures, capes et coiffes assorties. Faut-il qu'il vous aime !

Kiera avait honte. Elle ne croyait pas Kelan amoureux ; elle se disait qu'il l'aimait bien, et elle… Ah, zut ! Elle commençait à s'enticher de lui, bien qu'il fût le mari d'Elyn.

— Venez, lady, souriez. Ce n'est pas tous les jours qu'un seigneur commande une garde-robe complète pour sa femme.

Elle eut un sourire forcé car elle ne pouvait lui révéler pourquoi ces robes ne seraient jamais cousues, pourquoi Kelan annulerait sa commande le soir même.

Elle était si perdue dans ses pensées qu'elle n'entendit pas s'ouvrir la porte de sa chambre.

— Lady Elyn ?

Kiera se retourna.

Morwenna, la sœur de Kelan, entra dans la pièce en coup de vent. Elle eut un sourire rapide pour le tailleur et déclara sans ambages :

— Lady Elyn, quand vous aurez fini avec monsieur, ma mère désire vous parler.

Kiera eut la chair de poule. Qu'est-ce qui allait lui tomber dessus, à présent ?

— Mais… je l'ai déjà vue.

— Je sais. Mais elle désire vous voir seule.

— J'ai presque fini, milady, assura l'homme en taillant un coupon d'une étoffe de laine brun foncé.

— S'il vous plaît, montez dès que possible.

Il y avait une réelle tristesse dans les yeux de Morwenna, et aussi de la méfiance. Aussi vite qu'elle était entrée, elle s'en fut.

Pourquoi la vieille baronne voulait-elle la voir seule à seule ? songea Kiera. Avait-elle constaté que quelque chose n'allait pas ? Avait-elle, comme Morwenna, rencontré Elyn quelques années plus tôt ? En tout cas, Lenore n'en avait pas dit un mot lorsqu'elle et Kelan lui avaient rendu visite.

Bien que fragile et malade, elle l'avait enveloppée d'un regard souriant, généreux. Elle avait même serré sa main avec une force surprenante.

Kiera avait eu les larmes aux yeux en observant cette femme à l'article de la mort.

Alors, pourquoi ce besoin de la voir d'urgence ? Peut-être Morwenna avait-elle confié à sa mère ses doutes quant à l'identité de la femme de Kelan…

Dès que le tailleur eut terminé, Kiera quitta le petit salon et monta le demi-étage qui la séparait de la chambre de lady Lenore. Elle se trompa de sens et fit demi-tour. Un peu plus tôt, Nell lui avait montré comment s'y reconnaître dans ces couloirs, grâce à quelques tableaux et meubles remarquables. Tous les domestiques qu'elles avaient croisés avaient tout fait pour la mettre à l'aise. Ah, mon Dieu ! Prolonger ce supplice était insupportable !

À la porte de lady Lenore, elle remit en place une mèche rebelle, essuya ses paumes moites sur sa jupe, et frappa.

Quelques secondes plus tard, une infirmière ouvrit.

— Je viens voir lady Lenore, expliqua Kiera.

L'intérieur de la pièce était obscur ; la mère de Kelan gisait sur son lit, appuyée sur plusieurs oreillers.

— Oui, elle vous attend.

— Est-ce Elyn ? s'enquit doucement Lenore.

— Oui, milady.

— Bien. Fais-la entrer et laisse-nous quelques minutes, s'il te plaît.

— Mais le baron a exigé que je reste avec vous…

— Eh bien, attends juste de l'autre côté de la porte. Si j'ai besoin de toi, je t'appellerai, ordonna Lenore.

— Mais si lord Kelan me surprend, il me…

— Nous nous en occuperons en temps et en heure. Maintenant, sors, Rosalynn. J'en ai pour une minute.

L'infirmière obéit en maugréant.

Lenore leva une main lasse et fit signe à Kiera d'approcher.

— Je suis heureuse que tu sois venue.

— C'est la moindre des choses…

Doux Jésus ! Lenore avait l'air encore plus faible que tout à l'heure. Il y avait une broderie au tambour à portée de sa main, mais personne n'y avait touché.

— Quelque chose te perturbe, déclara la vieille dame.

Ce n'était pas une question, mais un constat. Un instant, Kiera fut soulagée que la mère de Kelan n'ait pas deviné la vérité.

— Je suis nouvelle, ici.

— C'est tout ? Il y a quelque chose qui te dérange. Et pas seulement le fait d'avoir quitté ta famille… Mon fils te déplaît ?

— Oh, non ! En aucune façon.

— Il te traite bien ?

Elle songea qu'il n'avait pas remis sur le tapis les fameuses fioles depuis quelque temps. Il l'avait défendue contre Morwenna la veille ; il avait commandé cette profusion de vêtements pour elle. Et, surtout, il y avait la façon dont il lui faisait l'amour ! Tantôt tendre, tantôt si passionnée qu'elle en perdait le souffle.

— Oui, il me traite bien, reconnut-elle en redoutant que sa voix ne tremble.

— C'est parce qu'il t'aime.

— Qu'il m'aime ? répéta Kiera, déchirée entre la jubilation et le désespoir.

Penser que Kelan s'était épris d'elle, qu'il l'aimait vraiment… c'était le paradis. À moins que ce ne soit l'enfer… Car enfin, comment aimer une femme l'ayant abusé de la sorte ? Impossible. La vérité finirait par surgir.

Ce soir.

Il fallait qu'elle lui parle dès ce soir.

— Oui, je connais mon fils. Je le croyais incapable de tomber amoureux. Quant à le voir amoureux de sa propre femme, ça par exemple ! Mon seul désir serait d'être là pour voir son enfant… votre enfant.

Kiera eut un pincement au cœur.

— Je crois que j'ai un aveu à vous faire, commença-t-elle sans y avoir vraiment réfléchi.

Si frêle qu'elle fût, Lenore se redressa sur ses oreillers.

— Qu'est-ce qui te tourmente ? Tu n'aimes pas Kelan ?

L'aimer ? Non, c'était impossible. Et pourtant… N'y avait-elle pas pensé – ne l'avait-elle pas craint, plutôt ? Il ne fallait pas confondre désir et amour.

— La question n'est pas là, esquiva-t-elle.

— Alors, tout va bien. Car il t'aime, Elyn. Une mère connaît son fils, tu sais, et j'ai lu dans ses yeux l'amour qu'il a pour toi. Quand vous êtes venus me rendre visite dans ma chambre, tous les deux, j'ai vu la façon dont il te regardait. Ah, il faisait cela discrètement, mais j'ai remarqué. Il est amoureux.

Elle eut un sourire, et Kiera se sentit glacée. C'était affreux. Il fallait qu'elle rétablisse la vérité.

Lenore se tourna vers sa broderie.

— J'ai commencé un cadeau de mariage pour vous, dit-elle en soupirant, mais je crains de ne jamais l'achever.

Elle prit l'ouvrage. Les points minutieusement brodés représentaient deux tourterelles tenant un ruban, dans lequel étaient enfilées deux alliances.

— Je demanderai à Daylynn de le finir quand je ne serai plus là.

— Je vous en supplie, ne dites pas ça. On ne peut pas savoir si votre heure est proche.

Les yeux bleus de la châtelaine étaient calmes.

— Eh si, ma fille, je le sais. Lorsque l'heure d'une femme est venue, elle le sait. C'est un peu comme quand on s'aperçoit que votre mari vous trompe, ou quand un bébé à naître est prêt à venir au monde. J'ai eu une vie bien remplie. Que l'on ne me pleure pas. Le fait de savoir Kelan marié et heureux, c'est plus que je n'aurais souhaité.

Kiera avait les larmes aux yeux, et le cœur déchiré. Devait-elle se taire et laisser lady Lenore passer dans l'autre monde avec ses illusions, ou avouer à la mourante la vérité ? Elle regarda la tapisserie aux points compliqués exécutée avec tant d'amour.

— Les apparences sont parfois trompeuses... dit-elle d'une voix qui lui semblait étrange.

Lenore fixa sur elle un regard aigu.

— Eh bien, il faut peut-être s'en tenir aux apparences, décréta-t-elle.

On aurait dit qu'elle avait deviné l'imposture, senti les mensonges.

— Quoi que tu aies présent à l'esprit, Elyn, n'en dis rien. Jamais. Cela ne compte pas : parfois, une femme doit tourner le dos à la vérité lorsque celle-ci est trop douloureuse.

Elle croisa ses doigts maigres.

— J'ai vu des chagrins d'amour dépasser toute proportion... Morwenna elle-même, quand elle était toute jeune... Elle avait jeté son dévolu sur un certain Carrick de Wybren. Comment a-t-elle pu tomber amoureuse d'un gredin pareil, je ne l'ai jamais compris... Enfin, c'est du passé. Ce qui est important, c'est que Kelan t'aime et que tu l'aimes, n'est-ce pas ?

Kiera était à bout. Comment avouer qu'elle aimait son beau-frère ?

— Je ne suis pas la personne que vous croyez, murmura-t-elle.

— Eh bien, je vais te dire qui tu es : tu es la première femme qui touche vraiment l'âme de mon fils, répliqua la vieille dame en saisissant son bras avec l'énergie du désespoir. Je t'en supplie, je t'en conjure, quelle que soit la raison de ton inquiétude, quel que soit ton tourment, ne fais rien qui puisse mettre en danger ce mariage.

— Mais je ne suis pas...

— Tais-toi ! coupa Lenore. Un grand amour, c'est un don rare et précieux. Protège-le de toutes tes forces. Promets-moi.

— C'est impossible.

— *Promets-moi !* ordonna Lenore. Je ne te demande rien d'autre. Je veux descendre dans la tombe avec la certitude que votre couple et que vos enfants ne seront pas en péril. Pour l'amour de Dieu, Elyn, donne-moi ta parole.

Kiera se sentait piégée. C'est son serment à Elyn qui l'avait entraînée dans ce gâchis. Voici qu'à présent la mère de Kelan, sur son lit de mort, voulait lui faire prononcer un autre vœu qui l'entraînerait à coup sûr vers de nouveaux malheurs.

— Oui, je vous promets de faire de mon mieux pour que notre couple reste uni.

— Je n'en demande pas plus, répondit Lenore en se détendant un peu. Merci, ma fille.

Elle la lâcha et, avec un soupir, se laissa aller contre ses oreillers.

Mais je ne suis pas votre fille, songea Kiera, malheureuse, ni votre belle-fille...

— Je suis lasse, maintenant. Nous continuerons cette conversation une autre fois.

La flamme dans les yeux de Lenore s'était éteinte. Elle ferma doucement les paupières et leva sa main osseuse.

— Appelle l'infirmière, s'il te plaît. Bonne journée, Elyn...

Kiera n'eut pas besoin d'appeler. Rosalynn devait être juste derrière la porte, car elle entra brusquement. Elle se hâta au chevet de la mourante tandis que la jeune femme prenait rapidement congé.

— Je suis là, milady, annonça l'infirmière à Lenore.

— Parfait. Tu diras à Daylynn de finir ce travail d'aiguille. C'est un cadeau de mariage pour mon fils et son épouse...

De sa cachette dans le grenier à foin, Joseph observait la jument disparue. Nerveuse et agitée, elle était reconnaissable à l'étoile qui ressortait, toute blanche, sur son front sombre. Elle était entravée dans une stalle à l'écart des autres bêtes. La plupart des chevaux qui n'étaient pas en train de tirer une charrette ou de porter un soldat broutaient dans le pré sud. Joseph s'était glissé dehors et avait noté le rythme des habitudes quotidiennes. Les chevaux à la pâture étaient confiés à un jeune fainéant coiffé d'un chapeau qu'il enfonçait jusqu'aux yeux pour se protéger de la pluie. Il avait l'air assez niais pour ne pas remarquer l'absence d'un animal.

Le plan de Joseph était prêt. Il allait voler la jument.

Mais où était lady Elyn ?

Il descendit du grenier et s'arrêta pour caresser le museau de la jument. Celle-ci encensa et s'ébroua. Sans bruit, Joseph sortit de l'écurie. Ce n'était pas encore le crépuscule. Il baissa son capuchon sur son visage et veilla à emprunter des zones d'ombre, à l'écart des sentiers. Le vent était glacial, il pleuvait sans arrêt.

Malgré le mauvais temps, des gens étaient au travail. Des femmes passaient avec des cruches, des plateaux, des poulets plumés, des œufs et des légumes ; il y avait également des chasseurs qui rentraient avec leurs prises, et des bûcherons avec des charrettes de bois de chauffage. Des vaches mugissaient, des moutons bêlaient, et on bavardait partout. Il y avait de l'excitation dans l'air. L'étendard vert et blanc d'Oak Crest claquait dans la brise sur la tour nord ; on avait également hissé, sur un mât moins haut, les armoiries de Fenn.

Lady Wynnifrydd allait devenir la femme de sir Brock.

Mais alors, et lady Elyn ? Si son cheval était ici, ne pouvait-on en conclure qu'elle aussi était au château ? Pourtant, nul n'avait parlé d'elle. Personne ne l'avait vue. Le seul indice était sa petite jument.

Étaient-elles arrivées ensemble ?

Une sourde inquiétude grandissait dans le cœur de Joseph. Depuis plus de vingt-quatre heures, il s'était mêlé à la population du château. Il avait épié des dizaines de conversations ; il en avait entendu suffisamment pour supposer que lady Elyn n'était jamais venue dans ces murs, sauf si elle était enfermée quelque part au secret, à l'insu de tous. Mais pourquoi ?

Il resserra l'écharpe autour de son cou pour mieux se cacher le menton. Il ne croyait pas lady Elyn capable de laisser l'homme qu'elle aimait en épouser une autre. Surtout après qu'elle eut déployé tant d'efforts et pris des risques pareils pour être avec ce sale type. Joseph le haïssait, non seulement pour ses façons effrontées, mais parce que lady Elyn l'aimait.

— Rustre ! maugréa-t-il.

Il avait de plus en plus peur que quelque chose soit arrivé à la jeune fille. Il jugeait inconcevable que lady Elyn de Lawenydd, connue pour sa langue bien pendue et sa détermination, reste tapie à l'écart et se contente de devenir… la maîtresse de Brock d'Oak Crest.

Pourtant, le mariage de sir Brock et Wynnifrydd allait se dérouler l'après-midi même.

Joseph n'aimait pas le pressentiment qui le tourmentait. Quelque chose était arrivé. Quelque chose de grave. Soit Elyn était blessée, ou emprisonnée, soit elle s'était échappée sans son cheval.

Sauf si elle a été tuée, se dit Joseph en frémissant.

Par Brock ?

Par Wynnifrydd ?

Par quelqu'un d'autre ?

Si Elyn était morte, l'assassin paierait. Joseph y veillerait personnellement.

. . .

19

— Je promets de faire de mon mieux pour que notre couple reste uni.

Le serment fait à la mère de Kelan ne quittait pas l'esprit de Kiera tandis qu'elle explorait le château. Ce serment lui rappelait qu'il lui fallait mettre un terme à la supercherie. Joseph était-il allé à Oak Crest trouver Elyn et Brock ? Le baron Llwyd attendait-il le retour de sa fille Kiera ? Pénélope était-elle capable de garder le secret ?

Kiera descendit l'escalier de derrière et sourit au passage à une bonne qui balayait les marches ; elle faillit heurter un domestique qui emportait des paniers de cendre de la grande salle. La jeune femme avait l'impression d'être un animal acculé. Elle pouvait renoncer au serment fait à lady Lenore et avouer la vérité à Kelan, brisant ainsi le cœur de la châtelaine. Ou bien elle pouvait attendre le décès de la vieille dame pour confesser ses péchés. Cette perspective lui répugnait. De toute façon, elle n'avait aucune envie que Lenore meure.

Il lui fallait une autre solution.

La première chose à faire, c'était d'apprendre en détail les habitudes à Penbrooke : l'heure d'ouverture des portes, en particulier celle de la herse. Il fallait savoir où les gardes étaient postés… pour le cas où elle devrait partir.

À l'extérieur, le froid était glacial et le jour tirait à sa fin ; le vent coupant faisait claquer l'ourlet de sa cape. Elle inspecta le moindre recoin de la cour.

Le prêtre sortait de la chapelle. Kiera fit semblant de ne pas le voir et s'éloigna d'un pas vif. Elle avait envisagé de rendre visite au père Barton, mais n'avait pas rassemblé assez de courage pour se confesser. Cela viendrait peut-être.

Elle tourna l'angle d'un bâtiment près des cuisines et arriva près d'une fosse creusée pour faire cuire des animaux entiers. Trois servantes, assises en rond, devisaient et gloussaient en plumant une demi-douzaine d'oies. En apercevant la femme du seigneur, elles se turent soudain pour s'absorber dans leur tâche. Celle-ci achevée, elles flambèrent les volailles pour en roussir les derniers duvets, puis les vidèrent.

Kiera les salua, puis croisa la femme du tailleur de pierre qui allait à la chapelle avec sa marmaille.

— Bonsoir, milady, lança la femme, accompagnée en chœur par toute sa nichée de garçons et de filles.

— Bonsoir à toi, Millie, répondit Kiera.

La prise de contact avec le peuple de Penbrooke – domestiques, paysans et soldats – était agréable et facile : tous semblaient ravis du mariage de leur maître.

Ah, s'ils savaient que tout cela n'était qu'une imposture, un horrible mensonge !

Elle passa devant les anciennes écuries où un fauconnier dressait un jeune oiseau. Le faucon était coiffé d'un chaperon et attaché par la patte ; il était perché sur le gant de cuir de son dresseur.

— Bonjour, milady, salua le fauconnier.

— Oh, bien le bonjour, Malcolm.

Il la gratifia d'un large sourire, un peu édenté. Comme beaucoup d'habitants du château, il faisait de son mieux pour qu'elle se sente la bienvenue. Elle en retour s'appliquait à apprendre leurs noms.

— As-tu vu mon mari ? demanda-t-elle.

— Oui, il y a quelques heures à l'écurie.

Il se gratta la tête, et le faucon se déplaça sur son poignet.

— Je crois que le baron est sorti à cheval.

— Merci, répondit-elle, piquée que Kelan ne lui ait pas proposé de l'accompagner.

Sotte idée de sa part, qu'elle ferait mieux d'écarter. Au même titre que les souvenirs de leurs ébats. Distraitement, elle se toucha le ventre et songea à l'enfant qu'elle avait peut-être conçu. Elle se mordit la lèvre et réalisa avec surprise combien elle désirait un enfant : un enfant de Kelan, garçon ou fille…

— Vous vous sentez bien, milady ? s'inquiéta Malcolm, l'arrachant à sa rêverie.

— Oui… merci !

Elle lui adressa un sourire gêné et s'éloigna à grands pas sur le chemin conduisant à l'écurie. Quelques jeunes gens traînaient des seaux d'eau grouillant d'anguilles. Plus loin, une commère potelée charriait un panier de chandelles. Kiera salua chacun de la tête au passage et arriva devant l'écurie où, contrairement au reste du château, régnait un calme surprenant.

Le maître d'écurie n'était pas là, mais son palefrenier brossait la robe miroitante d'un grand destrier noir.

— Excuse-moi, Francis. As-tu vu mon mari ?

— Il est passé il y a un moment, répliqua le jeune homme en secouant sa brosse.

Elle était pleine de poussière et de crins de cheval.

— Il est parti régler des cas de braconnage en forêt.

— Donc, il n'en a pas pour longtemps ?

— Je n'en sais rien.

À ce moment, le cheval tourna la tête, et Kiera eut un coup au cœur.

Obsidian.

Elle sentit un frisson lui courir dans le dos. C'était le coursier qu'elle avait perdu en forêt, trois ans plus tôt ! Elle en était sûre. Sa gorge se serra en reconnaissant chaque trait du bel animal. Sa robe était noire à reflets bleutés, ses yeux bien espacés étaient intelligents. Quand il la vit, il dressa les oreilles et une mèche de sa crinière lui tomba sur un œil. C'était Obsidian. Comment Kelan avait-il acquis cet animal ?

— Quelle belle bête ! dit-elle au palefrenier en caressant le museau de l'étalon, doux comme du velours.

Elle reconnut sur la mâchoire une petite cicatrice en forme de croissant : il s'était coupé encore poulain, lorsque la boucle de son mors avait cassé. L'étalon s'ébroua, encensa. Kiera fit claquer sa langue et, de nouveau, il dressa les oreilles. Elle siffla doucement, il répondit en hennissant.

— Oui, il est magnifique, confirma fièrement le palefrenier. Fort comme un bœuf et d'une rapidité… Et puis, c'est un bon reproducteur. Il nous a déjà fait neuf poulains et pouliches. Et il y en a deux autres en route.

— Est-ce qu'il a grandi ici ?

— Non. Cela fait peu d'années qu'on l'a. Notre seigneur – enfin, il n'était pas encore baron à l'époque – l'a ramené avec lui au retour de son bannissement.

Le jeune homme tapota le garrot d'Obsidian.

Kiera en avait le vertige. Était-il possible que le bandit qui l'avait attaquée dans la forêt fût… Kelan ? Il faut dire qu'Obsidian s'était sauvé depuis longtemps quand Kiera était revenue à elle ; mais enfin, la présence du cheval à Penbrooke était un indice. L'hypothèse selon laquelle Kelan était le violeur en puissance n'était pas supportable. Maintenant qu'elle avait connu l'amour dans ses bras, elle savait qu'il n'était pas un hors-la-loi au cœur de pierre, capable de prendre une femme de force…

Mais tu ne le connaissais pas à l'époque, n'est-ce pas ? Quand il était précisément un bandit de grand chemin, un voleur de chevaux.

— Est-ce que lord Kelan a raconté la façon dont il s'est procuré ce cheval ?

— Non. Pas que je sache. D'après certains, il l'aurait volé. D'après d'autres, il l'aurait gagné au jeu. Le baron Kelan n'est pas quelqu'un qui explique grand-chose. Mais Arès est un beau cheval.

— Arès ? répéta-t-elle en frissonnant.

L'homme avec lequel elle dormait était peut-être le monstre qui avait failli la violer et la tuer, trois ans plus tôt.

Non ! *Non !* C'est impossible ! Kelan n'est pas du genre à...

Elle repensa aux cicatrices qu'il avait dans le dos, et notamment la profonde entaille sur une épaule : cela ressemblait à la blessure d'une flèche – la flèche d'Elyn...

Impensable !

En tout cas, on n'avait jamais retrouvé le bandit. Son assaillant de cette fameuse nuit avait disparu. Kiera avait supposé qu'il était encore vivant, quelque part... Non, elle n'arrivait pas à croire que Kelan ait été cet individu qui l'avait toisée de façon si menaçante, cette nuit-là. Elle n'avait pas vu son visage mais elle avait entendu sa grosse voix, senti ses mains brutales sur elle...

Le Kelan qu'elle connaissait était incapable de se conduire ainsi. C'était une erreur. Une idée stupide.

— Plus un mot là-dessus, gronda Wynnifrydd. Nous nous marions ce soir, un point c'est tout. Si tu me reparles de cette misérable, Brock, je te coupe la langue !

La jeune femme tremblait de colère. Elle remit derrière son oreille une mèche folle.

Brock était debout près de la cheminée ; il se chauffait les jambes et semblait faible et malheureux.

Tendres roucoulements pour deux fiancés le jour de leur mariage ! constata Joseph avec ironie.

Il les observait depuis sa cachette, une alcôve fermée d'un épais rideau qu'il avait repérée en portant du bois de chauffage dans les étages supérieurs. Tout le monde à Oak Crest s'activait à des dizaines de tâches en vue du mariage. Déjà, quelques invités étaient arrivés, accompagnés de leur domesticité. Nul n'avait remarqué cet inconnu sous son capuchon qui transportait du bois et le stockait près des cheminées.

Joseph n'avait guère eu de mal à localiser la chambre de Brock, avec son entrée privée et son alcôve, cabinet minuscule où il était à présent dissimulé, derrière une déchirure du vieux rideau.

Wynnifrydd était hors d'elle.

— Ne reparle jamais de cette catin !

— Elyn n'est pas une catin.

Joseph serra la petite dague qu'il portait à la ceinture.

— Ça ne fait rien. Elle est morte et toi… tu lui voues un culte comme si c'était un ange. Mais je ne le supporterai pas, tu entends ?

Morte ? Elyn ? Joseph crut que ses jambes allaient se dérober sous lui. Il était impossible que lady Elyn fût morte ! Le palefrenier eut l'impression que la conversation lui parvenait de très loin, du bout d'un tunnel.

— Tu divagues.

— Et je sais tout de toi, Brock, alors méfie-toi.

— Je ne puis supporter ce mensonge.

— Et pourquoi donc ? Tu en as vu d'autres, de ce côté-là ! se moqua-t-elle. Maintenant, il faut que je retourne dans ma chambre avant que quelqu'un ne nous voie ensemble. Ça porte malheur, il paraît.

— Toute cette affaire est marquée par la malchance.

Elle se raidit et fit un pas vers lui. Elle avait une tête de moins que son fiancé, mais le traitait avec mépris.

— Un jour, tu ne seras pas seulement seigneur d'Oak Crest, mais également d'un beau château, bien plus imposant que celui-ci, quand mon père mourra et que tu deviendras baron de Fenn. Fais-moi confiance, mon amour : ton secret ne sera jamais divulgué. Ensemble, nous restaurerons Oak Crest et gouvernerons Fenn. Nous en ferons les baronnies les plus puissantes de tout le pays de Galles. Cesse donc de pleurnicher et de t'apitoyer sur toi-même. Je t'aime quand tu es fort, je t'admire quand tu es impitoyable. Sois digne d'être mon mari.

Sur ces paroles, elle tourna les talons et quitta la pièce. Elle se glissa discrètement sur le palier et gagna sa chambre pour y attendre le début de la cérémonie.

Le temps pressait; il fallait que Joseph passe à l'action. Sir Brock était un solide guerrier mais, ce soir-là, il n'était pas au mieux de sa forme. Joseph était certain de pouvoir le maîtriser. Ah, comme il aurait voulu trancher la gorge à cet ignoble individu, responsable de la mort de lady Elyn ! Mais il lui fallait d'abord découvrir la vérité.

Cependant, il devait rester prudent : s'il faisait un faux pas maintenant qu'il connaissait l'épouvantable nouvelle, il ne pourrait la venger. Il lâcha sa dague et sortit de sa poche une lanière de cuir : celle-ci semblait particulièrement indiquée, car c'était un morceau de la longe ayant servi à dresser la jument de lady Elyn.

Brock reposa sa chope de vin vide; le dos tourné à l'alcôve, il contemplait le feu. En silence, Joseph fit le signe de la croix et une prière muette, puis écarta lentement le rideau et traversa la pièce.

Brock ne l'entendit pas venir. Il ne se retourna pas. Il était trop absorbé dans ses pensées.

Joseph se détendit comme un loup. D'un geste coulé, il passa la lanière autour du cou de Brock. Le guerrier émit un bruit étranglé et pivota en renversant presque son fauteuil. Fébrilement, il saisit d'une main le garrot qui lui serrait la gorge et, de l'autre, sortit sa dague. Mais Joseph serrait de plus en plus fort.

— C'est de la part de lady Elyn, maudit! gronda-t-il.

Il ne frémit même pas lorsque l'autre lui planta son arme dans la cuisse.

Brock eut quelques gargouillis et des spasmes désespérés. Il voyait ses forces le lâcher, il battait l'air à grands gestes affolés. La dague tomba sur le sol en tintant.

Joseph refusa de lâcher sa lanière jusqu'au moment où son adversaire, avec un dernier soubresaut, s'effondra. Ses bras retombèrent, il perdit conscience. Joseph relâcha alors son étreinte. Pour le moment, il voulait garder Brock en vie. Rien ne lui aurait fait plus plaisir que d'en finir avec cette vermine mais, provisoirement, il lui serait plus utile vivant que mort.

20

— Kelan, il y a quelque chose de bizarre, déclara Morwenna en retrouvant son frère à la porte de l'écurie.

Kelan était fatigué. Il avait passé presque tout l'après-midi à cheval, à chercher en forêt des collets de braconniers. Le soldat qui l'accompagnait lui avait parlé de la multiplication des crimes et des vols, tant au château qu'à l'extérieur. Une bande de hors-la-loi terrorisait les voyageurs ; leur audace n'avait plus de bornes. Et puis, il y avait les paysans qui fraudaient sur les fermages et métayages, droits qu'ils payaient en échange de l'utilisation de la terre du baron.

— Qu'y a-t-il ? demanda-t-il à sa sœur.

Est-ce qu'il était arrivé quelque chose à Lenore ? Probablement pas, car Morwenna semblait plus contrariée qu'attristée.

— C'est lady Elyn.

— Encore ! soupira-t-il.

Déjà, les pensées de Kelan s'envolaient vers la tour où se trouvaient sa chambre, son lit... et sa femme. À cette idée, un sourire lui vint tout naturellement.

— Oui, je sais. Tu crois qu'elle n'est pas... elle-même.

La chose était comique mais, constatant que sa sœur était vraiment soucieuse, il lui passa le bras autour des épaules et la poussa vers la grande salle.

— Mais c'est ma femme, tu sais.

— Tu es amoureux, observa-t-elle d'un ton glacial.

— Où est le mal ? rétorqua-t-il.

Ils longeaient des cabanes : par les fenêtres, on voyait du feu dans chaque cheminée. La nuit n'était pas loin. Un croissant de lune trônait au-dessus des nuages, des aboiements étouffés provenaient du chenil, et les ailes du moulin à vent tournaient lentement. Quelque part, un mouton bêla.

— Est-ce qu'elle t'aime ? demanda Morwenna.

Il préféra ne pas répondre et s'enquit :

— Quelle importance cela a-t-il pour toi ?

— C'est-à-dire que… elle ne m'inspire pas confiance.

— Parce que tu l'as vue quand elle était jeune fille ?

— Oui. Je ne crois pas que les gens changent à ce point, jusqu'au fond de leur cœur. Elyn de Lawenydd était une entêtée qui ne s'intéressait qu'à elle-même. Et à Brock d'Oak Crest, bien sûr…

— Et toi ? N'as-tu jamais été amoureuse ?

— C'était il y a longtemps, répliqua Morwenna en se raidissant.

— Oui, maintenant tes sentiments vis-à-vis de Carrick de Wybren ont changé, non ?

Elle ne répondit pas, mais il la vit blêmir tandis qu'ils gravissaient les marches conduisant à la grande salle. À l'intérieur, on mettait la table pour le dîner.

— Lady Elyn et moi sommes mariés. Et tu n'y peux rien, ma sœur, conclut-il. Il faut que tu l'acceptes.

— J'ai essayé…

— Eh bien, essaie encore !

Kelan s'assit près de la cheminée et entreprit de retirer ses gants. Il entendit quelqu'un descendre rapidement l'escalier. Il leva les yeux : Elyn fit irruption dans la pièce, cheveux lâchés, toujours ravissante mais livide.

— Dieu merci, tu es là, dit-elle. Le médecin te cherche.

Il se leva d'un bond.

— C'est ta mère, Kelan, continua-t-elle.

Morwenna quitta la pièce en courant, et Kelan la rattrapa dans l'escalier. Il entendit qu'Elyn les suivait, mais ne se retourna pas : il pensait seulement à ce qu'il allait trouver dans la chambre de sa mère. On a beau se préparer, on est toujours pris de court… Il faillit renverser l'infirmière qui jaillissait de la chambre.

— Oh, lord Kelan, quel malheur ! sanglota-t-elle.

— Non !

Il fit irruption dans la pièce : Daylynn était assise au chevet du lit, en larmes. Le médecin se tordait les mains, et le prêtre récitait une prière.

— Maman !

Il se précipita, mais elle ne bougeait plus : elle avait cessé de respirer.

— Non ! chuchota-t-il, terrassé par la douleur.

— J'ai fait ce que j'ai pu, se justifia le médecin. Je lui ai donné de la consoude pour les os, et des sangsues…

— Silence ! ordonna Morwenna. Personne ne vous accuse.

Kelan avait le cœur brisé. Il savait que ce jour viendrait. Il estimait s'y être préparé. Mais sa gorge se nouait, ses yeux le brûlaient et un chagrin terrible lui labourait l'âme. Toujours sa mère avait été de son côté, toujours elle l'avait défendu, et maintenant… elle était partie. Cela semblait irréel.

— Sortez, dit-il à tous les domestiques d'une voix étranglée. Laissez-nous avec notre mère.

Il y eut un bruit de bottes dans l'escalier et Tadd, échevelé, entra au pas de course. Il regarda le lit avec horreur.

— Pourquoi ne m'a-t-on pas fait chercher ? Pourquoi ne m'a-t-on pas dit que… que la fin était proche ? s'exclama-t-il, le visage crispé de douleur.

— Ça s'est passé très vite, expliqua le médecin. Je suis venu tout à l'heure : elle était faible, mais la mort ne paraissait pas imminente. Son état était stationnaire depuis des jours…

— Elle était malade, coupa Kelan, fatigué de ces chamailleries.

Sa mère était morte : il n'y avait pas lieu de faire des reproches à qui que ce soit.

— C'est Elyn qui l'a vue la dernière, observa durement Morwenna. Vous n'avez pas remarqué qu'elle se mourait ?

— Elle était à bout, admit Kiera.

— Tu as parlé avec elle ? s'étonna Kelan.

— Oui. Elle m'avait fait mander.

— Mais nous venions de la voir…

N'était-ce pas étrange ? Un instant, il repensa aux fioles trouvées dans sa chambre à Lawenydd. Ne l'avait-elle pas drogué ? Connaissait-elle la pharmacopée, préparait-elle des produits qui endorment ou empêchent de se réveiller ? Cette femme qu'il avait épousée, aurait-elle osé donner à sa mère quelque chose pouvant la plonger dans son dernier sommeil ? Non. C'était absurde. Pourquoi Elyn aurait-elle fait du mal à sa mère ?

— C'est elle qui m'a fait chercher.

— Donc, l'infirmière était ici ?

Kiera inspira profondément.

— Elle a chassé Rosalynn de la pièce.

— Pourquoi ?

— Elle voulait me parler seule à seule.

— De quoi ? s'enquit Morwenna en approchant.

Tous se tournaient vers Kiera, comme si le récit de la dernière conversation de la défunte pouvait leur faire comprendre sa disparition et les consoler. Elle les regarda tour à tour, mais elle n'avait pas de mots pour les réconforter. Elle n'avait pas de réponse à leur fournir : elle éprouvait, certes, un besoin urgent de se libérer, de reconnaître sa supercherie. Mais le moment était mal choisi alors que toute la famille était plongée dans le deuil. Elle ne pouvait parler.

Lâche ! raillait sa petite voix intérieure. Mais elle refusait de l'écouter. Elle refusait d'avouer son imposture. Il fallait qu'elle parle à Kelan d'abord.

— Lady Lenore voulait me parler de mon mariage avec Kelan, dit-elle en regardant son mari dont les lèvres étaient pincées de méfiance. Et de la façon dont elle souhaitait que je joue mon rôle de lady Penbrooke.

Ce n'était pas véritablement un mensonge.

— Pourquoi vous a-t-elle fait mander, si c'était pour vous parler simplement de vos devoirs ? demanda Morwenna, soupçonneuse.

— Et pourquoi pas ? rétorqua Kelan, se rangeant aux côtés de sa femme.

— Oui, pourquoi pas ? renchérit Daylynn en reniflant. Maman se faisait du souci pour Penbrooke. Nous le savons tous. Ne nous a-t-elle pas demandé à chacun de nous marier, d'avoir des enfants et de...

Sa voix se brisa, et elle enfouit son visage dans ses mains.

Tendrement, Morwenna toucha l'épaule de sa sœur.

— Là, Daylynn... ça va aller.

Bryanna enlaça la jeune fille.

— Est-ce si sûr que ça va aller ? reprit Tadd en se tournant vers Kelan. À présent, mon frère, c'est toi le maître de ce château, et toi seul. Sans les avis de maman, sans son soutien.

— C'est dans l'ordre des choses, observa Kelan.

— Vraiment ?

Tadd s'avança jusqu'au lit, frôla les doigts de sa mère, tourna les talons et, avec un regard méprisant pour Kiera, quitta la pièce.

— Il y a beaucoup à faire, constata Morwenna, un peu radoucie.

— Je vous présente à tous mes condoléances, lança Kiera.

— Merci.

Daylynn pleurait à présent librement tandis que Bryanna, toute raide, essayait encore de faire la courageuse.

— Si je puis faire quoi que ce soit... proposa Kiera.

— Oui, il y a quelque chose, répondit Morwenna du tac au tac. Tout ce qu'on vous demande, Elyn, c'est de ne jamais nous mentir. Vous êtes à présent un membre de la famille. Votre loyalisme vis-à-vis de Penbrooke doit être sans faille. J'espère que ce n'est pas trop vous demander.

— Suffit ! gronda Kelan. Nous avons tous du chagrin, mais il nous faut respecter la volonté de maman. Et cette volonté, ma sœur, c'est de ne pas nous chamailler ni de nous déchirer.

— Si tel est votre bon plaisir, milord... répliqua Morwenna d'un ton sarcastique, avant de quitter la pièce, Daylynn sur ses talons.

— Veuillez me laisser seul un instant avec maman, dit-il au prêtre.

Le père Barton se retira, et Kiera se disposait à le suivre.

— Non, Elyn, reste avec moi ! implora Kelan en entrelaçant sa main à la sienne.

Kiera eut une impression bizarre, mais ne retira pas sa main. Les doigts de Kelan étaient tendus et ses yeux lourds de chagrin. En silence, il fit ses adieux à la femme qui l'avait mis au monde. De son autre main, il écarta une mèche de cheveux sur la joue pâle de Lenore, et cilla pour maîtriser ses larmes.

La jeune femme ne s'attendait pas à ce qu'il partage ce moment avec elle, et l'autorise à le voir si affecté. Elle oublia Obsidian, et les questions soulevées par sa fameuse escapade nocturne trois ans plus tôt. Elle aurait fait n'importe quoi pour adoucir le chagrin de Kelan. Alors, elle se souvint de la voix faible de Lenore :

— Tu es la première femme qui touche vraiment l'âme de mon fils… Je t'en supplie, ne fais rien qui puisse mettre en danger ce mariage…

Mon Dieu, songea Kiera, comment vais-je trouver la force de lui dire la vérité ?

21

— Il n'est plus là, déclara l'une des sentinelles avec une autorité si définitive que Wynnifrydd eut envie de le gifler.

— Tu te trompes !

Elle était en grande tenue de mariée, avec robe blanche, voile et traîne, dans le salon décati de lord Nevyll, le père de Brock.

— Trouvez-le, glapit-elle, en proie à la panique. Brock est au château, j'en suis certaine. Reste à savoir où. Il était à moitié ivre, il dort peut-être quelque part…

La honte lui brouillait la vue. Comment osait-il ne pas se présenter à l'heure pour leur mariage ? Quel culot ! Il n'avait pas le droit de la traiter de la sorte.

— Et soyez discrets, tas de soudards. Il ne faut pas que nos invités sachent qu'il a failli oublier son propre mariage.

Le simple fait de prononcer ces paroles lui donnait des sueurs froides.

— Oui, renchérit Nevyll, nerveux. Mon fils est au château. Comme vient de le suggérer lady Wynnifrydd, peut-être a-t-il commencé un peu tôt à arroser les noces. Il s'est assoupi un instant.

Il ne croyait pas un mot de cette excuse pathétique, mais il la proclamait afin que tous l'acceptent.

— Fouillez les remparts, les tours, les donjons.

Wynnifrydd avait les mâchoires crispées, et un début de migraine. Après tout, Brock n'avait jamais été fidèle. Jamais. Même pas quand elle lui avait raconté qu'elle était enceinte... ce qui était, bien sûr, une fable. Elle comptait feindre une fausse couche après le mariage, puis concevoir sans perdre de temps.

Où diable était ce crétin ? Elle lissa les plis de sa robe de mariage, somptueux chef-d'œuvre de velours blanc et de dentelle. Ridiculement déplacée dans cette situation.

Une pensée sinistre se glissa dans son esprit. Et si Elyn de Lawenydd n'était pas morte ? Si Brock s'était précipité pour l'enlever et la faire sienne ? Et s'il avait fait exprès d'humilier Wynnifrydd ? Peut-être savait-il qu'elle n'était pas enceinte...

— Mes hommes et moi avons fouillé partout, milord, expliqua un soldat quelques minutes plus tard.

C'était un solide gaillard au tour de taille imposant, rubicond et couperosé. Il écarta les mains en signe d'impuissance.

— Nous avons tout fouillé, du haut du donjon au fin fond des oubliettes. Son lit n'est pas défait. Sa tenue de mariage est prête sur son coffre en bois. On dirait qu'il s'est évanoui.

Oui, disparu, volatilisé ! Wynnifrydd avait effectivement retrouvé la cape aux broderies élégantes, la fine tunique et les hauts-de-chausses soigneusement repassés.

Mortifiée, elle était au bord des larmes.

— Recommencez vos fouilles ! ordonna-t-elle. Interrogez tout le monde. Passez en revue le moindre indice insolite. Tout !

— C'est ça, c'est ça, recommencez ! approuva lord Nevyll en frottant ses mains.

Lord Seth, le père de la mariée, intervint. Il n'était pas de haute stature, mais avait une voix de stentor.

— Et quand vous l'aurez trouvé, dites-lui que je veux lui parler *avant* qu'il n'épouse ma fille.

— Non, papa, implora Wynnifrydd. Dès que Brock reviendra, il faudra que le mariage se déroule comme prévu.

— Et que fait-on des invités ?

— Ils peuvent se promener dans le château, assister aux spectacles des jongleurs et des musiciens, énuméra-t-elle en réfléchissant à toute vitesse. La cuisinière peut déjà servir certains mets du banquet. Ensuite, dès qu'on aura trouvé Brock, le mariage aura lieu comme prévu.

Elle implora lord Nevyll du regard, afin qu'il la soutienne.

— À moins que vous et le personnel d'Oak Crest ne soyez incapables de satisfaire les invités…

— Mais si ! rétorqua Nevyll en secouant la tête. Voici une idée merveilleuse, lady Wynnifrydd. Je vais dire à la cuisinière…

— Non, ne bougez pas ! coupa lord Seth.

Wynnifrydd remarqua que son père était écarlate de fureur.

— Il est trop tard. Nous avions un accord, insista-t-il en désignant le père de Brock d'un doigt couvert de bagues. Et puisque votre fils se dérobe à son devoir et, au passage, jette l'opprobre sur nous tous, il n'y aura pas de mariage ni alliance. Ma fille avait l'embarras du choix en fait de prétendants : Wybren, Rhydd, et j'en passe. Ni elle ni moi n'avons l'intention de supporter ce genre d'humiliation. Je donne à Brock trois heures pour présenter ses excuses. Ensuite, je considérerai nos conventions comme nulles.

— Non, papa ! supplia Wynnifrydd.

— Ma fille, je ne supporte pas de compromettre ta réputation et de te voir humiliée.

La jeune femme avait envie de donner des coups de pied partout, de hurler. Ah, Brock lui paierait ça !

On frappa à la porte.

Le cœur de Wynnifrydd s'arrêta : enfin, Brock était retrouvé ! Tout cela n'était qu'un énorme malentendu...

— Qui va là ? gronda une sentinelle.

— Willis. Je suis avec John, le palefrenier.

Le garde ouvrit. Deux hommes entrèrent : un soldat et un petit boiteux affligé d'une paupière tombante. Mais aucune trace de Brock.

Wynnifrydd défaillait.

— Vous avez trouvé mon fils ? s'enquit lord Nevyll, plein d'espoir.

Le soldat secoua la tête.

— Hélas non, milord. Mais John sait quelque chose d'intéressant. Allez, dis-le ! ordonna-t-il au petit infirme.

— Un cheval a disparu, avoua le palefrenier, terrorisé. Je travaille avec le maître d'écurie, Dafydd : il en est malade.

— Quel cheval ? Celui de Brock ? demanda lord Nevyll, furieux.

— Non. Le grand alezan est dans sa stalle, avec les autres. Mais sir Brock a un autre cheval : une petite jument très nerveuse qu'il dit avoir gagnée aux dés, il y a quelques jours. Elle a disparu.

Il transpirait, et Wynnifrydd le soupçonnait de mentir ; peut-être était-il responsable de la perte du cheval. Il continua :

— Bon, peut-être qu'elle s'est échappée. Mais Dafydd prétend que sa stalle était fermée. Et aujourd'hui, quand il s'est réveillé de sa sieste, plus de jument. Il a pensé que sir Brock l'avait sortie. Et maintenant, tout le monde dit que sir Brock a disparu, lui aussi…

— Qu'est-ce que vous entendez par là ? cracha Wynnifrydd. Que sir Brock m'a fait attendre devant l'autel à seule fin de me faire honte ?

— Oh non, non, milady ! se hâta de répondre John. Peut-être qu'il est sorti se promener ou chasser, et qu'il a eu un accident. C'est ça que je voulais dire.

Voilà qui était plus acceptable. La jeune femme fut un instant soulagée.

Lord Nevyll prit les paroles du palefrenier au pied de la lettre.

— Rassemblement des troupes ! ordonna-t-il aux soldats. Que tous les hommes valides fouillent la forêt. Mais ouvrez l'œil. Brock est un cavalier émérite : peut-être n'a-t-il pas eu d'accident, mais s'est-il fait attaquer.

— Par qui ? ironisa le père de Wynnifrydd.

— Un hors-la-loi quelconque. Sachant que Brock est mon fils, il espère sans doute en tirer rançon.

Lord Seth eut une moue dubitative, et un coup d'œil pour la pièce chichement meublée, ses tapisseries élimées et ses murs fissurés.

Mais le baron Nevyll n'en démordait pas.

— Ou encore... quelqu'un ne voulait pas que le mariage ait lieu.

— Pensez-vous à quelqu'un en particulier ? s'enquit lord Seth.

— Non, mais on peut avoir des raisons de ne pas souhaiter une alliance entre Oak Crest et Fenn.

Cette suggestion retint l'attention de Wynnifrydd. Encore une hypothèse à retenir, et plus vraisemblable que celle de l'accident. Plus inquiétante, aussi.

— Baron, rétorqua Seth, vous échafaudez n'importe quoi pour masquer le fait que votre fainéant de fils se montre impudent, grossier et irrespectueux. Quelles que soient les raisons de son absence, je vous conseille de le trouver, et vite !

C'est Elyn, songea Wynnifrydd. D'une façon ou d'une autre, Elyn était derrière la disparition de Brock. Soit elle était revenue de l'autre monde pour se venger, soit elle était parfaitement vivante et les deux amants s'étaient mis d'accord pour lui jouer le tour le plus pendable qui soit.

Kiera, debout à côté de la tombe de lady Lenore, écoutait le prêtre psalmodier une dernière prière ; elle sentait la froidure du vent d'hiver qui se glissait sous sa cape. La veille encore, elle avait passé un moment avec la châtelaine et prononcé un serment qu'elle n'était peut-être pas en mesure d'honorer. À présent, la mère de Kelan était dans la tombe, au côté de son mari. Les obsèques avaient été organisées tambour battant, sur l'insistance de Kelan.

Nombreux étaient ceux venus pleurer lady Lenore de Penbrooke. Paysans, chevaliers, marchands, domestiques et amis s'étaient rassemblés autour de la famille sur un petit tertre; de lourds nuages menaçants s'accumulaient dans le ciel.

Kiera fit le signe de la croix et observa à la dérobée le seigneur de Penbrooke. Il était tout de noir vêtu, avec une tunique décorée de bandes de cuir et d'argent. Le visage marqué par la douleur, il se taisait, mais ses yeux gris étaient plus sombres qu'à l'accoutumée.

Depuis la mort de sa mère, Kelan se tenait à l'écart de sa femme; il était souvent pensif. Cependant, malgré son deuil, il veillait au fonctionnement du château. C'était bien naturel, mais Kiera était souvent seule avec ses pensées morbides et ses remords. Elle avait prié pendant des heures pour obtenir de la Providence une solution à son dilemme et, mieux, le courage d'affronter l'homme qui se croyait son mari.

La foule se dispersait. Deux fossoyeurs recouvraient le cercueil à grandes pelletées. Kelan eut un long soupir.

— Reposez en paix, maman, dit-il si bas que Kiera faillit ne pas l'entendre.

C'était fini. Lenore de Penbrooke occupait à présent sa dernière demeure.

Le cortège funèbre franchit la porte du cimetière, devant laquelle la plupart des chevaux étaient attachés. Obsidian les dominait tous; il tourna la tête vers la foule et hennit discrètement.

— Tranquille, Arès ! dit Kelan.

— Quel bel étalon, observa Kiera en le désignant du menton.

Il acquiesça de la tête, comme s'il avait du mal à s'arracher à ses sombres pensées.

— Oui, c'est l'une de mes meilleures bêtes.

— Cela fait longtemps que tu l'as ?

— Non, quelques années, précisa-t-il avec un mince sourire. Je l'ai gagné aux dés.

— En jouant avec qui ? poursuivit Kiera qui désirait ardemment le croire.

Il plissa les yeux.

— Avec l'un de tes anciens soupirants, ma femme. Il ne s'en est pas vanté ?

— Qui ? Vanté de quoi ?

— Brock d'Oak Crest.

— Brock ? répéta-t-elle, stupéfaite.

Brock aurait possédé Obsidian ?

— C'était il y a quelques années… à l'époque où j'étais en disgrâce.

Il commençait à tomber un léger crachin. Kelan écarta une mèche noire qui lui tombait sur le front.

— J'étais dans une auberge et Brock est arrivé, monté sur Arès. Il s'était battu, il avait une vilaine blessure. Il a commencé à boire et, comme il voulait à tout prix jouer, j'ai accepté.

— Qu'est-ce qu'il voulait jouer ?

— Nos chevaux, bien sûr. À la fin de la soirée, j'en avais deux et Brock n'en avait plus.

Kiera réfléchissait à toute vitesse. Ainsi, Elyn était allée en forêt non pas – comme elle l'avait prétendu – par sollicitude pour la sécurité de Kiera, mais parce qu'elle avait rendez-vous avec Brock ! L'agresseur de Kiera, qui avait failli la violer ou la tuer, était-il Brock d'Oak Crest ?

Mais pourquoi Elyn aurait-elle tiré sur son amant, et l'aurait-elle abandonné à son sort en forêt ?

Kiera réunissait ses souvenirs. Il faisait si noir cette nuit-là qu'elle n'avait pu voir distinctement le visage de son agresseur. Pourtant, Elyn était assez proche pour le blesser avec sa flèche. L'angoisse saisit Kiera. Brock croyait-il qu'il s'agissait d'Elyn et… et quoi ? Avaient-ils eu une dispute d'amoureux ? Voulait-il lui faire payer quelque offense ? Kiera en avait les genoux qui tremblaient. Elyn avait-elle tiré volontairement sur l'homme qu'elle aimait ?

Parce qu'elle l'a vu t'attaquer, songea la jeune femme. Soit elle était jalouse, soit elle a craint pour ta sécurité. En tout cas, elle t'a sauvé la vie…

— Est-ce que Brock t'a dit comment il avait acquis ce cheval ? demanda-t-elle en s'efforçant de garder une voix posée.

— Non.

En fait, Brock n'avait pas l'intention de la violer, mais de donner une leçon à son amante. Elyn, jalouse, s'était fâchée et avait décidé de lui tirer dessus, sauvant du même coup Kiera. Voilà ce qui s'était sans doute passé.

Ils rentrèrent d'un pas vif pour être au château avant l'orage. Ils franchirent la petite porte donnant accès à la cour. Kiera, rendue perplexe par ces révélations, remarqua à peine l'activité des gens qui avaient repris le travail ; les marteaux tintaient, les soufflets de forge allaient et venaient, les roues des charrettes grinçaient : le château reprenait vie.

Kelan baissa la voix.

— Au fond, je n'avais pas vraiment envie de découvrir d'où venait ce cheval. Je savais qu'il était de grande valeur, et cela me suffisait. À l'époque de mon bannissement de Penbrooke, je vivais au jour le jour. Peu m'importait que ce cheval ait été volé.

Il eut une moue méprisante.

— En vérité, je pensais que Brock avait dérobé Arès à son père… Allez, viens. Le temps se gâte.

Elle pressa le pas, car il se mettait à grêler. En repensant à la nuit où elle avait été agressée, elle se disait qu'Elyn lui avait menti et qu'à présent, c'était son tour à elle de mentir à Kelan. Elle avait le cœur lourd en gravissant le perron de la grande salle.

Enfin, pour commencer à dénouer l'enchevêtrement douloureux de ses mensonges, elle avoua :

— Ce cheval appartenait à mon père.

Kelan s'arrêta et se rembrunit.

— Arès est de Lawenydd ?

— Oui.

Un domestique leur ouvrit la porte et ils entrèrent ; à l'intérieur, il faisait bon.

— Et son vrai nom est Obsidian. J'ai reconnu ses cicatrices hier dans l'écurie. Je l'ai appelé, j'ai sifflé et il m'a répondu comme autrefois. Vois-tu, poursuivit-elle en retirant son écharpe, il y a trois ans, j'ai désobéi à mon père. J'ai sorti Obsidian de l'écurie à son insu, et je suis allée me promener en forêt. Il m'a désarçonnée et s'est enfui.

— Enfui ?

Ils pénétrèrent dans la grande salle où l'on mettait déjà la table pour le prochain repas.

— Il a disparu. C'est ma sœur qui m'a aidée à rentrer au château.

— Elle t'accompagnait ?

Kiera réfléchit, et décida d'éviter une franche explication.

— Oui, elle était dans la forêt avec moi.

— Kiera ? précisa-t-il.

La jeune femme sursauta en entendant son nom dans la bouche du chevalier. Cela faisait des jours qu'elle ne l'avait entendu.

— Elle aussi avait volé une monture ?

— Oui, Kiera était là, admit-elle avec réserve. Pour moi, ce n'était pas un vol : c'était un emprunt. Nous… ma sœur et moi… nous étions ensemble. En revanche, c'est ma faute si j'ai perdu Obsidian.

Elle ne lui dit pas un mot du reste, de l'agression. Peut-être le ferait-elle un jour, mais le moment n'était pas venu. D'abord, il fallait qu'elle lui révèle son terrible secret, le fait qu'elle n'était pas sa femme.

— Le lendemain, nous n'avons pas retrouvé la trace d'Obsidian. J'ai craint qu'il ne lui soit arrivé malheur, qu'il ait eu un accident : qu'il se soit aventuré au bord de la falaise, par exemple, qu'il soit tombé dans la mer. Mais on n'a jamais retrouvé son corps. Je n'ai pas su ce qu'il était advenu de lui. Jusqu'au moment où je l'ai vu dans la cour de l'écurie.

— Et tu es sûre qu'il s'agit bien du même cheval ?

— Je suis catégorique.

Elle expliqua en détail les marques et cicatrices d'Obsidian mais, de nouveau, s'abstint de narrer son agression et n'avoua pas son identité.

Tout cela viendrait en temps et en heure. Dès qu'elle saurait ce qui était arrivé à Elyn.

Et si tu n'entends plus jamais parler d'elle ? lui murmura une petite voix. Si, comme le cheval, elle disparaît sans laisser de traces ? Qu'est-ce que tu feras dans ce cas ? Tôt ou tard, il faudra bien que tu dises la vérité...

Oui, elle allait le faire. Au moment opportun. Elle était incapable de vivre pour toujours avec ce mensonge sur la conscience.

22

Avait-elle mal interprété le message des pierres divinatoires ? Ou bien les pierres avaient-elles menti ?

Hildy les jeta à nouveau sur le plateau usé de sa table. Elles s'éparpillèrent et rebondirent, sans toutefois tomber sur le sol de terre battue ; elles brillaient à la faible lueur du feu de cheminée. Dehors, un coup de tonnerre éclata : il faisait un temps exécrable.

Elle avait compris la première fois, d'après la position des cailloux, que l'une des filles du baron allait mourir ; elle ignorait laquelle. À présent, les pierres disaient qu'il y en aurait une autre. Deux enfants tués ou estropiés au château de Lawenydd…

Le vieux cœur de Hildy se serrait ; elle était glacée par la peur.

En parler au baron ?

Se taire ?

Si seulement Joseph revenait, ou si elle obtenait des nouvelles de Kiera et d'Elyn…

— Garde-leur la main sur la tête, je t'en prie, supplia-t-elle en s'adressant à Dieu.

Elle ramassa vivement les pierres et les remit dans leur sac. C'était sa façon de faire : mélanger les vieux rites païens et les pratiques chrétiennes. Peut-être que la confusion religieuse dans laquelle elle vivait était la cause du cours diabolique qu'allaient prendre les événements.

Un miaulement plaintif monta de sous la table, et elle se pencha : son chat se cachait dans l'ombre.

— Venez, sir James. Ce n'est qu'un orage.

Un volet claqua bruyamment, comme pour lui donner tort. Le chat s'éloigna, méfiant, mais Hildy parvint à l'attraper par la peau du cou et à le tirer vers elle. Il miaula, terrorisé, et enfonça les griffes dans la rude étoffe de sa tunique.

— Allons… calmez-vous, à la fin. Vous n'allez pas me dire que vous lisez l'avenir, vous aussi. Pourquoi ne pas chasser un rat ou une souris dodue, au lieu de vous tapir de la sorte ?

Le chat se jucha sur les épaules de sa maîtresse.

— Tenez, regardez ce que j'ai pour vous. La cuisinière m'a donné des restes de poisson.

Elle sortit de sa poche la tête d'une anguille, la fit danser devant le chat. Celui-ci se précipita et s'en saisit.

— Petit gâté ! gronda-t-elle à mi-voix.

Elle était encore en émoi après ce qu'elle avait lu dans les pierres divinatoires.

Soudain, le tocsin sonna. Hildy frissonna et se hâta de sortir. Qu'est-ce que c'était que cette alarme ? Évidemment, la vieille femme fit le lien avec les mauvais présages des pierres ; elle eut une prière pour Elyn, Kiera et Pénélope, les filles du baron qu'elle aimait comme si elles étaient les siennes.

— Halte là ! Qui va là ? tonna la sentinelle.

— C'est moi, Joseph !

Le fils d'Orson ! Peut-être des nouvelles de lady Elyn !

Hildy courut à la grande porte, dont on hissait la herse avec des bruits de chaînes.

C'était bien Joseph, sur une petite jument baie qui encensait et regimbait. Hildy pressait le pas sur le chemin boueux, veillant à ne pas salir sa jupe dans les flaques. Il lui tardait d'avoir des nouvelles d'Elyn.

Mais ce n'était pas la lady qui accompagnait Joseph. Le deuxième cheval était un animal couleur sable. Son cavalier penchait comme s'il allait tomber. En approchant, Hildy comprit. L'homme était bâillonné et avait les mains ligotées. Il s'agrippait au pommeau de sa selle et gardait un équilibre précaire grâce à ses étriers. C'est Joseph qui tenait les rênes de sa monture. Malgré le peu de lumière, Hildy reconnut le captif. Sir Brock d'Oak Crest.

— Que s'est-il passé ? demanda-t-elle, le cœur battant.

Joseph fit la grimace et descendit de sa monture. Elle ne l'avait jamais vu aussi sombre.

— Lady Elyn est morte, annonça-t-il. Je l'ai appris de la bouche de ce félon. Alors je l'ai conduit ici de force. Cela fait des heures que nous chevauchons ; nous n'avons pas fait halte de la nuit.

— Non ! chuchota-t-elle en reculant d'un pas, comme si ses jambes allaient la trahir. Oh non !

— C'est la vérité, insista Joseph.

Il claquait des dents, fuyant le regard de Hildy.

Celle-ci revoyait Elyn enfant : intrépide, téméraire et pleine d'humour. Elle avait été un peu, pour lord Llwyd, le fils qu'il n'avait jamais eu. C'est

Elyn qu'il emmenait chasser, Elyn à qui il enseignait la fauconnerie, Elyn qui montait ses destriers les plus fougueux, Elyn qui battait au tir à l'arc les soldats du château…

La vieille femme avait la gorge serrée et les larmes aux yeux.

— Si Elyn est morte, où… où est-elle ? Où est son corps ?

— Je n'en sais rien, répliqua Joseph. Parti au fil de l'eau, selon lui.

Le garçon d'écurie désigna Brock du menton.

Hildy leva les yeux sur le fils d'Oak Crest. Les soldats s'attroupèrent et le garde, l'épée d'une main et une torche de l'autre, descendit rapidement de la tour. Il avisa le prisonnier et s'arrêta net.

— Retourne à ton poste, Peter ! ordonna Hildy.

Elle n'arrivait pas à croire qu'Elyn s'était noyée, même si les pierres parlaient de catastrophe, de douleur immense. Soudain, elle se sentit terriblement vieille.

Le garde hésitait.

— Mais Joseph a ramené un prisonnier…

— Ça le regarde, rétorqua-t-elle sèchement avec un geste circulaire du bras. Retournez tous à vos postes.

Hildy se sentait bourrelée de remords. Après l'avertissement des pierres divinatoires, n'aurait-elle pas pu faire quelque chose ?

— Ne faut-il pas réveiller le baron ? insista Peter.

— J'avertirai moi-même lord Llwyd. Tu as fait ton devoir. Maintenant, remonte dans ta tour et baisse la herse.

Malgré son chagrin, Hildy avait de l'autorité. Il fallait qu'elle prenne les choses en main, autrement le baron s'éveillerait pour apprendre l'atroce nouvelle de la bouche d'un soudard. Oui, mieux valait attendre le matin. Mais le garde, Peter, n'était pas homme à se laisser diriger.

— Je préviens le shérif ? Le capitaine des gardes ? demanda-t-il en remettant son épée au fourreau.

— Non ! Pourquoi les réveiller ? Laisse-moi faire, Peter. Je parlerai moi-même au baron, dès l'aube. S'il y a le moindre problème, j'en prends la responsabilité. Joseph ici présent me servira de témoin. Personne ne te fera le moindre reproche…

Le prisonnier faisait des moulinets avec ses mains liées. Peter regagna à contrecœur son poste de garde, ses bottes raclaient chaque marche tandis qu'il gravissait la tour. Bientôt, dans un bruit de chaînes rouillées, la herse commença à descendre.

Dès qu'ils furent seuls, Hildy et Joseph conduisirent à l'écurie les chevaux et le prisonnier.

— Qu'est-ce qui te prend ? demanda-t-elle au garçon d'écurie. Tu es devenu fou ou quoi ? Pourquoi l'amener ici, au château ?

— Il faut qu'il paie. À cause de lui, lady Elyn est morte. Noyée dans la rivière. Je voudrais l'éventrer de mes propres mains, et regarder ses boyaux se répandre.

— Non ! C'est bien beau de se venger, Joseph, mais il faut s'occuper des vivants. As-tu des nouvelles de lady Kiera ?

Ils dérangèrent dans leur sommeil un coq et quelques poules, qui poussèrent des gloussements mécontents.

— Peut-être le moment est-il venu de faire éclater la vérité, bougonna Joseph.

— Oui, mais il nous faut du temps... Kiera a besoin d'être au courant, pour s'expliquer avec Kelan de Penbrooke.

— Par le Christ, quel gâchis !

Hildy acquiesça.

— À part les soldats, qui sait qu'Elyn est morte ? A-t-il averti quelqu'un ?

Le palefrenier lança un regard haineux à Brock.

— Lady Wynnifrydd. J'ai entendu ce monstre la mettre au courant.

La situation était désastreuse. Non seulement Elyn était morte, mais l'identité de Kiera allait être connue de tous.

— Il nous faut dépêcher un messager à Penbrooke, pour avertir Kiera. Une personne de confiance, précisa-t-elle en réfléchissant tout haut.

Brock se démenait pour rompre les liens qui lui entravaient les poignets.

— Restez tranquille, ordonna-t-elle, ou je vous fais jeter dans le donjon et j'explique au baron que vous êtes responsable non seulement de la mort de sa fille, mais aussi de son déshonneur.

Le prisonnier se le tint pour dit.

— Je peux prendre un cheval et aller à Penbrooke, proposa Joseph.

— Mais tu viens juste d'arriver. Et on dirait que tu boites...

— Ce n'est qu'une égratignure.

— Il faut que je te soigne.

— D'accord. Mais ensuite, je repartirai.

— Tu vas devoir chevaucher jour et nuit jusqu'à Penbrooke, de sorte que Kiera annonce la vérité à lord Kelan avant que la nouvelle ne lui parvienne d'une autre source. Et moi, je devrai tout révéler à son père.

Hildy frémit en songeant à la réaction de lord Llwyd. L'une de ses filles était morte, une autre était embourbée dans une imposture, et la troisième complotait dans son dos. Quant à Kiera, qu'allait-il lui arriver lorsqu'elle se confierait à Kelan ?

Que le Seigneur soit avec nous tous ! pria-t-elle en se signant hâtivement.

— J'ai besoin d'un repas et de quelques heures de repos. Je puis partir dans la matinée, annonça Joseph. Si je reste ici, je ne sais pas ce que je vais lui faire, à celui-là.

En toisant Brock, il serrait ses énormes poings avec une moue de dégoût.

— Laisse-le-moi. Je m'en occuperai.

— Jette-le dans le donjon, qu'il y pourrisse. Ou tue-le sur place, je m'en moque. C'est un assassin : la mort, si lente soit-elle, sera un châtiment trop doux pour lui.

— Sir Brock est fils de baron, lui rappela Hildy.

— C'est un maudit rustre ! gronda Joseph en crachant par terre.

— Mais on va sans doute venir le chercher.

— Oui, et sans tarder, je parie, se moqua Joseph en attachant la jument à un poteau. Vois-tu, il s'apprêtait à se marier, mais je l'ai… convaincu de m'accompagner.

— Vont-ils croire qu'il est parti de son propre chef, ou qu'on l'a fait prisonnier ?

— Je n'en sais rien, admit Joseph avant de réfléchir un instant.

Il n'y avait pas de traces de lutte, sauf quelques gouttes de sang. Et il ne manquait qu'un cheval : la jument d'Elyn que Brock avait ramenée.

Le prisonnier recommençait à grommeler derrière son bâillon.

— Chut ! ordonna Joseph. Ou je t'abats sur place !

— Laissons les chevaux ici et emmenons-le dans ma cabane, décida Hildy.

— D'accord, acquiesça le jeune homme en descendant Brock de sa selle sans douceur.

Il le poussa sur le sentier où des étoiles de glace scintillaient dans les flaques.

Ainsi, songea la vieille femme, lord Nevyll et le baron de Fenn allaient venir sans tarder pour exiger des explications. En effet, ils ne manqueraient pas de penser que Brock était parti à la recherche d'Elyn.

Comment cette triste histoire allait-elle se terminer ?

La nuit était profonde, le feu se mourait dans la cheminée. Kiera se pelotonna contre Kelan, la tête sur son épaule. Elle sentait que lui non plus ne dormait pas.

— Ça ne va pas ? demanda-t-elle en effleurant les poils bouclés de sa poitrine.

— Chut. Ce n'est rien.

— J'aimerais faire quelque chose pour toi, murmura-t-elle en imaginant qu'il se tourmentait de la perte de lady Lenore. Moi aussi, j'ai perdu ma maman. Ce fut dur.

Il ne répondit pas. Il observait le plafond en fronçant les sourcils.

Elle tressaillit.

— Y a-t-il... autre chose ? s'enquit-elle.

— Ne t'en fais pas.

— Si je pouvais t'aider…

— Ma mère n'a rien à voir là-dedans, dit-il.

Elle sentit une sueur froide lui couler dans le dos. Le moment de vérité était-il arrivé ?

— Alors ? l'encouragea-t-elle.

— Tu ne m'as jamais répondu, pour les fioles trouvées dans notre chambre, constata-t-il avec douceur.

Le sang de Kiera se figea.

— Tu ne me l'as pas redemandé, esquiva-t-elle.

Il fallait maintenant qu'elle dise la vérité. Elle ne pouvait honorer plus longtemps le serment fait à lady Lenore. Elle ne pouvait continuer à mentir.

— Je me suis dit qu'il valait mieux ne pas y penser, que c'était fini, mais… cela me tourmente que tu aies mis quelque chose dans mon vin, une potion qui m'a fatigué, affaibli. Pour une raison qui m'échappe, tu as voulu me garder prisonnier dans notre chambre.

Kiera ferma les yeux et inspira profondément.

— Je ne voulais pas t'épouser, reconnut-elle, l'estomac noué.

— Tu en aimais un autre ? Brock d'Oak Crest ?

— Je n'aime que toi, dit-elle dans un élan. Ce que je ressens pour toi, Kelan, je ne l'ai jamais ressenti pour quiconque. Je suis la première à en être surprise. Je ne croyais pas cela possible…

Elle était au bord des larmes.

— Moi non plus.

Kiera était bouleversée. C'était tellement difficile de s'expliquer. Dès lors qu'il saurait la vérité, il ne lui parlerait plus. Le moindre contact lui répugnerait. Il la chasserait de sa vie à jamais. La jeune femme en souffrait par avance.

— Je t'aime, Kelan. Je n'aime que toi.

Il sourit et lui frôla la chevelure.

— Moi aussi, Elyn, de tout mon cœur.

Le prénom de sa sœur fut pour Kiera un coup de poignard. Aidez-moi, Seigneur! Le feu chuinta, les braises rougeoyaient.

— J'ai toutes les raisons d'avoir honte... commença-t-elle.

— Peu importe. Ce qui est fait est fait. Mais cette histoire de fiole de sang? Pourquoi avais-tu besoin de sang, comme si tu n'étais pas vierge?

— Je l'étais.

— Je sais.

Elle le scrutait avec passion au fond des yeux, car plus jamais elle ne pourrait le faire. Plus jamais elle ne sentirait la force de ses bras qui l'enlaçaient. Plus jamais il n'aurait confiance en elle.

— Je ne puis m'expliquer, soupira-t-elle, incapable d'avouer. C'était une idée idiote...

— Tu t'es dit que si j'étais drogué, je m'imaginerais que nous avions fait l'amour avant de dormir, et qu'alors je te laisserais tranquille?

— Soit définitivement, soit provisoirement, confirma-t-elle en suffoquant devant la fragilité de son explication.

Il réfléchissait.

— Mais tu savais qu'il te faudrait m'accepter un jour ou l'autre?

— Oui.

— Et pourtant, tu voulais me tromper? Me faire absorber un somnifère et me mentir?

— Oui, Kelan, concéda-t-elle d'une voix atone, le cœur brisé.

Et je continue à présent, ajouta-t-elle en pensée. Sachant les sentiments que j'éprouve désormais pour toi, je suis prête à recommencer afin de pouvoir reposer ainsi dans tes bras, sentir ton haleine sur mon visage, découvrir de nouveaux plaisirs…

— Tu me contraries, ma femme.

— Ce n'était pas mon intention.

— Ah bon ?

Le ton était incrédule. Kiera sentit qu'il glissait une main à l'intérieur de sa cuisse : son pouls bondit.

— Je suis convaincu que tu mens, Elyn. Je crois que ton intention est de me dérouter.

— Non, je…

— Tu, quoi ?

Ah, mon Dieu ! C'était maintenant ou jamais. *Avoue !* Elle ferma les yeux, inspira profondément et, tâchant de ne pas penser aux doigts qui frôlaient sa peau si sensible, elle déclara brutalement :

— Je ne suis pas celle que tu crois, Kelan. Je ne suis pas Elyn.

— Quoi ?

— Je suis sa sœur, Kiera.

À sa grande surprise, il éclata de rire.

— Tu n'es pas Elyn ? Ma parole, mais tu t'es laissé convaincre par ma sœur !

— Ta sœur ?

Morwenna, bien sûr. Cela signifiait qu'il ne la croyait pas.

— Alors, comme ça, tu me racontes des histoires, dit-il en lui chatouillant l'épaule de ses lèvres, taquin.

— Non… enfin… c'est Elyn qui a eu l'idée que je la remplace.

Maintenant qu'elle avait avoué, elle tenait pardessus tout à ce qu'il la croie, qu'il comprenne à quel point elle l'aimait, et combien elle regrettait de lui avoir menti.

— Vraiment ? demanda-t-il en la faisant rouler sur le dos pour la regarder au fond des yeux. Donc, maintenant, c'est la sœur de ma femme que j'ai dans les bras, avec le consentement de celle-ci ?

— Oui, chuchota-t-elle, le cœur battant.

— Et tu acceptes de prendre sa place ? De faire tout ce que je veux ?

— Non, enfin oui… c'est-à-dire…

Il eut un sourire canaille.

— Il y a beaucoup d'hommes qui aimeraient être à ma place.

— Je n'en suis pas sûre…

Il ne comprenait pas.

— Dans ce cas, chère belle-sœur, mon désir est que nous fassions l'amour jusqu'à l'aube.

— Tu ne me crois pas ! protesta-t-elle.

Il s'imaginait que, pour ajouter du piment à leurs ébats, elle faisait semblant d'être une autre femme.

— Je crois tout ce que tu me racontes, chuchota-t-il en l'embrassant au creux du cou. Tout, sans exception.

23

Elyn avait mal à la tête. Tout son corps était meurtri, comme si on l'avait cognée à coups de maillet. Le moindre souffle lui brûlait les poumons. Lentement, elle ouvrit un œil et vit une femme penchée sur elle. Elle avait une peau diaphane presque translucide, des cheveux d'un blond argenté, des yeux bleus. Un ange, assurément.

Je suis morte, je suis au ciel, songea Elyn en découvrant la petite chambre chauffée par un feu minuscule.

— Ah, vous vous réveillez... Ce n'est pas trop tôt, constata l'ange avec un gentil sourire.

— Qui êtes-vous ? demanda Elyn, dont les idées se remettaient en place.

Non, ce n'était pas le paradis. Non, elle n'était pas morte. Elle était au contraire bien vivante, couchée sur une étroite paillasse dans une chambre décorée de perles et embaumant les herbes. Quelques chandelles éclairaient la pièce.

— Mon nom est Geneva. Et vous ?

— Elyn de Lawenydd, répondit-elle sans réfléchir.

Elle aurait dû donner l'identité de Kiera. Mais la femme ne fut pas surprise de cet aveu. Elle semblait avoir deviné qui elle était, avant de poser la question.

Elyn leva la tête.

— Où suis-je ?

— Dans ma chambre, au château de Serennog.

— Serennog ?

Elle avait entendu parler de ce château, bien sûr, mais n'y était jamais venue en visite.

— Comment suis-je arrivée ici ?

— Je vous ai trouvée, jetée par le courant sur la berge de la rivière. Vous étiez mourante.

— La rivière... répéta Elyn.

Ses souvenirs revenaient, morceau par morceau. Elle se revoyait fuyant Brock à bride abattue, puis cachée sous le pont. Et ensuite, la chute dans le courant glacé, qui l'avait entraînée...

— Vous avez eu de la chance, ajouta Geneva.

Elyn n'était pas vraiment de cet avis. Depuis quelques semaines, elle n'estimait pas avoir eu beaucoup de chance. D'abord son mariage imminent avec Kelan de Penbrooke, ensuite cette grossesse inattendue, puis... mais...

Le bébé !

Comme si elle lisait dans son esprit, Geneva devint grave.

— C'est triste, annonça-t-elle, mais votre enfant...

Elle secoua la tête. Ses cheveux cendrés miroitaient à la lumière du feu.

— Quoi, mon enfant ?

— Vous l'avez perdu. Je vous ai trouvée au bord de la rivière il y a près de trois jours. Je vous ai crue morte.

— Vous dites que j'ai perdu l'enfant ?

Elyn n'arrivait pas à y croire. C'était plus fort qu'elle. Certainement, cette femme se trompait...

— Eh oui.

— Non !

Elle ferma les yeux, refusant d'admettre la réalité. Elle était enceinte. L'enfant était de Brock et... elle allait l'épouser et ils... ils fonderaient une famille et...

En fait, Brock épousait Wynnifrydd, se rappela-t-elle. Ce vendu, cet infidèle, ce menteur ! Elyn avait envie de hurler.

— Je... je ne vous crois pas.

— C'est difficile à admettre.

— Mais ce n'est pas vrai ! insista Elyn en s'asseyant.

C'est alors qu'elle sentit le flux qui n'arrêtait pas, entre ses jambes. Et ce vide du corps et de l'esprit.

— Vous en aurez d'autres, promit la femme.

Elyn secoua la tête. Maintenant qu'elle avait perdu Brock, elle ne pouvait imaginer concevoir. Jamais ! Elle ferma les yeux ; elle aurait préféré mourir.

Elle sentit sur son front les doigts frais de Geneva.

— Ce n'était pas votre heure, dit-elle avec calme.

Elyn avait le cœur en miettes, il lui en fallait davantage pour la consoler. Elle écarta sa main. Elle ne voulait pas qu'on la touche.

— Moi aussi, j'ai perdu un bébé, reconnut tristement la femme tandis que le feu crépitait dans la cheminée.

Elle se tut quelques instants, plongée dans ses souvenirs. Ses yeux bleus étaient soudain froids, son visage dur.

— C'était il n'y a pas si longtemps. Un garçon. Quant au père… il est mort à présent. Il vivait ici, à Serennog.

— Ce n'était pas votre mari ?

— Non… ni mon fiancé d'ailleurs, précisa-t-elle en soupirant. Payton n'était pas quelqu'un d'honorable. Il a été tué par ses hommes, des bandits de grand chemin.

— Et votre enfant, comment l'avez-vous perdu ?

— On me l'a enlevé, avoua-t-elle d'un ton amer en se levant. Bon, je vais vous chercher des vêtements propres et chauds, et de quoi manger.

— Je n'ai pas faim.

— Peut-être, mais vous mangerez. Il faut recouvrer des forces.

— À quoi bon ?

Avant de se retirer, Geneva posa une main sur le cœur de sa patiente.

— Pour accomplir votre destin, lady Elyn. Ni plus ni moins !

Eh oui, ni plus ni moins, songea Elyn. Elle réalisa qu'elle avait l'usage de ses bras et de ses jambes et que, en s'appliquant un peu, il lui serait possible de quitter le soir même ce château pour – comme le prétendait cette sorcière aux yeux pâles – aller vers son destin…

Il s'était levé. Kiera palpa le côté du lit où Kelan avait dormi : les draps étaient déjà froids. Quand elle avait tenté de lui expliquer qu'elle n'était pas Elyn, il ne l'avait pas crue. Plusieurs heures avant l'aube, il l'avait serrée contre lui, enlacée tendrement et avait enfoui son visage dans sa chevelure. Et il s'était endormi. Comment le convaincre de la vérité ? Maintenant que les mots fatidiques avaient été prononcés, comment allait-elle oser se présenter à nouveau devant lui ? Ses obsessions l'avaient tourmentée des heures, puis elle avait succombé au sommeil. Avait-elle eu tort de se confier à lui ? Mais que faire d'autre ? Elle ne pouvait mentir indéfiniment...

Elle se leva avec effort, s'aspergea le visage et s'habilla sans l'aide de sa servante. Cette Nell était gentille, mais c'était une commère. Kiera en était certaine : elle répétait tout ce qu'elle entendait.

La jeune femme allait sortir de la chambre quand elle regarda le lit. Le souvenir de leurs ébats passionnés lui revint. Avec un désarroi profond, elle s'aperçut que ce qui lui manquait de Kelan, ce n'était pas seulement qu'il la touche, mais c'était aussi tout le reste. Oui, c'était un amant grisant, mais c'est toute sa personnalité dont elle pleurerait la perte à jamais, si elle devait partir.

Ou si on la forçait à partir.

Kiera quitta la pièce et dévala les escaliers jusqu'à la grande salle. Rhynn répandait des joncs frais sur le sol. La servante à la triste mine leva les yeux et reprit son travail en grommelant :

— Bonjour, milady.

— Bonjour à toi, Rhynn !

Ça sentait la tarte et le pain frais. Kiera avait faim. Les domestiques s'affairaient en tous sens. Une jeune servante fredonnait en remplaçant par des neuves les chandelles consumées. Des garçons apportaient du bois de chauffage. De jeunes enfants portaient de l'eau et, une fois leurs seaux posés, se poursuivaient dans les escaliers, jusqu'au moment où leurs mères les rappelaient vivement à l'ordre.

Kiera souriait. Elle commençait à se sentir chez elle à Penbrooke, comme si Kelan était... son mari.

N'y pense pas, songea-t-elle en mettant sa cape pour sortir. Tu n'es pas ici chez toi, et tu ne le seras jamais. Et puisque tu as eu la sottise de tomber amoureuse de Kelan, tu vas savoir ce qu'est un chagrin d'amour.

Dehors, le soleil se levait rapidement.

— Milady ! lança une voix d'homme derrière elle. J'aimerais vous parler, si vous avez une minute.

C'était Timothy, le jardinier, qui la rattrapait à grands pas.

— Mais certainement, acquiesça-t-elle en s'arrêtant au coin de la cabane du vigneron.

À l'intérieur, l'apprenti empilait des tonneaux vides.

Le jardinier retira son chapeau.

— Je voulais vous demander quelles herbes il vous faudra. Nous avons planté les mêmes que d'habitude, certaines sont rentrées pour l'hiver. Mais avez-vous des désirs particuliers ? Nous avons du thym, du romarin, de la consoude et de l'achillée, bien sûr. Peut-être avez-vous envie de plantes plus exotiques ? Je n'ai pas toujours eu de la chance, par le passé, mais... si quelque chose vous fait plaisir, je me débrouillerai pour trouver des semences ou des boutures.

Il semblait vraiment désireux de lui plaire et Kiera, bien qu'en retard pour la messe, prit le temps de lui répondre.

— Bonne idée, Timothy. Essayons de faire venir tout ce que nous pouvons planter nous-mêmes.

Il eut un sourire aussi timide qu'édenté.

— Merci, milady.

— Merci à toi, Timothy.

Elle continua vers la chapelle. La porte grinça lorsqu'elle entra. Elle chercha Kelan dans la pénombre.

— Mon mari n'est pas là ? demanda-t-elle au père Barton.

— Non, répliqua le vieil ecclésiastique, agacé. Le baron Kelan attache plus d'importance à ses affaires qu'à celles du Seigneur.

— Savez-vous où il se trouve ?

Morwenna, assise sur l'unique banc de la chapelle, intervint :

— Il y a eu une bagarre hier soir, près de la frontière de Serennog. On a surpris une folle en train de voler un cheval. Elle exigeait de voir le baron, alors Kelan et le shérif y sont allés. Ils devraient rentrer demain soir, sauf s'ils rencontrent des difficultés.

— Il aurait dû me prévenir, observa Kiera que ces nouvelles inquiétaient.

Peut-être était-ce à cause de sa confession, et de l'incrédulité de Kelan. À présent, il était loin du château et elle se faisait du souci. Elle aurait aimé s'expliquer avec lui. Elle ignorait pourquoi, mais un mauvais pressentiment la tenaillait.

— C'est ce matin seulement qu'on lui a parlé de cette rixe, expliqua Morwenna. Il n'a pas voulu vous réveiller.

La porte de la chapelle s'ouvrit, et le vent fit claquer le vantail contre le mur.

— Pardon ! dit Daylynn en entrant, confuse de sa maladresse.

Bryanna la suivait.

Le père Barton eut un regard réprobateur pour les deux jeunes filles, soupira et leva les mains.

— Maintenant, ladies, si vous voulez bien vous agenouiller, nous allons commencer.

Tout le monde s'inclina et il entonna la prière.

Kiera ferma les yeux dans un effort de piété, mais son esprit s'envola loin de la petite chapelle. Elle ne cessait de penser à Kelan : l'homme qu'elle aimait… le mari de sa sœur.

Elle était perturbée qu'il l'eût quittée. La possibilité d'une catastrophe imminente l'obsédait, comme si Satan en personne la surveillait, dans l'attente du meilleur moment pour frapper…

— Vous m'avez menti ? tonna le baron Llwyd en scrutant Hildy et Pénélope. *Toutes les deux* ?

Pénélope aurait préféré mourir. Jamais elle n'avait menti à son père. À présent, debout dans le petit salon de Lawenydd, elle affrontait la rage et la déception du baron.

Les yeux baissés, Hildy tripotait son collier.

— Oui.

— Et Kiera ! Et Elyn aussi !

Comme si la honte était trop lourde, il s'effondra dans son fauteuil devant la cheminée.

— C'est Elyn qui a eu l'idée, expliqua Pénélope. Elle a forcé Kiera à s'y plier.

— Personne ne force Kiera à se plier à quoi que ce soit.

— Mais Elyn s'en est allée, elle avait promis de revenir, et Kiera lui avait fait le serment de...

— Ça suffit ! s'écria le baron, coupant court à ces explications décousues. Ainsi, vous avez toutes deux décidé de me mentir, de me faire honte, de m'humilier... Doux Jésus !

De sa main criblée de taches de son, il épongea son crâne presque chauve. Pénélope le trouva brusquement vieilli.

— Est-ce que Penbrooke est au courant ?

— Non.

— Et Kiera, est-ce qu'elle... Ah, Sainte Mère de Dieu... Est-ce qu'elle a couché avec lui ?

Pénélope, qui était ingénue, répondit en toute innocence.

— Elle a dormi avec lui, mais elle lui a donné un soporifique pour l'empêcher de se réveiller. Elle s'est donc étendue à son côté mais sans... sans...

Son père la fusilla du regard. La petite se tut.

— Alors, lui aussi, il s'est fait rouler... Et il s'imagine toujours qu'il vit avec Elyn ? Ah, par tous les dieux, pourquoi n'ai-je pas eu de fils ? C'est plus facile à élever que des filles... Enfin, cette ruse a sûrement été percée à jour. Partons pour Penbrooke aujourd'hui même. Nous devons lui dire la vérité : son mariage est une imposture depuis le début, sa fiancée s'étant enfuie du château avant leur mariage.

Llwyd se prit la tête à deux mains.

— Ah, Seigneur... gémit-il. Kiera s'est donnée au mari de sa sœur ! Morbleu, quand je mettrai la main sur Elyn, je lui flanquerai une raclée à lui faire passer le goût du pain !

— Trop tard ! chuchota Hildy, en larmes. Lady Elyn était avec Brock d'Oak Crest.

— Quoi ? tonna Llwyd en se levant d'un bond.

Le chien couché à ses pieds se dressa et se mit à aboyer.

— Elle est partie en rejoindre un autre ? gronda-t-il, écarlate. Comme une vulgaire catin ? Tu veux dire qu'Elyn s'est donnée à un autre alors qu'elle était fiancée à Penbrooke ?

— Ils étaient amants, confirma Hildy d'une voix blanche.

— Incroyable !

Hildy garda le silence.

— Et toi, tu le savais, n'est-ce pas ? accusa-t-il en pointant sur elle un doigt tordu par les ans. Tu le savais et tu n'as rien dit, rien fait ! Quand je t'ai demandé de consulter le sort pour moi, j'avais besoin de savoir la vérité : tu as menti. Tu m'as caché que ma fille aînée jetait l'opprobre sur Lawenydd et sur moi-même ! Sorcière !

— Je ne voulais pas vous faire souffrir, et j'avais fait serment à lady Elyn et lady Kiera.

— Tu ne voulais pas me faire souffrir ? Tu te soucies de mes états d'âme, maintenant ? Je n'en crois rien. Vile, misérable Jézabel ! Je te bannis du château !

Il tremblait de rage.

— Ce n'est pas sa faute, intervint Pénélope. Hildy a essayé de convaincre Elyn de renoncer à son projet. Et lorsque Kiera a décidé de partir pour Penbrooke, Hildy, là aussi, a tenté de l'en dissuader. Mais Kiera a insisté pour partir, et maintenant... maintenant...

Pénélope éclata en sanglots.

— Maintenant quoi ? demanda Llwyd, stupéfait. Qu'y a-t-il, Hildy ?

— Brock d'Oak Crest est dans ma cabane. Prisonnier.

— Quoi ? Mais par les cinq cent mille diables, ça veut dire quoi : « prisonnier » ?

Elle raconta la mission de Joseph et la façon dont celui-ci avait enlevé Brock, le jour même de ses noces.

— C'est le bouquet ! Fenn, Oak Crest et Penbrooke : tous trois ont été insultés et déshonorés !

— Et ce n'est pas tout, poursuivit Hildy sans hausser le ton.

Son visage était décomposé, et Pénélope se raidit dans l'attente de ce qui allait suivre.

— Quoi, encore ?

— Ce que je redoutais est arrivé, reconnut Hildy. Lady Elyn a été tuée. Elle s'est battue avec sir Brock, elle s'est enfuie et son cheval l'a jetée dans la rivière.

— Comment ? murmura Llwyd en l'empoignant par le bras.

Sa colère l'avait quitté, il était comme assommé.

— Non… je t'ai mal entendue. Elyn est vivante, elle se cache peut-être…

— Je crains que non, milord.

Pénélope n'en pouvait plus. Elle éclata bruyamment en sanglots et s'effondra dans un fauteuil.

— Je refuse de te croire, continua Llwyd dans un râle. Non, ce n'est pas la vérité que tu me dis, mais quelque mensonge, quelque sorcellerie. Ne m'as-tu pas assez blessé pour aujourd'hui, femme ?

— Brock est dans ma cabane. Je lui ai parlé et il est d'accord pour tout vous raconter, annonça Hildy d'une voix tremblante.

Pénélope était au bord de la nausée. Sa sœur disparue ? Morte ? C'était impossible...

— Amène-le-moi, ordonna le baron de Lawenydd en se laissant lourdement tomber dans son fauteuil.

Son chien se recoucha à ses pieds.

— À vos ordres, répondit Hildy en quittant précipitamment la pièce.

Pénélope resta seule avec lui.

— Papa, dit-elle, accablée de douleur. Pardon ! Si je puis faire quoi que ce soit...

— Tu ne peux rien faire du tout, coupa-t-il, amer.

La honte et le désespoir se lisaient sur son visage. Il avait les épaules lourdes d'un poids invisible et secouait la tête comme pour se débarrasser d'une insupportable tristesse.

— Tu ne peux rien faire pour ramener ta sœur dans le monde des vivants, n'est-ce pas ?

— Non, mais...

— Et peux-tu rétablir ma réputation ou celle de Kiera ?

— Non, avoua-t-elle, malheureuse.

— J'ai perdu une fille, et toi une sœur. Le deuil et le déshonneur me suivront à jamais. Nul baron – sauf s'il est complètement niais – ne signera d'alliance avec moi, quand il saura la façon dont mes propres enfants ont fait litière de mon accord avec le seigneur Kelan de Penbrooke. Outre cette grossière tromperie, je serai accusé d'avoir fait enlever sir Brock, le fils du baron Nevyll, et empêché son mariage avec lady

Wynnifrydd de Fenn. Non, Pénélope, tu ne peux rien faire, insista-t-il férocement. Tu en as déjà trop fait. Beaucoup trop.

— Papa, je t'en supplie, implora-t-elle, brisée, en se jetant à ses pieds. Laisse-moi me rattraper.

— Ah, petite, soupira-t-il en tapotant d'un air absent la chevelure de sa fille. Il est trop tard. Les ravages sont irréparables.

Elle ravala ses pleurs et, prenant une profonde inspiration, se releva.

— Je vais redresser la situation… enfin, au moins un peu, jura-t-elle.

Il tourna vers elle ses yeux opaques.

— Le mieux que tu puisses faire, c'est de te retirer. Va dans ta chambre ou… n'importe où. Je ne m'en soucie pas. Toi et tes sœurs, vous m'avez déçu au-delà de toute mesure. Je ne veux plus vous voir.

Pénélope blêmit comme s'il l'avait giflée. Sans doute ne parlait-il pas sérieusement… Mais lorsqu'elle ouvrit la bouche pour protester, il la congédia d'un geste dégoûté.

Désespérée, elle courut vers la porte, qui s'ouvrit. C'était Hildy qui revenait.

— Milord ! s'exclama-t-elle, affolée. Sir Brock s'est évadé !

— Quoi ? gronda Llwyd en se levant brusquement.

Son chien se mit à aboyer et à gronder.

— C'est la vérité. J'ai retrouvé ses liens dans ma cabane.

— Oh, pour l'amour du Ciel, appelez le capitaine de la garde ! Il faut le rattraper tout de suite !

Mais Hildy ne bougea pas. Elle restait plantée comme une souche, ouvrant de grands yeux terrorisés.

— Ce n'est pas tout, précisa-t-elle. Lady Wynnifrydd est là. Avec les barons de Fenn et d'Oak Crest.

24

— Il n'est pas là ? répéta Wynnifrydd, raide comme la justice. Brock n'est pas là ?

Elle était sceptique. Sans aucun doute, Brock s'était enfui à Lawenydd, le château de sa bien-aimée. Debout dans la grande salle, elle toisait agressivement le baron Llwyd de Lawenydd. Elle se demandait si cette vieille bique lui disait la vérité. À moins que, du fait de sa vue déficiente, il n'ait pas remarqué la présence de Brock. Le baron avait l'air défait, comme si toute force l'avait quitté.

— Sir Brock était là. Un de mes hommes l'a amené ici, expliqua-t-il tandis que les domestiques apportaient des tranchoirs avec de la viande, du fromage et des tartelettes.

Ils les déposaient sur la table d'honneur. Déjà, le père de Wynnifrydd et le baron Nevyll avaient une chope de vin à la main. Comme si c'était le moment… songea-t-elle.

— Mais il est reparti.

— Où ? cria-t-elle, malgré un signe de son père lui intimant de se taire.

— Je l'ignore, avoua le baron de Lawenydd. Je vous en prie, venez manger, bien que ce soit jour de deuil ici. On m'a dit que ma fille a été tuée.

C'est votre fils, dit-il en croisant le regard de Nevyll, qui a raconté à Hildy ce qui est arrivé et... Bref... c'est compliqué. Très, très compliqué. Venez, asseyez-vous. Nous allons parler.

Il les conduisit à la table d'honneur en claudiquant, appuyé sur sa canne.

— Votre fille ? Vous voulez dire, Elyn ? demanda Wynnifrydd.

Le vieillard acquiesça de la tête et se voûta un peu plus. Le malheur était sur cette maison. Wynnifrydd était glacée.

— Ne vient-elle pas d'épouser Kelan de Penbrooke ?

— C'est ce que je croyais, mais on m'a trompé, se lamenta-t-il en décochant un dur regard à la femme blafarde qui les servait. C'est une longue histoire, que je ne comprends pas complètement. Le mariage... a bien eu lieu, mais il y a eu une imposture.

Il expliqua rapidement l'affaire, y compris la mission du palefrenier à Oak Crest et l'enlèvement de sir Brock. Il conclut avec un soupir las :

— J'ai manifestement été dupé. Mais je ne suis pas le seul.

Pour faire plaisir à son père, Wynnifrydd accepta quelques bouchées de nourriture, mais elle n'avait pas la tête à festoyer. Où était Brock ? Le reste n'importait pas.

— Et Brock ? reprit-elle. Il était votre prisonnier, mais il s'est enfui ?

Elle le soupçonnait d'être allé à Penbrooke, bien que connaissant la mort d'Elyn. Il voulait sans doute s'assurer qu'elle n'avait pas survécu. Une fois qu'il aura tout essayé, supposa Wynnifrydd, il passera au peigne fin les villes et les châteaux le long de la rivière, à la recherche du cadavre. Il doit chercher à se convaincre qu'elle est vivante...

Malheureusement pour elle, Wynnifrydd comprenait l'homme qu'elle avait l'intention d'épouser, alors que lui ne la comprenait pas. Elle découpa un morceau de faisan. Seule à cheval, elle irait plus vite, se dit-elle, et elle n'aurait à subir ni les ordres de son père ni les jérémiades du baron Nevyll.

Elle serra le manche de son couteau avec fureur. Brock d'Oak Crest maudirait le jour où il l'avait quittée pour une autre, ce jour qui aurait dû être celui de leurs noces. C'était un solide guerrier : le fait qu'un vulgaire garçon d'écurie ait réussi à le capturer et à le faire sortir d'Oak Crest était ridicule. Sauf si lui-même désirait partir, avec cette excuse pour échapper à son propre mariage.

Croyait-il vraiment qu'elle lâcherait prise ? Elle allait le traquer et le punir de cette humiliation. Elle découpa sur la carcasse de la volaille un autre morceau et le savoura lentement, comme elle savourerait sa vengeance.

Si par quelque miracle Elyn était sortie du fleuve vivante, ou si l'annonce de sa mort faisait partie d'un complot pour les tromper tous, Brock paierait. Et Elyn aussi. Et Kiera, et tous ceux qui avaient eu l'audace de se moquer de Wynnifrydd de Fenn !

Elle avait des prétendants en foule. Des hommes beaux, riches, des amants aux prouesses légendaires ; elle les avait tous éconduits pour Brock.

Car elle l'aimait. Elle l'aimait éperdument, et il l'avait trahie.

Elle allait le faire ramper !

Le soir même, elle partirait pour Penbrooke.

— C'est bien ce que je vous dis, lord Kelan, insistait le fermier.

Sous sa barbe drue, son expression se durcit. Un pâle soleil d'hiver brillait dans le ciel, mais le froid les transperçait tandis qu'ils discutaient devant une misérable cabane. Cinq porcs fouaillaient dans un minuscule enclos. La gelée blanche couvrait l'herbe et les mottes de terre. L'eau des petites flaques s'était transformée en glace.

— C'était juste avant l'aube, affirma l'homme en hochant la tête.

Il était vêtu d'une tunique rapiécée et de hauts-de-chausses informes. D'une main, il tenait une fourche. L'autre main était enveloppée dans un chiffon.

— J'étais sorti surveiller les bêtes, et j'ai vu cette femme aux yeux fous me voler mon meilleur cheval ! Elle s'est mise à courir et je l'ai poursuivie en hurlant. Elle s'est retournée contre moi avec un couteau. Elle m'a tailladé le bras... Vous voyez, on aurait dit qu'elle était blessée. Elle était près de s'évanouir en essayant d'enfourcher ma vieille Sadie. Quand je lui ai crié de lâcher mon cheval, elle m'a ignoré. Elle s'est hissée à grand-peine sur la selle et est partie au galop, tout en se tenant le ventre. Mais pas de doute, bon sang, elle sait monter !

Avec un petit sifflement, il saisit sa main bandée et son regard erra sur les champs et les forêts, revoyant sans doute le chemin pris par la cavalière en fuite.

— A-t-elle volé autre chose ? demanda le shérif.

— Non, rien.

— Qui est-elle ? questionna Kelan. Est-ce que tu l'as reconnue ?

— Moi, non.

Il secoua la tête en se frottant la nuque, embarrassé.

— C'est ça qui est curieux, voyez-vous. Elle montait comme un homme mais elle avait beaucoup d'allure. Elle me prenait de haut, comme une personne de la noblesse.

— Décris-la-moi, ordonna le shérif.

— Comme je vous l'ai dit, c'était l'aurore. Il n'y avait guère de lumière. Elle était assez près pour me planter son couteau, mais je n'ai pas eu le temps de bien la voir. Elle était distinguée, avec la peau blanche. De longs cheveux un peu bouclés, châtain foncé, et le menton pointu. C'est surtout ses yeux que j'ai remarqués. Des yeux d'un vert profond.

Les cheveux, la peau et les yeux sont ceux d'Elyn, songea Kelan. Brusquement, il se rappela la confession bizarre de son épouse, la veille au soir : elle lui avait dit qu'elle n'était pas Elyn, mais Kiera, sa cadette. Absurde, bien sûr, mais néanmoins...

— Que portait-elle comme vêtements ? s'enquit le shérif.

Kelan cherchait à chasser ses soupçons. Lorsqu'il était parti, il avait laissé sa femme au lit, endormie...

À moins que ce ne soit celle-ci, ta femme, lui chuchota une petite voix insidieuse.

— Une robe blanche et un manteau foncé. La robe, c'était un habit de paysanne. Ma femme en avait une comme ça, en gros tissu. Mais le manteau était celui d'une dame, ou de la femme d'un riche marchand. Il était épais, bleu foncé avec l'ourlet en fourrure.

Une dame de la noblesse…

— Ce manteau était peut-être volé, suggéra Kelan.

— C'est possible.

— Autre chose à son sujet ? poursuivit le shérif.

— Oui, répondit le fermier avec un regard fuyant. En partant, elle a crié qu'elle me rendrait mon cheval. Que j'aille le chercher à Penbrooke.

— Pourquoi ? demanda Kelan, pris au dépourvu.

Il serrait ses rênes d'une poigne de fer.

— Elle a dit : « J'emprunte juste ton cheval, croquant », expliqua le fermier en frottant sa blessure. Elle a dit que le cheval serait demain à Penbrooke, et qu'elle veillerait à ce que son mari me le fasse rendre. Je lui ai demandé qui était son mari, elle m'a ri au nez et a répondu : « Tu n'es pas au courant, croquant ? Pourtant, tu m'as sûrement reconnue… » Je lui ai dit que non, elle a eu de nouveau ce rire fou et elle a dit : « Je suis la dame du château, Elyn de Penbrooke, la femme de lord Kelan. »

Le baron eut la chair de poule. Il avait pris à la plaisanterie les aveux de son épouse. Prétendre qu'elle n'était pas Elyn ! Mais tant de questions se posaient depuis qu'il l'avait rencontrée. Plus il réfléchissait, plus des images se présentaient à son esprit, une foule de détails insolites qui émaillaient ses journées depuis le mariage. Dès la cérémonie à la chapelle, où elle lui avait à peine glissé quelques coups d'œil sous son voile. Puis l'inexplicable maladie tout de suite après l'échange des consentements, maladie qui lui avait interdit de se joindre aux festivités. Non seulement Elyn était absente de la grande salle, mais également sa sœur Kiera, qu'il n'avait pas aperçue de tout son séjour à Lawenydd…

Il y avait des indices qu'il avait délibérément ignorés : les fioles avec le sang et cet élixir qui l'avait empêché de juger clairement ; les absences inexpliquées de son épouse, qui l'avait pratiquement retenu prisonnier dans leur chambre nuptiale tandis qu'elle sortait à cheval en forêt ; ses réticences à rentrer à Penbrooke ; les chuchotis de toutes les femmes à Lawenydd, comme si les murs du château recelaient des secrets ; et quand il était arrivé avec la mariée à Penbrooke, la réaction de Morwenna, convaincue qu'il ne s'agissait pas d'Elyn de Lawenydd.

Toutes ces incohérences, Kelan les avait balayées de son esprit ; il se refusait à croire qu'il avait été trompé. Mais à présent… à présent, il commençait à se demander si, en fin de compte, il n'était pas victime d'une monumentale escroquerie.

Je suis la dame du château, Elyn de Penbrooke, la femme de lord Kelan…

Ces paroles de la voleuse blessaient profondément le cœur de Kelan. Il avait lu dans les yeux de sa femme – non, ceux de la traîtresse – une torture muette. Il l'avait attribuée au fait qu'elle était séparée de sa famille, loin de chez elle. Maintenant, il comprenait.

Il la revoyait étendue sur son lit, belle à crier. Par tous les dieux, qu'est-ce qui lui avait pris ? Comment avait-elle pu le duper de la sorte ? Et tromper sa propre famille ?

Il était l'heure de rentrer. Celle qui se prétendait lady Elyn allait devoir dévoiler la vérité et affronter sa colère.

25

— Vous avez de la visite, annonça Morwenna d'un air dégagé en entrant dans la grande salle.

Depuis le départ de Kelan, c'est là que se tenait en général Kiera, assise dans un fauteuil près de la cheminée. Elle était assiégée en permanence par les domestiques qui venaient aux ordres.

Des heures durant, elle avait écouté leurs doléances, pris des décisions. Elle avait fixé avec la cuisinière les menus de la semaine à venir, avec l'intendant l'achat de coutellerie et de draps, avec le chapelain la distribution des aumônes, et avec le menuisier la fabrication de tables et de chaises. La tête lui tournait de tant de choix effectués – choix qui revenaient en principe à une autre.

— Qui est-ce ? demanda Kiera sans se lever.

— Un messager de Lawenydd.

Kiera leva brusquement la tête.

— Il dit s'appeler Joseph, précisa Morwenna.

— Joseph ? s'écria Kiera en bondissant si vivement qu'elle se heurta le genou contre la table.

Enfin des nouvelles d'Elyn ! Elle allait enfin savoir la vérité, connaître les raisons pour lesquelles sa sœur n'était pas venue prendre sa place auprès de Kelan.

Peut-être qu'Elyn était réapparue. Mais oui, c'était sûrement ça...

Dans ce cas, que vas-tu faire ? lui chuchota une petite voix. Tu n'as aucune envie de quitter Penbrooke. Tu aimes Kelan.

Du coin de l'œil, elle repéra une servante qui vaquait mollement à ses occupations.

— Rhynn ! Fais entrer mon invité, je te prie. Et puis... envoie quelqu'un lui préparer une chambre, car il doit être las.

— Bien, milady, répliqua l'aigre soubrette.

— Qui est ce Joseph ? s'enquit Morwenna tandis que Rhynn quittait la pièce.

— Le fils du maître d'écurie.

— Un simple laquais. Et vous lui faites préparer une chambre ?

— Oui ! confirma-t-elle d'un ton sec. Il a... Il apporte sans doute des nouvelles de ma famille.

Joseph entra d'un pas lourd, couvert de boue, les cheveux en bataille et l'air passablement épuisé.

Il était escorté de Rhynn et d'un garde, et il boitait. Il sourit en apercevant Kiera.

— Bonjour, milady ! salua-t-il en se découvrant.

— Joseph !

Elle courut à lui et, sous les regards ahuris de Morwenna et des domestiques, se pendit à son cou. Foin des convenances ! Comme Lawenydd lui manquait, et tous les habitants du château de son père ! Elle avait les larmes aux yeux.

Joseph, gêné, l'embrassa avec maladresse.

— Par tous les saints, qu'il est bon de te revoir ! s'exclama-t-elle en le lâchant pour le regarder. Je t'en prie, entre, entre ! Réchauffe-toi !... Rhynn !

Elle se tourna vers la servante qui restait la serpillière à la main, bouche bée devant l'attitude de sa maîtresse.

— Va chercher de quoi manger et du vin pour mon invité.

Rhynn ne bougeait pas. Kiera en fut agacée.

— Et vite !

— Oh, je... Oui, milady.

Kiera fit signe à Joseph d'approcher du feu, et elle remarqua sa mine. La fatigue n'était pas seule en cause. Il avait l'air dur, agressif. Il faisait de son mieux pour refouler la colère qui lui brûlait le cœur, mais la vérité transparaissait. Mon Dieu ! Il devait y avoir eu un malheur. Cent images atroces vinrent à l'esprit de Kiera.

— Tu es sans doute fatigué, tu as froid. Assieds-toi au coin du feu.

Elle le guida vers le siège qu'elle venait de quitter. Un jeune garçon apportait du bois de chauffage : elle lui fit signe d'en mettre dans la cheminée.

— Oh... excuse-moi... Je te présente la sœur de Kelan, Morwenna.

— Bonjour, milady, lança Joseph.

Mais son visage demeurait grave, et quelque chose dans son regard effrayait Kiera.

— As-tu des nouvelles ? Elles ne sont pas fameuses, je suppose...

Morwenna tendait l'oreille.

— Oui, confirma Joseph.

Kiera sut que le pire était arrivé.

— C'est votre sœur, milady...

— Ma sœur ? répéta-t-elle, affolée.

— Nous pensons qu'elle est morte.

— Ah non ! s'écria Kiera en se levant.

Elyn, *morte* ? Non, non ! Livide, elle rétorqua :

— Ce doit être une erreur...

Elle se refusait à y croire. Bien sûr, il était bizarre qu'elle ne soit pas revenue comme promis, mais il fallait qu'elle soit vivante. Elle était jeune, forte, pleine de vie.

— Non, ce n'est pas possible.

— Elle est sortie à cheval et elle a disparu, expliqua Joseph.

— Mais on va bien la retrouver...

Kiera avait parlé d'une si petite voix qu'elle-même ne la reconnut pas.

— Non, je ne pense pas, soupira-t-il.

Non, trois fois non ! Elyn devait se cacher quelque part. Oui, c'était sûrement ça. On la retrouverait. Blessée peut-être, mais pas morte.

— C'est une erreur, Joseph... Elle a disparu, je le sais, mais... Tu as dit : « Nous pensons qu'elle est morte. » Personne n'en est sûr. Tu as vu son cadavre ?

— Elle avait rendez-vous avec quelqu'un, insista Joseph, le regard perdu dans le feu. Et cette personne a retrouvé son cheval. Elle est tombée dans la rivière, elle a été entraînée par le courant.

Kiera tremblait de la tête aux pieds. Elle se rassit. Malgré le grand feu dans la cheminée, elle se sentait glacée à la pensée d'Elyn en train de se noyer dans la rivière en crue, ses poumons qui s'emplissaient... Elle l'imaginait battant désespérément des bras, luttant contre le courant mortel, figée par l'eau glaciale.

— C'est insensé ! Qui l'a vue ?

— Sir Brock d'Oak Crest.

— Elle s'est noyée sous les yeux de cette brute, et il a été incapable de la sauver ? Non, je n'y crois pas. C'est un félon, un maraud, un faquin !

— Pourquoi mentirait-il ? intervint Morwenna.

Kiera l'avait oubliée, celle-là. Elle était si absorbée par sa conversation avec Joseph qu'elle s'était crue seule avec lui. Or la sœur de Kelan n'avait pas perdu un mot de leur échange.

— Nous connaissons toutes les deux sir Brock, lui rappela Morwenna avec douceur.

Pourtant, elle se méfiait de Kiera.

Celle-ci repassait dans son esprit toute sa conversation avec Joseph. Avait-elle cité le nom d'Elyn ? Après tout, quelle importance ? Maintenant qu'Elyn était sans doute morte... *Morte !* Elle en eut les larmes aux yeux.

Morwenna poursuivit :

— Vous étiez bien amoureuse de lui, jadis ?

— Non, pas moi, rétorqua Kiera sans plus de précision.

Morwenna écarquilla les yeux.

— Mais pourquoi votre sœur avait-elle rendez-vous avec lui ? Vous parlez bien de Kiera, n'est-ce pas ? demanda-t-elle à Joseph qui, gêné, ne quittait pas des yeux les flammes du foyer.

Il hésita et cilla en regardant Kiera.

— Je parle de la sœur de milady, confirma-t-il.

Chargée d'un lourd plateau, Rhynn fit irruption dans la pièce. Elle posa son fardeau sur la petite table. Il y avait une chope de bière blonde, un morceau de fromage et un bol d'œufs, ainsi que du pain blanc.

— Merci, souffla Kiera à la servante. Je... je n'arrive pas à croire tout ça, murmura-t-elle en refoulant ses larmes.

Maints souvenirs lui revenaient de sa sœur aînée, et de leur enfance commune. Elyn était aventureuse : c'était elle qui traversait les ruisseaux à gué l'été, qui montait à cru, qui chassait avec leur père, et qui avait décoché une flèche à l'assaillant de Kiera.

— Et papa ? Et Pénélope ?

Elle secoua la tête, éperdue, et enfouit son visage dans ses mains. Elle pleurait à chaudes larmes.

— Ah, tout cela est atroce...

— Oui, c'est affreux, admit Morwenna en posant une main compatissante sur son épaule.

Kiera releva la tête et, à travers un rideau de larmes, regarda la sœur de Kelan. Morwenna s'était souvent montrée soupçonneuse mais, cette fois, elle s'attendrissait sincèrement.

— Si je puis faire quoi que ce soit...

Kiera renifla.

— Non, il n'y a rien à faire, riposta-t-elle, déchirée entre la colère et les regrets. Personne ne peut plus rien faire...

Wynnifrydd, moulue de fatigue après sa chevauchée effrénée, était hors d'haleine. Elle arrivait en vue du château, au clair de lune.

Penbrooke.

La demeure du baron Kelan et... d'Elyn de Lawenydd.

Brock était certainement en train de fouiller le domaine à la recherche de sa bien-aimée. L'idée de cette trahison était un coup de poignard dans le cœur de Wynnifrydd.

Misérable, infâme menteur !

Elle éperonna sa monture et suivit le chemin défoncé conduisant à Penbrooke. La lune et les étoiles éclairaient vaguement le paysage, et l'air nocturne était glacial. Mais c'est tout juste si la jeune femme s'en apercevait.

Son heure était enfin arrivée. L'heure de se venger de Brock, d'Elyn et de tous ceux qui avaient comploté son humiliation, quand son fiancé l'avait abandonnée au pied de l'autel. Elle serra les mâchoires et baissa la tête, poussant sa monture. Le vent de la course lui sifflait aux oreilles.

Brock, Elyn et tous leurs complices allaient s'en mordre les doigts !

Kiera ouvrit la porte de la chambre.

Joseph, qui était couché, ouvrit un œil et s'assit sur son lit avec effort.

— Non, ne bouge pas, dit-elle en traversant la pièce plongée dans la pénombre. Je viens juste voir si on s'occupe bien de toi.

— Ça n'arrête pas ! avoua le garçon d'écurie qui n'en demandait pas tant. Nell m'a servi un repas arrosé d'hydromel, une autre fille m'a apporté un linge humide bien chaud pour me nettoyer, le chapelain est venu prier à mon chevet, et le médecin m'a pansé la jambe.

— C'est ça, Penbrooke ! expliqua Kiera avec un sourire.

Il hocha la tête.

— Repose-toi, continua-t-elle. Je ne vais pas te déranger davantage.

— Mais vous ne me dérangez pas, milady, soupira-t-il. J'ai assez dormi, je pense. Je ne fais que ça depuis mon arrivée.

— Tu en avais besoin.

Joseph n'avait pas l'air convaincu. Ses guenilles chauffaient sur un tabouret devant la cheminée. Ses deux couteaux étaient posés près de ses bottes ; il y avait un grand couteau de chasse qu'il portait à la ceinture, et une petite dague qu'il cachait dans une botte.

— Ce que je regrette, c'est de ne pas avoir sauvé la lady, confessa-t-il d'une voix enrouée.

— Et moi donc ! renchérit Kiera.

Elle avait le cœur dévoré de remords. Le moment était venu de mettre de nouveau son âme à nu et, cette fois, de convaincre Kelan de la véracité de ses aveux, dût-il la quitter. Elle l'avait attendu toute la journée, mais il n'était pas rentré.

La nuit était tombée depuis des heures, et la jeune femme avait passé la soirée l'oreille aux aguets, espérant entendre sa voix au rez-de-chaussée ou le bruit de ses bottes dans l'escalier. Elle mesurait à quel point elle l'aimait. Chaque fois qu'elle le voyait, son cœur battait plus vite. Dès qu'il la touchait, une chaleur irradiait en elle. Elle n'avait qu'un désir : vivre à ses côtés, s'adapter aux coutumes du château et faire l'amour tous les soirs avec lui.

Petite écervelée, se gronda-t-elle.

Maintenant, il faut libérer ta conscience, et te confier à lui. Car tu portes peut-être son enfant. Déjà, tu as une journée de retard, toi qui es réglée comme un astre…

Cette éventuelle grossesse était réconfortante, dans une certaine mesure. Mais, tant qu'elle n'aurait pas dit toute la vérité à Kelan, elle ne trouverait pas de véritable réconfort.

— C'est la faute de lord Brock, bougonna Joseph.

— C'est Elyn qui a décidé d'aller le rejoindre.

— Eh bien, il aurait dû la sauver, décréta-t-il avec une moue de dégoût. Je lui arracherai son cœur félon. Et elle, j'aurais dû l'empêcher de partir. J'aurais dû lui refuser ce cheval.

— Mais tu ne pouvais pas, rétorqua Kiera en posant la main sur l'épaule du jeune palefrenier. Nul ne pouvait l'empêcher d'aller rejoindre Brock, ni lui refuser ce qu'elle désirait.

— Eh oui, c'est une lady et moi je ne suis qu'un serviteur, ricana-t-il.

C'était la première fois que Kiera entendait Joseph se plaindre de son statut.

Il soutint son regard, elle y lut le défi. Elle reconnut également la façon rebelle dont il serrait les mâchoires.

— Et elle est morte.

— Tu n'as aucun reproche à te faire, assura-t-elle.

— Et vous non plus, milady. Mais sir Brock est coupable comme Satan en personne, et il en répondra.

— Tais-toi. Nous reviendrons sur ce sujet plus tard. Maintenant, il faut que tu te reposes.

Elle constata qu'il jetait un coup d'œil à ses vêtements, comme s'il avait l'intention de s'habiller dès qu'elle aurait quitté la pièce. Elle ne pouvait l'en blâmer. Elle non plus ne tenait pas en place.

Kiera se retira dans sa chambre, sans cesser de penser à sa sœur et à Kelan. Elle regarda par la fenêtre. La lune se levait sur les remparts de Penbrooke, baignant d'argent les murs de pierre. Elle se fit une raison : le baron ne serait pas de retour avant le matin. Elle porterait donc son mensonge une nuit de plus.

Oui, elle avait dit la vérité à Kelan, mais sans la vigueur nécessaire. Demain, se jura-t-elle, elle se montrerait plus énergique ; elle le convaincrait que sa véritable femme était morte et qu'elle, Kiera, avait accumulé mensonge sur mensonge depuis leur parodie de mariage. Et elle en subirait les conséquences.

Une fois qu'il aurait admis la vérité, il lui administrerait un châtiment exemplaire. Mais, si douloureuse que soit la punition, Kiera la préférait à la haine. Nulle sentence ne pourrait être pire que de voir son mari ne plus supporter sa présence.

— Que Dieu me garde ! soupira-t-elle en traçant le signe de croix sur sa poitrine.

Elle était incapable de supporter une plus longue attente dans cette pièce. Elle endossa son manteau et descendit vivement dans la grande salle ; seuls quelques domestiques circulaient dans les sombres couloirs. Les chiens dormaient près du feu mourant ; ils levèrent la tête, indolents, quand elle sortit par la grande porte devant laquelle une sentinelle était postée.

— Vous sortez, milady ? s'étonna le garde.

— Oui, Jeffrey. Je vais faire un tour.

— Mais il fait noir.

— Je sais. Juste un petit tour.

Avec un sourire, elle s'éloigna.

Dehors, le froid était coupant ; la bise poussait des feuilles mortes sur le sentier. On apercevait de la lumière dans plusieurs cabanes. Kiera entendit au passage des conversations, un rire étouffé. Les ailes du moulin à vent tournaient dans l'obscurité. Dans le lointain hurlait un loup solitaire.

Elle ne savait où aller. Elle avait besoin de marcher pour réfléchir, pleurer sa sœur, et répéter ce qu'elle dirait à l'homme qui persistait à la prendre pour une autre. Ses bottes faisaient craquer le sol gelé, chaque expiration lançait une volute de vapeur dans l'air nocturne. Elle avait les joues glacées et songeait à Elyn, entraînée dans les flots…

— Que Dieu soit avec toi, ma sœur, soupira-t-elle en passant devant la mare aux anguilles.

La lune se reflétait sur l'eau. Elle tergiversait. Lorsque Kelan rentrerait, faudrait-il lui assener la vérité d'entrée de jeu, ou commencer par se donner à lui ?

Elle crut entendre des pas derrière elle et se retourna, mais ne vit personne. Pourtant elle sentait une présence, comme si quelqu'un l'observait. Quelle sottise !

— Kiera !

La jeune femme se figea. Nul ne connaissait son vrai nom…

— Par ici ! reprit la voix, la voix faible de quelqu'un qui souffrait.

Elle scrutait en vain l'obscurité.

— Kiera ! reprit la voix, plus fort cette fois.

Elyn !

Mais c'était impossible. Elyn était morte, noyée dans la rivière…

Le cœur battant, Kiera passa devant la meule de foin et le puits, longea le potager.

Rêvait-elle ? Son esprit lui jouait-il des tours en évoquant la voix de sa sœur ? Plissant les yeux, elle remarqua une silhouette cachée derrière la cage du furet. Une femme avançait en titubant, silhouette fantomatique, vêtue d'une tunique en loques et d'une cape bordée de fourrure. Elle fit un nouveau pas, chancela.

Elyn ! C'était Elyn ! Mon Dieu, elle était vivante ou…

Kiera se pétrifia. Était-ce sa sœur, ou un fantôme ?

26

Le cœur battant, Kiera se précipita.

En larmes, elle l'enlaça avec fougue. Ce n'était ni un esprit ni une apparition, mais bien sa sœur de chair et de sang, raide de froid et fort mal en point.

— Dieu merci, tu es vivante ! Je t'ai crue noyée ! Où étais-tu ? Je t'ai attendue si longtemps… Que t'est-il arrivé ?

Kiera recula et lut dans les yeux de son aînée une expression hagarde qui la vieillissait de dix ans.

— Tu ne savais même pas ce que j'étais devenue et ça ne t'a pas empêchée d'occuper ma place, lança Elyn, pâle comme un suaire. Je suis sûre que tu n'as pas songé un instant qu'il te faudrait me la rendre.

— Mais c'est toi qui as voulu ! Tu es partie.

Qu'est-ce qu'Elyn s'imaginait ? Où allait-elle chercher des accusations aussi saugrenues ? Venait-elle récupérer Kelan et en faire son mari ? C'était trop tard.

Quelqu'un toussa dans la tour : une sentinelle. Kiera entraîna sa sœur sur le sentier en direction des écuries.

— Je ne me suis jamais considérée comme la femme de Kelan.

— Ne mens pas, répondit Elyn en se tenant la taille comme si elle souffrait.

— Je ne mens pas. Tu n'es pas rentrée à Lawenydd, et tu n'étais pas ici non plus quand nous sommes arrivés. Elyn, je ne voulais pas de cette imposture. L'idée est de toi. Tu m'as plantée là sans un mot pour affronter seule – comment l'appelais-tu ? la brute de Penbrooke.

Kiera était prise de colère. Comment sa sœur avait-elle le culot de lui faire des reproches ?

— Tu m'as abandonnée. Et pour être avec Brock, en plus. Tu as oublié ?

Elyn esquissa une sinistre grimace.

— Brock, répéta-t-elle comme s'il était mort.

— Oh, je t'en supplie, continua Kiera un ton plus bas en remarquant la douleur de sa sœur, ne nous disputons pas. Je suis comblée de joie de te voir vivante. Joseph est venu m'annoncer que tu t'étais noyée dans la rivière et je… je croyais ne jamais te revoir.

— J'ai entendu courir des bruits, ma sœur, chuchota Elyn qui n'en démordait pas. Je me suis cachée dans un placard près des cuisines, j'ai entendu les servantes jaser. La moitié sont amoureuses du seigneur et se vantent de vouloir coucher avec lui, mais elles considèrent qu'elles n'ont maintenant aucune chance, car le baron est très épris de sa femme, c'est-à-dire de toi. Elles affirment que vous êtes amoureux, qu'il n'a jamais été aussi heureux de sa vie.

La voix d'Elyn avait grimpé d'une octave à chaque accusation. Elle écarta péniblement une mèche qui lui tombait sur les yeux.

— Alors, c'est vrai ? Tu l'aimes ?

Kiera était incapable de mentir. Des mensonges, elle en avait assez proféré comme ça. Un vent glacé balayait la cour et lui cinglait le visage. Elle aimait Kelan de Penbrooke de tout son cœur. Impossible de le dissimuler.

— Oui, reconnut-elle en acquiesçant de la tête. C'était inattendu, ça aussi…

Elle tendit le bras pour toucher sa sœur, mais Elyn recula vivement, comme si le contact lui répugnait.

— Et il t'aime ?

— En tout cas, il le dit.

— Alors, tu as *couché* avec lui ? Vous avez fait l'amour ?

— Oui, chuchota-t-elle.

— Je le savais !

— Comment faire autrement ? rétorqua Kiera avec une bouffée de colère.

Elle entendit vaguement du bruit dans la cour, mais elle était tellement outrée des accusations et récriminations ridicules d'Elyn qu'elle n'en avait cure.

— Tu étais censée revenir le soir même, lui rappela-t-elle. J'ai tenté de me refuser à lui, mais tu m'as abandonnée. J'ai cru en ta parole : j'ai attendu, attendu… Pénélope et Hildy aussi.

— J'ai été retenue.

— Je l'ai drogué avec le somnifère mais, le lendemain, il m'a prise sur le fait. J'ai fouillé tout le château pour te retrouver, j'ai menti à papa, je me suis fait un sang d'encre… J'ai fait tout ce que tu avais demandé, ça n'a pas marché et ce n'est pas ma faute. La seule chose que tu peux me reprocher, c'est d'être tombée amoureuse de lui.

En dépit de tout et des serments que je m'étais faits, je l'aime.

— Alors, tu veux rester sa femme ?

— Non… Je ne veux pas être sa femme en continuant à me faire passer pour toi, reconnut Kiera. Mais tu ne peux pas débouler maintenant sans autre forme de procès et faire semblant que tu as été sa femme depuis le départ. Trop de temps s'est écoulé. Tout le monde ici me connaît. Kelan lui-même me considère comme son épouse. C'est bien ce que tu voulais, n'est-ce pas ? Tu n'as jamais eu l'intention de revenir.

Ce soupçon tourmentait Kiera depuis le mariage. Elyn pinça les lèvres et ne répondit pas.

— Parle-moi de Lawenydd.

— Hildy et Pénélope ont gardé le secret, et raconté que j'avais quitté Lawenydd pour te tenir un moment compagnie. J'ai menti, j'ai dit que tu m'avais demandé de t'accompagner à Penbrooke : comme ça, papa ne m'a pas cherchée. À présent, il a appris la vérité et il est furieux contre nous toutes. Je le sais parce que Joseph est ici, à Penbrooke.

Blessée par les injustes accusations d'Elyn, elle se détourna.

Un cheval hennit bruyamment dans sa stalle. Incapable de regarder Elyn en face, Kiera posa la question fatidique.

— Pourquoi n'es-tu pas revenue comme promis ? Qu'est-ce qui t'a retenue ?

Il y eut un long silence. Kiera se retourna : Elyn était affalée contre le mur de l'écurie, les deux bras autour du torse.

— Je suis impardonnable, admit-elle en fondant en larmes. J'ai cru que Brock…

Sa voix se brisa et elle frissonna.

— C'est vrai, je n'avais pas l'intention de revenir, Kiera. Brock et moi avions prévu de nous enfuir. Mais il a changé d'avis. Il a prétendu qu'il était obligé d'épouser Wynnifrydd, car elle était enceinte. Heureusement, il n'a jamais su que je l'étais aussi. Mais c'est du passé.

— Toi, enceinte ? Qu'est-ce que tu racontes ?

On entendit grincer la herse, et le martèlement sourd de chevaux sur le sol gelé.

— Oui, Kiera. Je portais l'enfant de Brock. C'est pour ça que je ne pouvais pas épouser Penbrooke. Je voulais vivre avec...

Elle se tut, étranglée par les sanglots. Puis, comme si elle s'était elle-même giflée, elle inspira profondément.

— Mais quand il m'a annoncé la grossesse de Wynnifrydd, je me suis enfuie. Je ne pouvais pas... Je ne pouvais plus supporter de rester avec lui. Le cheval a bronché et j'ai fait le plongeon dans la rivière. J'ai failli me noyer mais on m'a sauvée, et j'ai survécu. En revanche, j'ai perdu le bébé.

Kiera compatissait de tout cœur. Et si cela lui arrivait à elle ? Si elle perdait l'enfant ? Y avait-il quelque chose de plus tragique ?

— C'est affreux, Elyn...

Elle se tourna pour embrasser sa sœur, mais celle-ci l'arrêta en levant la main.

— Alors je suis revenue, soupira-t-elle. Pour dire la vérité à mon mari.

Elle s'appuya lourdement contre le mur, comme si ses jambes ne la portaient plus.

— Sauf que maintenant tu es amoureuse de lui, et peut-être enceinte de ses œuvres. Décidément, quel gâchis j'ai fait !

— On va arranger ça, déclara Kiera en saisissant le bras de sa sœur d'une main ferme. Viens, tu es épuisée. Rentrons. Tu vas te reposer et dîner. Nous bavarderons.

— À quoi bon parler ?

À la lueur de la lune, elle était d'une pâleur spectrale.

— Nous devons la vérité à Kelan. J'ai essayé de tout lui avouer, mais il ne m'a pas crue.

Le bruit de sabots s'amplifiait derrière elles. Kiera se figea une seconde et pivota lentement. C'était Kelan.

— La vérité, répéta le chevalier, qui avait entendu sa dernière réplique.

Il avait l'air fermé, impitoyable. Ses lèvres étaient fines comme une lame, et ses yeux glacés.

— Et quelle est-elle, la vérité ?

Il mit pied à terre. Un autre cheval arrivait, monté par le shérif. Lentement, Kelan approcha. Kiera avait l'impression de voir la scène au ralenti. Il avait les dents serrées.

— Explique-toi, gronda-t-il.

Elle leva la main pour lui toucher le torse, mais il la saisit par le poignet et la foudroya du regard.

— Alors, ma chère épouse ? demanda-t-il en la serrant à lui broyer les os. Qu'as-tu à dire pour ta défense ? Qui est cette femme qui te ressemble tant ? Est-ce ta sœur ?

— Oui, répondit-elle, malade de honte.

— Kiera ? demanda-t-il d'un ton menaçant.

Elle regarda Elyn, puis fit signe que non.

— En tout cas, ce n'est pas la benjamine Pénélope. Elle, je l'ai vue aux noces.

Il réfléchit. Il essayait de démêler l'écheveau de doutes, de soupçons et de mensonges.

— Ou bien est-ce l'inverse ? suggéra-t-il d'un ton mordant.

Sur son étalon, le shérif se racla la gorge.

— Milord ?

— Occupe-toi des chevaux, répliqua Kelan. Viens, *ma femme* ! Viens dans la grande salle. Et vous aussi ! ordonna-t-il à Elyn. Nous avons beaucoup à nous dire.

— Elle est malade, protesta Kiera.

— On la soignera, mais je refuse de continuer cette conversation au milieu de la cour !

Il l'entraîna par le bras tandis qu'Elyn, drapée dans ce qu'il lui restait de dignité, levait le menton et les suivait à quelques pas.

Enfin, le moment du grand règlement de comptes était venu. Kiera avait les entrailles nouées. Quelques gardes les virent passer, mais ne dirent mot.

Une fois dans la grande salle, il désigna de sa main libre un fauteuil devant l'âtre.

— Vous, qui que vous soyez, asseyez-vous ! dit-il à Elyn.

Elle hésita, voulut protester, mais lut assez de détermination dans les yeux gris de Kelan pour ne pas insister. Elle se laissa tomber sur le siège devant le feu.

— Alors, qui êtes-vous ?

Elyn, très malheureuse, cherchait ses mots.

— Je suis…

— … ta femme ! intervint Kiera, car c'est à elle qu'il revenait de dévoiler la vérité.

— Tiens, tiens !

Kiera confirma de la tête et comprit la fureur de Penbrooke. Il savait tout. Depuis qu'il avait aperçu les deux sœurs dans la cour, et peut-être avant.

— Oui, Elyn de Lawenydd.

— Alors, hier soir, tu disais la vérité quand j'ai cru que tu plaisantais ? demanda Kelan avec une rage froide. Pourquoi ne m'as-tu pas éclairé... Kiera ? Car c'est bien ton nom, n'est-ce pas ?

Mon Dieu, viens à mon secours ! Il la fixait avec une telle férocité qu'elle aurait préféré disparaître sous terre.

— Oui, Kelan, souffla-t-elle. Je suis Kiera, la sœur d'Elyn.

— Mais c'est toi qui as vécu ici avec moi depuis...

Sa phrase resta en suspens. Kiera savait à quoi il pensait : le comportement aberrant de la mariée pendant la cérémonie et, juste après, son refus de siéger au festin ; sa prétendue maladie, les fioles cachées, la torpeur insolite dont il avait souffert.

— Tu m'as trompé depuis le début, continua-t-il. Tu m'as menti, ainsi qu'à ma famille... La fois en revanche où tu as dit la vérité, j'ai cru que tu plaisantais. Qu'ai-je fait pour mériter une femme pareille ? Comment puis-je te faire confiance à présent ? Celle que je prenais pour mon épouse est une usurpatrice, et mon épouse légitime est une menteuse et une voleuse de chevaux. Avec vos complots, vous avez préparé ma ruine et le déshonneur de ma famille.

Kiera était blafarde.

— Non ! rétorqua-t-elle faiblement.

Elle se contraignit à croiser le regard furieux de Kelan.

— Jamais de la vie ! insista-t-elle.

— Vous osez nier que vous avez délibérément cherché à me ridiculiser ? demanda-t-il aux deux sœurs.

— Pardonne-moi, chuchota Kiera. Ce n'était pas mon… notre intention.

— C'était quoi, alors ? hurla-t-il.

Kiera savait qu'il lui fallait tenir bon. Enfin, elle tenait sa chance d'expliquer en totalité ce plan délirant.

— C'était pour une nuit seulement, dit-elle précipitamment. Je devais remplacer Elyn à la chapelle, puis me cacher dans la chambre et m'assurer que tu ne t'en irais pas… Les fioles, c'était pour te faire dormir comme une souche et pour que tu trouves à ton réveil les draps souillés de sang… afin de te faire croire…

Elle déglutit.

— Afin de me faire croire que nous avions fait l'amour, acheva-t-il, rêveur.

— Oui… Je sais que ça semble bête et même fou, mais… En tout cas, c'était mal, mais nous nous étions dit que cela ne ferait de tort à personne et que, au-delà de la première nuit, Elyn reviendrait et que… chacune reprendrait sa place.

— Chacune sa place… répéta-t-il d'une voix blanche.

Un tic lui faisait tressauter la paupière.

— Je ne te crois pas, décréta-t-il.

— Pourquoi mentirais-je ?

— Voilà toute la question, en effet ! ironisa Kelan qui lui broyait toujours le poignet de ses doigts impitoyables.

— Kiera dit la vérité, intervint Elyn. Je ne voulais pas vous épouser, parce que c'est mon père qui vous a choisi. J'estimais avoir le droit de choisir moi-même mon futur mari. Papa, bien sûr, était d'un avis contraire. Il m'a traitée comme un bien que l'on peut troquer.

Il fronça les sourcils.

— Mais pourquoi êtes-vous convenues de toute cette comédie ?

— Elle m'avait sauvé la vie, expliqua Kiera. Je t'ai parlé d'Obsidian, le cheval que tu as baptisé Arès. La nuit où je l'ai sorti, je suis tombée sur un bandit qui m'a attaquée. Elyn m'avait suivie, elle a blessé mon agresseur avant que celui-ci ne me fasse le moindre mal. Elle m'a sauvé la vie et... je lui ai juré qu'en retour je serais prête à faire n'importe quoi pour lui rendre service.

— Et ce service, ce fut de la remplacer durant la cérémonie de mariage, et de coucher avec moi pendant qu'elle était... où, au juste ? s'enquit Kelan en se tournant vers Elyn.

Celle-ci avait toujours les cheveux collés de crasse et son manteau en loques. Malgré sa piteuse tenue, elle leva le menton, rejeta sa chevelure derrière son épaule et le fixa avec insolence, muette.

Kiera, incapable de trahir sa sœur, ne disait mot. Le silence dans la pièce était lourd. Seul le feu chuintait dans la cheminée.

— Parlez, Elyn de Lawenydd !

— D'accord. Kiera a dit la vérité, confirma Elyn en refoulant ses larmes.

Elle se frottait les épaules comme si elle était frigorifiée.

— Tout ce qu'elle a dit est vrai, insista-t-elle en se levant. L'idée de ce projet est de moi. Je l'ai contrainte à y participer à cause du serment qu'elle m'avait fait.

— Comment cela, *contrainte* ?

— Elle était mon obligée. En me remplaçant devant l'autel et en faisant semblant d'être moi, elle a remboursé sa dette. Elle a fait cela pour une question d'honneur, quoi que vous puissiez croire. Et le fond de la vérité, Kelan de Pembrooke, c'est que je suis votre femme légitime, et que j'entends prendre ma place à vos côtés… Ma sœur a échangé avec vous mon consentement, en mon nom et avec mon accord.

Ces mots glacèrent Kiera.

— Vous n'êtes pas ma femme et vous n'êtes pas près de le devenir, cracha Kelan, dégoûté.

Il regarda Kiera, qui perçut sa douleur.

— On vous enfermera dans deux chambres séparées jusqu'à ce que j'aie tiré tout cela au clair ! décida-t-il.

Le tocsin retentit soudain. À l'extérieur, il y eut des cris, des bruits de bottes.

— Que se passe-t-il ? bougonna Kelan en saisissant son épée.

Tadd et Morwenna dévalèrent les escaliers et s'arrêtèrent net en pénétrant dans la grande salle.

— Elyn ! s'exclama Morwenna, les yeux ronds, reconnaissant la jeune femme.

— Qu'est-ce qui se passe ? demanda Tadd.

— On dirait que je n'ai pas épousé la sœur qu'il fallait, expliqua Kelan.

La porte s'ouvrit à la volée et un garde entra en traînant une femme échevelée qui hurlait. Elle avait l'air à moitié folle, et donnait une grêle de coups de pied et de coups de poing au soldat.

— Lâche-moi ! vociférait-elle.

Du regard, elle fit le tour des personnes présentes dans la pièce, et s'arrêta sur Elyn.

— Je le savais ! s'exclama-t-elle en se dégageant.

— Qui êtes-vous ? questionna Kelan.

— Wynnifrydd de Fenn, répondit Elyn avec animosité.

— Où est-il ? Brock ? Je l'ai suivi ici ! gronda Wynnifrydd en piquant droit sur Elyn, comme si elle allait lui arracher les yeux.

Tadd s'interposa.

Wynnifrydd scruta tous les coins de la pièce.

— Il est ici, mais vous l'avez caché, ce lâche. Un pouilleux de palefrenier l'a traîné jusqu'à Lawenydd, mais il s'est évadé et il est venu ici pour se rendre compte par lui-même si cette catin était morte ou vive, dit-elle en désignant Elyn. Où est-il ?

— Ça suffit ! ordonna Kiera. Brock n'est pas là.

— Où est-il, alors ? demanda Wynnifrydd tandis qu'Elyn se levait.

Elle était faible et plus petite que sa rivale, mais la défiait du regard.

— Je croyais qu'il devait t'épouser. Que tu étais enceinte de lui, déclara-t-elle.

Wynnifrydd cilla.

— Tu n'as jamais été enceinte, devina Elyn.

Elle était blême. Une souffrance indicible se lisait sur son visage.

— Tu lui as menti pour te faire épouser. Ce bébé n'a jamais existé…

— Il faut que je le trouve.

— Sorcière hideuse ! hurla Elyn en se jetant sur Wynnifrydd.

Elle projeta sa rivale sur le sol dallé. Elles se battaient comme des poissonnières en s'invectivant.

— Attendez ! Arrêtez ! s'écria Kiera.

Elle se joignit à la mêlée pour tenter d'arracher sa sœur à Wynnifrydd. Mais les deux combattantes étaient déchaînées ; elles s'arrachaient les cheveux, se prenaient à la gorge.

Kiera entrevit l'éclair d'un poignard.

— Attention ! hurla-t-elle lorsque Wynnifrydd leva son arme au-dessus de la poitrine d'Elyn. Non !

Elle se précipita.

Et Wynnifrydd frappa de toutes ses forces.

Kiera reçut le coup en pleine poitrine. Avec un rugissement féroce, Kelan projeta Wynnifrydd au loin.

— Non ! Oh non...

Wynnifrydd se reçut durement sur les dalles de granit mais, bien qu'endolorie, elle se remit debout tout de suite. Tadd lui lança un fauteuil pour tenter de l'arrêter mais, telle une furie, elle tranchait et coupait tout ce qui se présentait sur son chemin.

— Arrête ! ordonna Tadd en la saisissant par la taille.

Il la souleva et l'entraîna au fond de la pièce. Elle s'égosillait, le criblait de coups de pied. Elle lui planta son poignard dans le bras.

— Par Jésus-Christ, arrête ! grogna-t-il.

Il lui saisit le poignet et le martela contre le mur, jusqu'à ce que ses doigts s'ouvrent. La lame tomba sur le dallage avec un tintement clair.

— Appelez le médecin ! aboya Kelan en tenant Kiera contre lui.

La jeune femme sentait que sa blessure saignait. Sa vue s'obscurcissait, mais la force des bras de Kelan était réconfortante. Et puis, Elyn était vivante... vivante ! Kiera sentait la vie l'abandonner ; la sombre tache s'étendait sur ses vêtements.

Kelan la maintenait tendrement.

— Pardon ! balbutia-t-elle en levant la main pour lui caresser la joue. Je t'aime.

Elle espérait un aveu analogue en retour, mais en fut pour ses frais. Tandis qu'elle glissait lentement dans l'inconscience, elle sut qu'il ne lui pardonnerait jamais.

Elle emporterait ses remords dans la tombe.

27

— Tu comptes la punir longtemps ? demanda Morwenna.

Elle aperçut un cerf, banda son arc et décocha une flèche. Le projectile passa en sifflant au-dessus du garrot de la bête. Celle-ci bondit, agile, et disparut dans le sous-bois.

— Flûte !

Les chiens s'élancèrent en meute derrière leur proie, mais il était trop tard.

La jeune femme se tourna vers son frère qui, du haut de sa selle, regardait le cerf s'enfuir.

— Tu ne vas pas la garder bouclée comme un vulgaire maraud. Tadd, Bryanna, Daylynn et moi sommes d'accord. Il faut mettre fin à cette folie.

Cela faisait près de deux mois que Kiera avait été blessée par Wynnifrydd de Fenn, lors d'une crise de démence qui ressemblait, avec le recul, à un étrange cauchemar.

— Pourquoi pas ? rétorqua-t-il en mettant pied à terre. Ça porte malheur, ça.

Il voulait parler du gibier qui s'enfuyait.

— Il n'y a pas de raison de faire payer plus longtemps Kiera. C'est cruel de ta part. Tu as suffisamment marqué ta réprobation.

— Je suis en train de faire annuler le mariage avec Elyn.

— Et ensuite ?

— Je ne sais pas, dit-il en haussant les épaules.

Il avait toujours le cœur brisé. Il avait aimé cette femme qui avait fait semblant d'être la sienne. Il lui avait fait confiance envers et contre tous. Elle avait fait de lui la risée de toute la région.

Il avait mis Elyn devant ses responsabilités. Il lui avait donné le choix entre passer en justice et entrer au couvent. Personne n'avait été surpris qu'elle se sente brusquement portée à la dévotion.

— Qu'est-ce que cela peut te faire ? reprit-il. Tu n'as jamais fait confiance à Kiera.

— J'ai senti que quelque chose n'allait pas chez elle, admit Morwenna en remettant son arc sur son épaule. Mais il ne fait pas de doute qu'elle t'aime, Kelan. Elle est vraiment malheureuse. Cette situation est navrante, car tu ne trouveras jamais femme plus dévouée.

— Même si c'est une menteuse ?

— Parfaitement.

Morwenna se hissa sur sa jument.

— Un conseil, mon frère. Ne la perds surtout pas car, à mon avis, ce que Kiera ressent pour toi, c'est le grand amour. Tu n'es pas obligé de me croire mais, dans tout le pays de Galles, il y a des chevaliers plus dignes d'amour que toi.

— Ah bon ? répliqua-t-il d'un ton faussement indigné.

— Surtout maintenant. Tu es tellement désespéré qu'aucune femme – si elle a un minimum de plomb dans la cervelle – ne te supportera.

Sur cette pique, Morwenna éperonna sa monture et rentra au château.

Kelan entendit s'éloigner les sabots de la jument. Elle a raison, se dit-il à contrecœur. Il se sentait déchiré.

Une fois, il avait quitté Penbrooke avec l'intention de n'y jamais revenir. Mais l'exil loin de sa famille et de son château était trop douloureux. Jadis, il avait convaincu son père de mettre un terme à son bannissement. Et maintenant... maintenant, il désirait Kiera. Toutes les nuits, il gisait sur sa couche en ne pensant qu'à elle. À son odeur, à son rire, à la chaleur de sa peau contre lui.

Mais l'amour-propre lui interdisait d'aller la voir. Il avait accepté qu'elle reste à Penbrooke jusqu'à la naissance de l'enfant. Ensuite, elle partirait. Mais sans le bébé. C'était son héritier.

Mais ce sera un bâtard, car tu n'as jamais été marié à Kiera, se dit-il.

À moins que tu ne reconnaisses l'enfant...

Kelan maudissait le jour où il avait rencontré cette timide mariée, dissimulée derrière son voile. Dès l'instant où il avait posé les yeux sur elle, il était tombé amoureux. Elle savait ce qu'elle voulait, cette chipie. Ne s'était-elle pas jetée sous le couteau de Wynnifrydd pour protéger Elyn ? Elle avait failli y laisser la vie.

Mais pouvait-il lui faire confiance ? Après tant de mensonges ?

Kelan remonta en selle et scruta l'horizon ; des nuages défilaient au-dessus des collines boisées. Pour la première fois de son existence, il ne savait que faire. Tous les jours, son cœur saignait à cause des mensonges de Kiera, de sa trahison... Pourtant, la perspective de vivre sans elle était insupportable.

Il éperonna son cheval et sentit les muscles puissants de sa monture prendre leur cadence. Le vent lui sifflait aux oreilles.

Il n'y pouvait rien : il était toujours amoureux de la femme qui l'avait trahi.

— Je pars, annonça Joseph.

Kiera ouvrit un œil. Sa blessure lui faisait encore mal, elle avait la migraine, et tout le poids de son malheur dans le cœur.

Elle était enfermée dans cette pièce et autorisée seulement à y faire les cent pas. Elle n'avait pas le droit de se joindre aux autres habitants du château, dans la grande salle. Deux fois par jour, on lui autorisait une brève promenade sous surveillance d'un garde.

Elle se frotta distraitement le ventre ; celui-ci ne s'arrondissait pas encore, mais Kiera savait que l'enfant était là. L'enfant qu'elle allait abandonner. Cette séparation inévitable lui causait une douleur profonde. Ce bébé encore à naître, elle l'aimait déjà de tout son cœur. Comment l'abandonner entre les mains de son père ?

Joseph la regardait tristement, comme s'il ressentait sa souffrance.

— Où vas-tu ? demanda-t-elle.

— Je l'ignore. Je suis banni de Lawenydd, et Elyn est partie. Peut-être vais-je me joindre à une bande de vagabonds.

Il s'assit au chevet du lit. Son visage s'assombrit.

— Et puis, j'ai une tâche à achever.

— Brock d'Oak Crest, dit-elle, navrée.

Elle connaissait la détermination de Joseph à en finir avec ce sinistre personnage.

— Tu ne peux pas t'installer à Serennog, rejoindre Hildy ? Elle doit se sentir seule, maintenant que papa l'a bannie.

Autre conséquence tragique de l'imposture de Kiera.

— Je ne crois pas... Eh bien, cette fois, adieu, milady.

Kiera le regarda s'éloigner, le cœur lourd. Elle n'était pas chez elle à Penbrooke ; elle aussi partirait, dès qu'elle aurait mis l'enfant au monde.

Et ensuite ? Rentrerait-elle à Lawenydd sans son bébé ? Pour vivre dans ce château où son père ne lui pardonnerait jamais sa trahison ?

Cette éventualité était atroce. Kiera ne pouvait concevoir qu'on lui arrache son enfant, pour quelque raison que ce soit. Et elle ne pouvait retourner chez elle. Llwyd de Lawenydd était entré dans une fureur terrible quand il avait appris toute l'affaire. Non content de bannir Hildy, il avait approuvé la décision de Kelan concernant Elyn : il avait contraint celle-ci à prendre le voile. Et il avait fait savoir qu'il ne recevrait pas Kiera à bras ouverts. Elle était la honte de la famille, une femme souillée, une menteuse, et à peine mieux qu'une catin.

Avant son départ, Elyn avait conseillé à sa sœur d'aller à Serennog voir Geneva.

Mais Kiera se refusait à quitter son enfant.

Pourtant, elle ne pouvait le prendre avec elle. Kelan la poursuivrait jusqu'au bout du monde.

Kiera estima que sa situation devenait insupportable. Son oisiveté alimentait ses sinistres réflexions. Sa blessure était presque guérie, mais elle avait passé trop de temps enfermée. Elle se releva et sortit. Le garde était à sa porte.

— Je veux voir le baron, déclara-t-elle.

La sentinelle secoua la tête.

— Vous savez qu'il ne vous recevra pas, milady.

— Je t'en prie, Paul, conduis-moi au petit salon.

— Il m'a donné pour instruction de vous garder enfermée ici.

— Mais j'ai besoin de lui parler !

— Je ne puis aller contre sa volonté, trancha la sentinelle.

À cet instant, Tadd arriva par l'escalier.

— Moi, je peux, annonça-t-il, car il avait entendu leur conversation.

Il prit la jeune femme par la main.

— J'en prends la responsabilité, Paul.

— Mais…

— J'ai dit que je prends cette responsabilité. Venez, milady.

— Il va être furieux, l'avertit Kiera.

— Ça lui fera du bien.

— Vous n'êtes pas obligé de faire ça pour moi.

— Peut-être est-ce pour lui que je le fais, rétorqua Tadd avec une esquisse de sourire. D'ailleurs, cela fait bien deux jours qu'il ne m'a pas hurlé dessus. Cela lui en donnera l'occasion…

Il la tira avec douceur par le bras, et la guida pour descendre les escaliers jusqu'à la grande salle.

— Mon frère est malheureux sans vous, expliqua-t-il en entrant dans la vaste pièce.

Il fit signe à une servante d'apporter du vin. La fille se hâta de filer en cuisine.

— Et j'en ai assez de ses sautes d'humeur.

— Que comptez-vous faire pour y remédier ? demanda Kiera comme Nell apparaissait avec deux chopes et une cruche de vin.

— La seule chose possible, répondit-il avec un

clin d'œil. Lady Kiera de Lawenydd, voulez-vous me faire l'honneur de m'épouser ?

— Que… Quoi ? bégaya-t-elle, stupéfaite.

À cet instant, la porte s'ouvrit. Morwenna et Kelan entrèrent.

— Vous m'avez parfaitement entendu, confirma Tadd un ton plus haut. J'ai l'honneur de vous demander votre main !

— Qu'est-ce que c'est que cette histoire ? grommela Kelan en approchant à grands pas.

Ses yeux lançaient des éclairs et ses lèvres se réduisaient à un fil.

— Je viens de demander à cette lady de m'épouser, expliqua Tadd avec un sourire innocent. Tiens, mon frère, viens que je te donne à boire. Et toi aussi, Morwenna, afin que nous trinquions à notre avenir.

— Quoi ? vociféra Kelan. L'épouser ? Qu'est-ce que c'est que cette ineptie ?

— Cela n'a rien d'inepte, s'obstina Tadd, content de lui. Je viens de lui proposer de devenir ma femme.

— Et qu'as-tu répondu ? gronda Kelan en foudroyant Kiera du regard.

— Rien, pour le moment.

— Quelle magnifique idée ! intervint Morwenna, tout sourire. Comme ça, Kiera pourra rester à proximité de son bébé, et les enfants qu'elle aura avec Tadd lui seront apparentés, et en plus…

— Assez ! coupa Kelan. Tu me crois bête au point de ne pas voir que c'est une manœuvre pour me duper à nouveau ? Me forcer la main ?

— Non, mon frère, répliqua Tadd en reprenant son sérieux. C'est une réponse simple à un problème difficile. Mon offre est sincère.

Kiera ferma les yeux. Était-elle capable d'épouser un homme qu'elle n'aimait pas ? Le propre frère du seul homme qu'elle ait jamais désiré ?

— Kelan, tu ne me laisses guère le choix, murmura-t-elle. Je ferais n'importe quoi pour rester avec mon enfant. J'ai songé à fuir, à m'évader, car je trouve la vie impossible dans ce château. Je sais que tu es tout près, je te désire et j'espère que, dans ton cœur, tu trouveras de quoi me pardonner. C'est une folie, je le sais, mais je t'aime et je t'ai toujours aimé, depuis l'instant où j'ai soulevé mon voile dans la chapelle. Si la proposition de sir Tadd est sérieuse, je l'épouserai à seule fin de demeurer auprès de mon enfant. Et auprès de toi.

La jeune femme sentait son cœur battre à toute vitesse. Kelan accusait le coup. Il détourna le regard.

— Comment pourrais-je te faire confiance ? marmonna-t-il, enroué.

— Cela prendra du temps, admit-elle. Mais donne-moi ma chance. Je te promets d'être fidèle à jamais.

Elle attendit, la gorge nouée. Kelan la dévisagea.

— Que Dieu me pardonne si je me comporte en sot, dit-il en lui tendant les bras. Oui, Kiera, je te garderai. Je t'épouserai et je donnerai à notre enfant son vrai nom.

Il continua en souriant :

— Et, cette fois, je vérifierai que c'est la bonne personne qui sera près de moi devant l'autel !

Kiera vit Tadd sourire et pousser un soupir de soulagement.

— Et moi, Kelan, répliqua-t-elle en soutenant son regard, je jure de ne plus jamais te mentir.

Épilogue

Les cloches sonnaient à toute volée, leur carillon se répercutait sur les collines environnantes. Kiera se tenait sous la voûte, à l'entrée de la chapelle de Lawenydd. Ses sœurs étaient à côté d'elle : Elyn, en habit de religieuse, et Pénélope, heureuse que la colère de leur père s'apaise peu à peu.

Le baron de Lawenydd avait pardonné à Kiera, car l'alliance avec Penbrooke était ainsi confirmée. Hildy elle-même avait été autorisée à revenir pour l'occasion.

Kelan, tout de noir vêtu, prit le bras de la jeune femme et entra. Le prêtre les attendait. Des chandelles éclairaient la nef et les invités restèrent debout, jusqu'au moment où ils atteignirent l'autel.

Kiera de Lawenydd portait sa propre robe de mariée et un voile transparent. Pour l'échange des consentements devant l'autel, elle parla haut et clair, avec conviction.

Quand le moment vint de laisser Kelan lever son voile, elle sourit à son mari et répondit à son baiser avec tout l'amour qu'elle ressentait.

Cette fois, elle le savait, son mariage avec le seigneur de Penbrooke était pour l'éternité.

Découvrez les prochaines nouveautés
de la collection

Aventures et Passions

Le 3 juin

Un mari pour enjeu

de Christina Dodd (n° 7309)

Angleterre, XIXe siècle. Madeline apprend que son père, joueur invétéré, a de très grosses dettes de jeu. Envolés les propriétés, les titres de noblesse et tout ce qui va avec ! Une seule chose reste : un splendide bijou de famille, une tiare. Mais son père tente de la gager pour participer à un championnat de jeux de hasard. Lors du tournoi, elle revoit Gabriel : l'homme qu'elle ne peut oublier. Et elle est désespérée de voir que le seul homme qu'elle ait jamais aimé joue lui aussi.

Le 10 juin

Le prix à payer

de May McGoldrick (n° 7310)

Angleterre, XVIIIe siècle. Milicent a connu l'enfer avec son mari qui la battait. Désormais veuve, elle recueille d'anciens esclaves sur sa propriété. Mais elle n'a pas assez d'argent et les dettes s'accumulent. Une vieille dame lui propose alors un marché étrange qu'elle accepte : elle devient l'épouse de Lord Pennington en échange de quoi ses emprunts sont réglés…

Le 24 juin

Un cow-boy pour deux

de Johanna Lindsey (n° 7311)

Texas, XIXe siècle. Orphelines et jumelles très différentes l'une de l'autre, Amanda et Marian partent vivre chez leur tante, propriétaire d'un ranch au Texas. Furieuse, Amanda apprend que pour obtenir leur héritage, elles doivent se marier en accord avec leur tante ! Quant à Marian, elle se réjouit de cette aventure et de sa rencontre avec Chad, un séduisant cow-boy. Mais c'est compter sans la jalousie maladive de sa sœur. Amanda sait ce qu'elle veut et elle ne reculera devant rien pour l'obtenir…

ainsi que les titres de la collection

Escale Romance

De nouveaux horizons pour plus d'émotion

Le 5 mai

Dernière croisière

de Ève Saint-Benoit (n° 6918)

Angela Rose va interviewer l'acteur glamour Michael Jones sur son somptueux bateau ! Oui, mais elle doit se faire passer pour l'autre, la célèbre journaliste qui s'est cassé la jambe. Et si Michael comprend qu'elle n'est pas qui elle prétend être, c'est la catastrophe ! Angela n'a qu'un souhait : poursuivre la croisière avec cet homme charmant et pourtant, à tout moment, le yacht peut repartir sans elle...

La maison du mensonge

de Laurence Brunner (n° 6919)

De retour d'un reportage en Amazonie, Samuel fait la connaissance du richissime La Sierna. Il lui propose une fortune en échange d'un service : retrouver sa nièce, Kora, qui a quitté la maison familiale du Venezuela pour vivre en France. Sous une fausse identité, il se fait engager par le quotidien où Kora travaille. Envoyés sur l'île de Chevrey pour une chronique, ils partagent de doux moments intenses et intimes. Samuel pourra-t-il cacher longtemps qui il est vraiment ?

Un amour en eaux troubles

de Liza Murray (n° 6910)

Le commandant de *L'Alysé* tend la main à Bonnie et se présente en lui souhaitant la bienvenue à bord. La voix est chaude, mais le regard glacial. Kent s'est vu imposer la présence de cette journaliste à bord de son bateau. Et quelle journaliste ! En jupe et talons hauts pour un reportage sur les baleines grises ! Si cet homme s'arrête à ça, tant pis pour lui... D'accord, Bonnie n'a rien d'une écologiste militante, mais elle est professionnelle. Et elle ne se laissera pas intimider par cet océanographe dédaigneux et méprisant.

6991

Composition Chesteroc Ltd
Achevé d'imprimer en Allemagne (Pössneck)
par GGP
le 13 avril 2004.
Dépôt légal avril 2004. ISBN 2-290-33719-6

Éditions J'ai lu
84, rue de Grenelle, 75007 Paris
Diffusion France et étranger : Flammarion